차례

운동장 — 7

재이 — 17

대안학교 — 28

비디오키드 — 39

로사 — 46

이층침대 — 56

새벽 — 71

사진작가 — 78

위로 — 108

지은 — 126

빛망울 — 141

열화복제 — 154

회전교차로 — 174

악마의 씨 — 189

여학교의 비밀 : 호수 — 203

암실 — 229

영우학당 — 242

산책 — 258

해설 | 씐 것과 쓰는 것_박인성 — 269

작가의 말 — 291

운동장

우리 이야기가 매체에서 다뤄지는 일은 흔치 않다. 가끔 조선 시대를 배경으로 만들어진 사극이 인기를 끌 때나마 드물게 언급될 뿐이었다. 그날, SNS 등지에서 우리 일이 인구에 회자되는 것을 보면서 나는 아, 하고 탄성을 뱉었다. 인터넷 속 누군가는 이렇게 말했다. 핼리혜성이 다시 접근하는 2061년보다 더 늦다고 하네요. 그때까지 내가 살아 있을까요. 핼리혜성과 우리 일을 비교하다니 흥미로웠다. 핼리혜성이 가장 최근에 관측되었다는 1986년 2월은 내가 태어난 달이었다. 기대수명으로만 보자면 살면서 핼리혜성도 두 번 볼 수 있는데, 우리 일은 내 생애 따위를 걸고 할 수 있는 일이 아니었다. 이 일을 처음 시작했을 때부터 나는 그렇게 믿었다.

그날 나는 견딜 수 없는 가려움을 느꼈다. 견딜 수 없다고 생각하면서도 견디고 있다니 웃기는 일이었다. 눈가에서부터 시작된 증상은 얼굴 전체로 번졌고 목을 타고 등줄기를 훑었다. 처음에는 조심스럽게 긁던 나는 급기야 손톱을 세워 벅벅 긁었다. 기분 탓인지 마치 알레르기 때문에 식도가 붓는 것처럼 숨이 막히는 듯해 벌떡 일어섰다. 연구실 밖으로 나가려고 하는데, 시뻘게진 내 얼굴을 본 후배가 흠칫 놀라며 한 발짝 물러섰다.

"선생님, 괜찮으세요?"

"알레르기약 먹으면 될 것 같아요."

점심시간에 제법 즐겁게 이야기를 나눴던 후배였다. 나쁜 일이 아닌 쪽으로 회자된다는 건 대단히 신나지는 않아도 적당히 기분 좋은 일이었다. 게다가 우리는 대체로 고독한 편이었으니까. 그런데 왜 그날, 나는 생전 겪어보지 않았던 지독한 가려움을 느꼈을까. 옷 속으로 손을 넣어 몸을 긁는 사람들을 보면 때론 혐오감을 느끼던 나였다. 목덜미나 팔뚝에 긁은 자국이 있는 사람과는 친하게 지내고 싶지도 않았다. 그들이 느끼는 가려움증을 나는 느껴보지 않았기 때문이라는 걸 새삼스레 곱씹었다.

그날 전에 없던 현상이 연달아 일어났다. 건물 밖으로 나가서야 나는 가려움증이 일어난 까닭을 깨달았다. 처음으로 더럽다고 느꼈던 것이다. 연구실 내 자리가. 책을 찾다 보면 수시로 후드득 떨어지곤 하는 가루응애를 보고도 놀란 적이 없고, 커피 자국이 말라붙은 채로 며칠을 둔 텀블러를 대충 물로만 세척해서 다시 쓰곤 하던 나였다. 갑자기 왜 나를 둘러싼 모든 것이 더럽고 지저분하게 느껴졌을까. 그런 걸 느끼기 시작하면 전으로 돌아가기가 어려워진다.

연구실을 배정받아 일을 진행한 지 10년이 되었다. 우리 일을 하는 누구나 그럴 것이다. 후임을 키우지 않으면 우리는 죽는다는 비장한 각오가 서려 있었다. 연구실은 여섯 명이 사용했다. 그중 가장 오래된 사람이 어느덧 나였다. 여섯 명이 공동으로 사용하는 연구실에서는 각자의 작업을 방해하지 않기 위해 개인 구역을 철저하게 분리했다. 내 구역으로 말할 것 같으면 연구실이 생기자마자 입주했으므로 다른 누구의 그것보다 더러웠다. 단 한 번도 제대로 정리한 적 없었다. 점심시간이 끝나고 자리로 돌아온 후부터 내 눈에는 전에 보이지 않던 것들이 보이기 시작했다. 마치 건물을 받치는 필로티 기둥처럼 책상 양옆에 책으로 쌓은 탑이 서 있었다. 책탑 아래에 있는 책을 봤다. 책등을 책상 쪽으로 붙여놓았기에 무슨 책인지 알 수 없었다. 그저 누렇게 변색한 종이를 보면서 얼마나 오래된 책인지 가늠할 뿐이었다. 책탑뿐만 아니라 개인 서가에 있는 책들 중에도 꽂아만 두고 읽지 않은 것이 많았다. 모두 다 꺼내면 가루응애부터 책다듬이벌레까지 우르르 쏟아져 나올 것이다. 급기야 내가 날마다 깔고 앉은 방석도 언제부터 있었는지 기억나지 않았다.

우리 연구실이 있는 건물은 후문에 면했고 후문 쪽 캠퍼스는 비교적 외부인의 출입이 잦지 않았다. 오히려 평소에는 매우 한적한 편에 가까웠다. 기말고사가 끝나면 학생들마저 자취를 감춰 더욱 그러했다. 그런데 오늘은 어쩐지 사람이 많은 것 같았다. 대학 시절부터 20년 가깝게 머문 곳이었다. 평소와 다른 느낌이 들면 바로 알아차렸다. 후문 앞 횡단보도를 건너면 상가가 있었다. 상가 약국에 들러 알레르기약을 샀다. 약사는 시뻘게진 얼굴과 실핏줄이 터진 눈을 보고 놀란 기색을 감추지 않으며 약을 내주었다. 약국에서 물을 받아서 약을 먹었다. 약을 먹자마자 숨 막힐 것 같은 느낌은 조금 없어지는 듯했다.

돌아오는 길에도 사람이 많다고 느꼈지만, 고작 서넛일 뿐이었다. 그들이 학생이 아니라는 건 나 같은 고인물이 아니어도 알 수 있을 터였다. 나에게 인상착의를 전해 들은 후배는 그들이 연예인과 경호원이라고 말해주었다. 나는 처음 보는 얼굴이었다고 말하자 후배는 그가 요즈음 얼마나 인기가 많은 사람인지 재차 강조했다. 그들이 굳이 후문 쪽에 주차하고 이동한 까닭은 알 수 없었지만, 남다른 분위기에 홀려 나도 모르게 그들을 따라간 것도 사실이었다. 나는 이끌리듯 그들을 따라갔다. 그들은 캠퍼스 복합단지로 향하고 있었다.

◊

정문에 있는 캠퍼스 복합단지 자리는 과거에는 대운동장이 있던 곳이었다. 지금은 사라진 운동장에 관해서 사람들은 언젠가부터 아무도 말하지 않았다. 내가 신입생일 적에 공사를 시작했으니 나로서도 별다른 추억이 없었다. 흙먼지를 일으키는 운동장이 이따금 가물가물하게 머릿속에 떠올랐다가 말았다. 하지만 그때 생각나는 운동장은 다른 학교의 운동장이었다. 아직도 그 운동장이 생각난다는 사실은 나를 당황스럽게 했다. 하지만 내가 살아 있는 한 그곳을 결코 잊을 수 없다는 것도 잘 알고 있었다.

기억에서 지울 수 없을 뿐만 아니라 이력에서 지울 수도 없었다. 살아오면서 이런저런 일터에 이력서를 낼 일이 별로 없었다는 건 내게는 그나마 다행한 일이었다. 그러나 하나의 사실이 다행이기도 하고 불행이기도 할 때는 생각보다 많다. 그해 나는 만 14세를 넘겼고 그곳은 학교가 되었다. 정화여자중고등학교. 이름만 보면 다른 학교들과 구분되지 않는 학교. 그러나 사정을 알 만한 사람들이라면 그곳이 보통 학교와는 다르다는 것을 알았다. 그 곳에 들어서면서부터 나는 엄마를 비롯해 과거에 알던 모든 사람과 관계를 끊었다. 하지만 그곳에 들어가지 않았다면, 선생님을 만나지 않았다면 나는 지금처럼 살지 못했을 것이다. 몇 번 다시 태어난대도 나는 지금과 같은 삶을 살고 싶다고 생각했다.

재이를 만나기 전까지 내게 아주 오랫동안 친구 따윈 없었다. 재이를 만난 후에도 오직 재이밖에 없었다. 친구를 만날 만한 일상도 아니었고 어쩌다가 마음을 터놓고 지낸 연구실 동료들도 금방 그만두기 일쑤였다. 재이에게 들키고 싶지 않은 과거를 털어놓지 않으려고 애썼다. 그래서 내 어린 시절에 대해서 심각하게 털어놓을 만한 상대가 없었다. 딱 한 번, 채팅으로 만난 남자가 내 옆에 누워서 이야기를 들어주었다. 다시 만날 생각은 조금도 없었으므로 떠들어댈 수 있었다. 그는 나를 대단한 명문대의 교수쯤이나 되는 걸로 멋대로 생각하고선 말했다.

"누나가 이만큼 잘된 건 누나 덕분이야. 좋은 스승을 만나도 안될 새끼들은 안돼."

나는 고개를 끄덕였다. 나도 그렇게 생각하고 싶었다. 그러나 그렇게만 생각해버리면 아직도 떠오르는 그 시절을 감당할 수 없었다. 그때 내게 운동장은 한없이 커 보였다. 인터넷으로 그곳을 검색해보았을 때 나온 교정 사진을 보고 나는 조금 충격을 받았다. 운동장이 너무나도 작았기 때문이다. 지금은 잔디가 깔려 있었다.

그 운동장에서 나는 날마다 달렸고, 넘어졌고, 넘어져서 맞았고, 맞는 중에 여럿의 발에 차였다. 아무도 나를 일으켜주지 않았다. 다른 아이가 넘어져서 맞을 때도 마찬가지였다. 나도 그냥 그 아이를 밟고 달려갔다. 모두가 서로를 밟고 밟히면서 계속 운동장을 달렸다. 때론 얼차려를 했고 이마를 땅에 박은 채 욕을 먹었다.

"이 쓰레기 같은 년들아, 한 사람 몫을 하고 살아야 하는 거야."

모든 교사가 다 그랬던 건 아닌데, 간혹 그런 사람이 있었다. 지나치게 때리고 지나치게 욕하는 사람. 내 또래의 소녀 연예인이 이동통신 광고 모델을 하는 포스터를 보며 학교에 들어갔는데, 당시만 해도 핸드폰을 쓰는 사람이 많지 않았다. 청소년들은 물론이었다. 학교를 나와서 보니 애나 어른이나 다들 핸드폰을 쓰고 있었다. 그곳의 우리는 핸드폰은 물론이거니와 인터넷도 쓸 수 없었다. 내가 머물렀던 기간에 핸드폰과 인터넷은 비약적으로 발전해서 대중적으로 보급된 모양이었다. 검정고시를 치르고 나서 나는 핸드폰을 샀다. 인터넷이 되는 컴퓨터를 갖기까지는 훨씬 오래 걸렸다. 대학교를 졸업할 무렵에야 비로소 노트북을 가질 수 있었다. 그 전까지는 PC방이나

도서실에서 컴퓨터를 썼다.

캠퍼스 복합단지 건설 반대 집회를 처음 봤던 건 대학에 진학하기 전, 면접을 보러 간 날이었다. 그날 학교 정문 앞 PC방에서 수험표를 출력했다. 001번. 나는 1번이었다. 시간이 남아서 인터넷을 켰다. 입시 정보 커뮤니티에 접속해서 이 대학 수시 면접을 본 사람들의 후기를 찾아봤다. 그 어떤 학교보다 '빡세다'고 했다. 오죽하면 면접 보는 건물 앞에 앰뷸런스가 대기하고 있겠느냐고 했다. 앰뷸런스라는 말에 나는 정말 깜짝 놀랐다. 면접을 본후에 쇼크를 받아서 실려 가는 학생이 있을 수도 있다는 이야기였다. 내 수험번호가 1번이니 나는 가장 먼저 면접을 볼 가능성이 컸다. 면접 대기실에서 준비하며 동태를 좀 살필 수 있으면 좋으련만. 나는 검정고시 출신이었고 무엇보다 소년원 출신이었다. 내가 가진 자격은 한자능력 1급. 전형은 '특수재능보유자 전형'이었다. 특수재능보유자란 전형명을 쓰는 대학은 이곳밖에 없었다. 원서비가 아까워서 두 군데만 지원했는데, 다른 한 학교는 평범하게 '특기자 전형'이었다. 내가 가진 것이 정말로 재능인가, 심지어 그것은 특수한 재능인가, 나는 오랫동안 생각했다.

특수재능보유자 전형에는 다양한 특기를 가진 학생들이 응시했다. 면접 대기실에 수많은 학생이 앉아 있었는데 어떤 특기를 가졌는지는 알 수 없었다. 학부모들은 대기실 밖 복도에 서서 종종거렸다. 수시 면접에 부모가 따라오다니 웃기다고 생각했다. 사실은 부러웠다. 내가 첫 번째로 면접을 보고 나오자 복도에 선 부모들의 시선이 동시에 내게로 쏠렸다. 나는 눈물을 참고 있었다. 문득 그런 생각이 들었다. 이 부모들을 제대로 걱정시켜보자. 나는 참았던 눈물을 쏟았다. 입을 꾹 닫고 울며 걸어가자 부모들이 탄식했다. 뒤이어 면접을 볼 자기 자식을 걱정하며 나를 애처로운 눈빛으로 쳐다봤다. 그런 시선을 한 몸에 받는 것이 의외로 나쁘지 않았다. 앰뷸런스가 대기하고 있다는 말은 루머일 뿐이었다.

면접장 천장에 세 대의 카메라가 달려 있었다. 그것이 일제히 내가 앉은 자리를 찍고 있다는 사실이 공포스러웠다. 세 대의 카메라, 세 명의 교수. 첫 번째 질문을 한 교수를 보며 운동장에서 나를 밟던 체육 교사를 떠올렸다. 그녀는 본래 무용과에서 발레를 전공했다고 했다. 나는 망했다고 생각했다. 벌써 교수의 기세에 말려든 나를 모두 눈치챘으리라 생각했다. 어린아이다운 생각이었다. 교수들은 나와 기싸움을 하려는 것이 아니었고 그저 업무 중일 뿐이었는데. 내가 받은 첫 번째 질문은 이랬다.

"본인이 가진 특수재능으로 훗날 사회에 어떻게 기여할 수 있다고 생각합니까?"

나는 아직도 그 질문을 종종 떠올린다. 면접장을 나

오며 울기까지 한 나는 몹시 지쳤고 정문 앞 토스트 가게에서 혼자 끼니를 때웠다. 부모 차를 타고 면접 보러 온 애들이 부러웠다. 교복을 입고 온 애들이 많았다. 그중에는 누구나 단번에 어떤 학교인지 알아볼 만한 명문 외고의 커다란 교표를 달고 있는 애들도 있었다. 객기로 지원하긴 했지만 내가 합격할 리가 없다고 생각했다. 나 같은 결격 있는 학생을 다만 한자 좀 많이 공부했다고 뽑을 리가 없다고. 그러나 나는 50 대 1의 경쟁률을 뚫고 한자특기생으로 합격했다. 그리고 오늘날까지 학교에 날마다 나오고 있었다. 단과대학 건물의 상징인 담쟁이넝쿨을 나는 20년쯤 보고 있었다.

한 사람 몫을 해야 해, 자기 재능을 사회에 기여할 수 있어야 해, 잠깐 학생들을 가르칠 때 나도 입버릇처럼 그 말들을 했었다. 어떤 상황에서 그 말을 들었는지 까맣게 잊어버리고. 면접을 마치고 정문을 지나 지하철역으로 걸어가며 캠퍼스 복합단지 건설 반대 집회를 하는 언니들을 봤다. 피켓을 들고 몸자보를 한 그 언니들이 외치는 말들을 당시 나는 대부분 알아듣지 못했지만 운동장과 상업시설, 학교의 주인은 학생이라는 말만은 똑똑히 들었다.

재이

어떤 교수들은 연구실 벽에 금이 가는 것이 눈으로 보일 지경이라고 푸념했다. 그런 말을 들은 지도 꽤 오래되었다. 건물이 문화재로 지정된 터라 보수하는 것조차 까다로운 절차를 거친다고 했다. 우리 건물, 그러니까 인문대학 건물이 지어진 지는 백 년이 지났다. 나는 업무 중 두 시간에 한 번씩 담배를 피웠다. 천천히 줄여가며 담배를 끊을 예정이었기에 학교 말고 다른 곳에서는 피우지 않았다. 오로지 인문대 앞 흡연 구역에서만 피웠다. 담배를 태우며 나는 얼마나 오래 이 담쟁이넝쿨을 보았을까, 그리고 앞으로 얼마나 이것을 더 보게 될까 생각하곤 했다.

선생님은 나보다 서른 살 많았다. 그는 대학에 입학

하지 못했고 '대학 생활'이란 걸 경험해보지도 못했다. 아주 나중에야 독학사를 취득하고 이 학교 대학원에 진학했다. 교정 경험이 그리 오래되지 않았는데도 선생님은 학교에 대한 애정이 깊었다. 그는 대학을 학당이라고 불렀다. 마치 자기가 만든 서당, 영우(永祐)학당을 부르듯. 합격 소식을 인터넷으로 확인하고 그에게 전화를 걸었을 때, 그가 들려준 목소리를 나는 영영 잊을 수 없었다.

"그래, 학당은 어떻게 됐어?"

대학을 그런 이름으로 부르는 것은 어린 나에게 조금 어색하기도 했고 반발심이 들기도 했다. '학당이라기에는 진지하지 않아요.' 정문 앞 그 화려하고 반짝이는 가게들. 서울의 여느 번화가 못지않게 도열한 글로벌 프랜차이즈 식당과 카페. 명품을 두르고 스포츠카를 몰고 등하교하는 학생들. 그러나 나도 그 일부가 되고 싶었다. 그 언니들의 일부가 될 수 있을지도 모른다고 생각했다. 여학교인데도 정문 앞에 애인을 만나러 온 남자들이 수두룩한 것은 언제나 견디기 어려운 풍경이었지만. 나는 그들로부터 교정을 침범받는다는 느낌도 받았다. 물론 당연히 다소 경박하거나 화려하기만 한 풍경이 교정의 전부는 아니었다. 나는 담배를 피우며 담쟁이넝쿨을 바라볼 때 종종 이곳이 후문에 면했다는 점, 외부인이 함부로 드나드는 정문과는 꽤 멀리 떨어져 있다는 점을 다행이라고 여기곤 했다. 백

년이 지난 쓰러져가는 오래된 건물을 보며 내가 지내온 20년이 얼마나 짧고도 긴 시간인지 조용히 묵상했다.

소음은 점차 심해졌다. 캠퍼스 복합단지는 평소와 모습이 조금 달랐다. 내가 홀린 듯 따라간 그들은 어느새 사라졌고 단지 주변은 통제되고 있었다. 나는 멍하니 서서 펄럭이는 장막에 새겨진 로마자 알파벳을 읽었다. 그런 기사를 읽은 기억이 났다. 세계적인 명품 브랜드가 캠퍼스 복합단지에서 패션쇼를 한다는 기사를 읽은 게 벌써 1년 전쯤이었다. 그때 나를 사로잡은 두 가지 감정. 오래전 캠퍼스 복합단지 건설 반대 집회를 하던 언니들의 모습을 보던 기억 못지않게 강렬한 충동. 재이에게 연락하고 싶다. 재이에게 너는 이 일을 어떻게 생각하느냐고 묻고 싶다.

연구실로 돌아오자 후배는 여전히 휘둥그레진 눈으로 나를 쳐다봤다.

"선생님, 얼굴이 아직도 빨개요. 그것도 엄청."

"나 알레르기약 먹었는데요."

"아이고. 그냥 빨강 그 자체예요, 선생님. 병원 가보셔야겠어요."

나는 의자에 털썩 주저앉았다. 오늘의 작업량은 목표한 데 미치지 못했다. 실은 한 달째 그러고 있었다. 그러다가도 일정이 급하면 마감은 어떻게든 하게 되어 있었다.

재이

나는 오늘도 공쳤다고 생각하며 고개를 젖혀 목베개에 깊숙하게 목을 구겨 넣었다. 그러니까 내가 오래된 책들을 함부로 만져온 세월이란 하루이틀이 아니다. 코로나19가 유행하며 인류의 머릿속에 세균에 대한 깊은 두려움이 각인되었지만 어떤 책들은 새것으로 읽을 수가 없었고 내가 주로 다뤄야 하는 책들은 더욱 그러했다. 아니, 솔직히 별생각이 없었다. 연구실 내 자리는 물론이거니와 집도 마찬가지였다. 책먼지와 책벌레는 그저 내가 머무는 환경 속에 언제나 상존하는 것일 뿐이었다. 그러나 그날은 그걸 견딜 수 없었던 것이다. 그 더러움을.

재이와 다시 잘 지내기로 한 지도 그리 오래되지 않았다.

◇

재이를 처음 만난 곳은 수영장이었다. 막 서른을 앞뒀고 불확실한 미래와 지긋지긋한 가난함에 몸서리치던 나날. 매일같이 일하는데도 왜 수중에 이다지도 한 푼이 없는지 길을 걷다가도 때론 멈춰 서서 진지하게 스스로에게 묻고 또 묻던 그때. 돈을 쓸 시간도 없고 늘 학교와 집만 오가는 터라 남들처럼 좋은 물건을 가질 필요도 없지만 월세와 난방비 걱정만큼은 그만하고 싶었다. 그때까지만 해도 핸드폰으로 간단하게 계좌 잔액 조회를 하는 방법 따위를 몰라서 전화를 걸어 잔액을 확인해야 했는데, 버릇처럼 날마다 ARS 안내 음성을 듣는 일도 지겹다고 생각했다. 돈은 없어도 공짜를 밝히는 위인은 아니었는데 어느 날 교정을 터덜터덜 걷다가 선착순으로 한 달 무료 이용 쿠폰을 준다는 현수막을 봤다. 교내 수영장 리모델링 기념 쿠폰이라고 했다. 수영에 관심도 없었는데 나는 덜컥 그것을 신청했다. 신청자가 얼마 없었는지 담당자는 심드렁하게 이용 방법을 알려주었다.

아마 학부 때였다면 좀 덜했을까. 탈의실에서 옷을 벗는데 문득 이런 상황이 불편하다는 생각이 들었다. 교내 수영장이었다. 벌거벗은 몸들이 지나다니는데 저들이 모두 우리 학교 사람이라는 생각이 들자 조금 불쾌하기까지 했다. 대학원에서 조교를 하면서부터 나는 선생님으로 불렸다. 군대에서 서로 모르는 사람들끼리 아저씨라고 부른다는 것처럼 대학원에서는 서로를 선생님이라고 불렀다. 그다지 존경하거나 딱히 존중하는 것도 아니지만 말쑥한 호칭에 익숙해지던 나는 이 학교 여성들과 벌거벗고 마주치는 것이 무척 이상하게 느껴졌다. 그러나 그런 기분은 탈의실에서나 들었을 뿐 이내 적응되었다.

리모델링을 해서 그런지 시설이 좋았다. 개별 칸막이가 있는 샤워실에서 콸콸 쏟아지는 뜨거운 물을 맞으

재이

며 오랜만에 편안함을 느꼈다. 머리를 감다가 나는 맞은 편 여자의 뒷모습을 봤다. 한겨울이었는데 그녀의 까무잡잡한 등에는 수영복 끈 자국이 선명하게 나 있었다. 뜨거운 여름 햇볕에 그을린 지 오래되지 않은 것 같았다. 가난한 내 마음은 그 순간 못생김을 감추지 못했고, 나는 눈을 내리깔았다. 그러나 이내 그녀의 등을 다시 바라봤다. 군살 하나 없는 탄탄한 타인의 몸, 내겐 없는 아름다운 몸을. 골반이 워낙 큰 덕인지 그녀의 허리는 매우 가늘어 보였다. 그러니까 남자들이 가끔 추저분하게 지껄일 때 쓰는 말, 이른바 콜라병 같은 몸이었다. 그런 몸을 실제로 본 건 처음인 것 같았다. 나는 멍하니 그녀를 보다가 그녀가 뒤돌아볼 때 퍼뜩 정신을 차렸다. 입이 재빨리 움직이려고 했다. 미안해요, 너무 예뻐서 봤어요. 그러나 미처 그런 말을 뱉기 전에 그녀는 웃으며 고개를 까딱하고 내게 인사했다.

재이와 이런저런 이야기를 나누며 나는 수없이 그 순간에 대해 말했다. 얼마나 예뻤는지! 얼마나 갖고 싶은 몸인지! 흥분하며 말하다가 사과하곤 했다.

"갖고 싶다니…… 미안……."

재이는 뭘 그런 걸로 매번 사과하느냐고 말했지만, 재이의 몸이 그녀에게 생산수단이라는 것을 아는 나로서는 진지하게 미안하다고 할 수밖에 없었다. 내겐 없는데 왜 네겐 있느냐는 둥, 별달리 관리하는 것도 없는데 이런 아름다운 몸을 어떻게 유지하느냐는 둥, 그런 말은 가당치도 않았다. 그런 감정을 갖는 것조차도.

우리는 탈의실에서 머리카락을 말리다가 말을 텄다. 그날따라 한산해서 탈의실에는 우리 둘밖에 없었다. 나는 의자에 수건을 깔고 앉아 천천히 머리카락을 말리며 대화하던 그날의 우리를 아마 잊을 수 없을 것 같다. 그때 나는 재이가 우리 학교 학생이 아니라는 걸 알았다.

"언니, 아마 저 말고도 많을걸요. 외부인."

그렇지. 교정에 외부인, 심지어 남자들까지 수두룩하게 드나든다는 건 잘 알고 있었다. 그래도 수영장 리모델링 기념 프로모션 같은 건 '내부인'에게나 하는 것 아닌가 싶어 말했더니 재이의 대답은 뜻밖이었다.

"저는 돈 내고 다니죠."

대화의 내용만 놓고 보자면 뾰족해 보이지만 우리는 내내 즐겁게 웃으며 말했다. 도대체 키가 몇이나 되냐고 물었더니 175센티미터라고 했다. 나도 작은 키는 아닌데 나보다 10센티나 더 큰 여자는 처음 봤다. 그녀가 자기 업계에선 이도 저도 아닌 축이라고 말할 때 직업을 짐작할 수 있었다. 키가 크고 깡마른 여자들이 성큼성큼 무대 중앙을 걸어가는 이미지를 어딘가에서 간접적으로나마 본 적은 있었다. 런웨이를 걷는 모델은 대체로 표정이 없었고, 몸에도 얼굴에도 눈에 띄는 화려한 구석은 없는 사람들이라고 생각했었는데 재이는 아니었다. 웃을 때마다 반달처럼 접히는 눈이나 인디언보조개는 로션만 바른 맨얼굴에서도 반짝반짝 빛났다.

그런 '예쁜' 얼굴이 어떤 순간에는 장점으로 어떤 순간에는 단점으로 작용한다는 것도 뒤늦게 알게 됐다. 재이는 나와 더 친해졌을 때 종종 이야기해주었다. 신장이 자기만큼 되는 모델 중에선 '예쁜' 얼굴이 드물어서 일이 들어올 때도 있고, 그런 얼굴이 모델답지 않아서 거절당할 때도 있다고. 아주 큰 키도 아니고 아주 예쁜 얼굴도 아니어서 이도 저도 아니라고 느껴질 때가 많다고. 그때 이미 재이는 무대에 데뷔한 지 10년 차였다. 나 같은 사람들, 보통 사람들이 보기에는 길에서 스치면 고개가 절로 돌아갈 정도로 눈에 띄는 장신의 미녀였지만 전부 다 그런 사람들만 모여 있는 업계 사정은 짐작하기 어려웠다.

재이를 처음 만났던 10년 전이나 지금이나 나는 그 이야기를 입 밖에 낸 적이 없다. 나도 아주 어릴 적 모델이라는 이름으로 불린 적이 있었다는 이야기. 그런 아주 케케묵은 이야기. 쓸데없는 이야기. 말하는 나에게나 듣는 상대에게나 이로울 것이 하나도 없는 이야기. 그러니까 나는 어쩌다가 그 생각이 나도 고개를 세차게 흔들어 지워버렸고 당연히 어디에서도 말할 필요가 없다고 생각했다. 현업 모델인 재이에게는 더더욱 말할 까닭이 없었다.

　오랜만에 수영장 타일에 발을 디뎠을 때, 연쇄적으로 옛날 일들이 떠오르긴 했다. 아무래도 스무 살 이전까지 나의 내력이란 대체로 일반적이지 않았기 때문인지 몰라도 사건이 연쇄적인 인과로 기억되지 않았고 특정 시기의 일들이 한데 뭉쳐 덩어리진 채로 생각나곤 했다. 어릴 적 수영장에 다니던 시기는 엄마를 따라 촬영장에 드나들던 시기와 착종되어 있었다. 이런 기억들이 전부 다 거짓이었다면 좋겠다고 생각했다. 아무런 증거도 남지 않았는데 — 물론 내 착각이었다 — 말이다. 삶이 단순해지기를 얼마나 빌고 또 빌면서 살았던가. 나는 타일에 발을 디디는 순간, 마치 불에 덴 듯 화들짝 놀랐다. 기억이 저 멀리 축축하고 더러운 어두움까지 나를 특급 수송하려고 할 때, 재이를 만나지 않았더라면. 재이를 만나는 기쁨이 아니었다면 과연 내가 수영장에 계속 다녔을까. 한 달 무료 이용 기간이 끝나고도 나는 1년을 더 수영장에 다녔다.

　놀랍게도 재이를 만나는 기쁨은 옛날 옛적 수영장에 관한 기억을 누르고도 남았다. 그것은 나에게 일종의 '효능감'을 주었다. 생각지도 못하게 수영장에 대한 트라우마도 극복해버린 것이다. 나는 물에 몸을 담그자마자 생각할 겨를도 없이 곧장 냅다 엎드려 헤엄쳤다. 그 옛날에 수영을 배웠던 기억이 나를 다시 수영하게 했다. 접영, 배

영, 평영, 자유형 순으로 한 바퀴씩 돌고 오자 같은 레인에
있던 재이가 '와' 하고 입을 동그랗게 모았다. 나는 나를
보며 감탄하는 아름다운 여자를 보며 조금 감동했다. 탈
의실에서 내게 먼저 말을 걸어온 것도 재이였다. 길고 풍
성한 머리카락을 말리면서 무심한 듯.

　"상급반에 계세요?"

　"아뇨. 저는 수업 안 들어요."

　"와, 정말요? 그런데 그렇게 잘하세요?"

　"초등학생일 때 배웠어요."

　"역시…… 한번 배우면 잊지 않는다는 게 맞는가 봐요."

　"누가 그러던가요?"

　"기초반 선생님이요."

　나는 처음 만난 사람과 대화를 술술 이어가는 타입이
아니었다. 나는 나중에 재이에게 물었다. 의도적으로 나를
꼬여낸 거냐고. 분명 내가 먼저 관심을 가진 것 같았는데
가만 생각해보니 적극적으로 접근한 사람은 내가 아니라
너였던 것 같다고. 재이는 순순히 인정했다. 그 이유가 다
소 어이없기는 했지만. 재이가 내게 접근한 이유는 '예뻐
서'라고 했다.

　패션모델, 뷰티모델인 재이가 내게 그런 말을 한다는
게 웃겨서 나는 많이 웃었다. 사람 보는 눈이나 취향이나
제각각인 것이니까. 재이는 '이 학교 언니 한번 사귀어보

고 싶기도 했고'란 말을 덧붙였는데 그쪽이 더 정확한 이유일 것 같았다.

정문 앞 자취방은 터무니없이 비쌌다. 나도 학부 시절에 살아봐서 알았다. 나는 재이에게 후문 쪽 동네를 추천했다. 재이는 나를 따라 후문 쪽 동네에 와보고서는 이 근방에도 집이 있는지 자긴 몰랐다며 놀랐다. 소속사가 우리 학교 근처로 자리를 옮겨서 따라왔을 뿐이라고 했다. 이 근방에 살아본 적 없는 사람들은 대체로 정문 앞 비싼 동네에 터를 잡았다. 재이는 이렇게까지 말도 안 되는 집에 비싼 월세를 주고 산 적이 처음이라고 했다. 그전엔 어디에 살았느냐고 나는 심상하게 물었고 재이는 강남에 살았다고 했다. 소속사도 강남에 있었고 자기가 하는 대부분의 일들, 촬영이나 쇼나 오디션도 주로 강남에서 했으니까. 그리고 그런 말이 오가는 중에 나는 재이가 이른 나이에 결혼하고 이혼한 적이 있다는 것도 알게 되었다.

대안학교

재이에게 말하지 않은 것과 말한 것이 있다. 아마 재
이도 그럴 것이다. 나는 내가 어린이모델을 한 적이 있었
다는 걸 말하지 않았고, 그것과 관련한 모든 것, 엄마, 사
건, 재판, 처벌, 그런 것들에 관해 말하지 않았다. 다만 현
재와 관련이 있는 것에 관해서는 가능한 한 솔직하게 말
하려고 했다. 물론 의도적인 거짓말도 있었다. 내가 재이
에게 말한 가장 강렬한 거짓. 다른 모든 것을 숨기기 위
해 만들어진 단 하나의 치명적인 거짓. 나는 소년원 출신
이라는 걸 밝히지 않으려고 대안학교를 나왔다고 말했다.
어째서 내가 지금 이런 일을 하고 있는지, 선생님은 어떻
게 만났는지, 내게 선생님의 뜻을 이어받는 일이 얼마나
중요한지 최선을 다해 진지하게 말하려고 했다. 그것이야

말로 내가 가장 진실할 수 있는 길이라고 믿었으니까. 재이는 가끔 "언니, 나한텐 선생님이 아니야"라고도 말했다. 나는 그 말이 무슨 뜻인지 잘 알았다. 보다 노골적으로 "선생님 이야기 이제 그만해"라고 말한 적도 있었다. 선생님이 내게 부모 이상의 존재라는 걸 재이는 알 수 없으므로 서운한 티를 낼 순 없었다.

나는 생각만으로도 사람을 죽일 수가 있어요, 선생님을 처음 만난 날 나는 그렇게 말했다. 선생님은 정화여학교에서 두 달간 상주하며 특강을 했다. 내용은 단순했다. 천자문 외우기. 천자문이라는 말이 한없이 가볍게 여겨져서 코웃음을 치며 수업에 들어갔다. 막상 서예 교본을 놓고 필사하다 보니 토할 것 같았다. 어떤 아이들은 정말로 금방이라도 달려가서 토할 것 같은 표정으로 교실을 뛰쳐나갔다. 나는 손을 들고 질문했다.

"이 한자들이 앞으로 사는 데 쓸모가 있어요?"

사십대 중반이었던 선생님은 풍성한 단발머리를 하고 무테안경을 끼고 있었다. 나이보다 훨씬 늙어 보였다. 그는 브릿지 염색을 한 듯 조화롭게 변색한 은발 앞머리를 쓸어 넘기며 조용히 웃었다.

"쓸모가 없지요."

"그럼 왜 배워야 합니까?"

"쓸모가 없어 보이니까 배워야 합니다."

나는 더 이상 대꾸할 말을 찾지 못해 말없이 세필 붓을 잡고 다시 필사를 했다. 머릿속에 선생님의 말이 쿵쿵거리며 베이스음처럼 울렸다. 그날 나는 교실에 남은 단 두 명 중 한 명이었다. 다른 한 아이가 교실을 뜨고 나서도 나는 가만히 앉아 있었다.

　　선생님은 내게 다가와 부드럽게 어깨를 짚었다.

　　"연화 학생은 뭘 하면서 살고 싶어요?"

　　"제가요?"

　　"장래희망 같은 거요."

　　열여섯 살 먹은 이 죄지은 소년에게 꼬박꼬박 존대하는 어른의 호의에 부담을 느끼며 대답했다.

　　"제게 그런 게 있을까요. 살인범인 주제에."

　　"얼마나 많은 선생님이 들어와 있는데요. 다른 언니들, 친구들, 동생들은 제빵도 배우고 미싱도 배우고 납땜도 배우고 있어요. 장래에 먹고살기 위해서요."

　　"장래에 먹고사는 거랑 장래희망이랑은 좀 다르지 않아요?"

　　나는 선생님을 쏘아보며 말했다.

　　"저도 제빵이나 미싱이나 납땜을 들으러 가는 게 나을 것 같습니다. 선생님 말씀대로 한자는 쓸모가 없으니까요."

　　다른 한 아이는 일주일 만에 한자 교실을 그만뒀다.

나는 선생님의 특강이 끝나는 마지막 날까지 수업을 들었다. 천자문을 몇 차례나 거듭 필사했고 제법 외우기도 했다. 선생님은 내게 자신보다 훨씬 빠르게 한자를 익힌다고 칭찬했다. 한자는 아무리 봐도 쓸모가 없어 보였다. 그런데도 나는 붓으로, 연필로, 상상 속 펜으로 거듭 획을 그었다. 마지막 날 선생님은 내게 문방사우 세트를 선물해주었다. 내 이름자가 박힌 도장도 함께였다. 선생님은 내게 도장을 한번 찍어보라고, 스탬프 잉크를 건네며 말했다. 挺花. 늘일 연에 꽃 화. 나는 멍한 표정으로 선생님에게 물었다.

"이거 사람 이름에 쓰는 한자는 맞아요?"

선생님은 처음으로 크게 웃음을 터뜨렸다.

특강이 끝나고 선생님은 정화여학교를 떠났다. 출소를 며칠 앞두고 나는 그가 알려준 연락처로 전화를 걸었다. 선생님은 내가 정화여학교에서 나가는 날, 나를 데리러 왔다. 그때 나는 열일곱 살, 일반학교를 계속 다녔다면 고등학교 2학년이 되는 나이였다. 나는 선생님이 운전하는 차를 타고 영우학당으로 갔다. 고속도로를 한참 달려 태어나 처음 보는 시(市)를 알리는 톨게이트를 지났다. 대처와 소읍이 번갈아 나오는 이상한 지역이었다. 파주와도 달랐고 정화여학교가 있던 경기 광주와도 달랐다. 한강만큼은 아니지만 제법 커다란 저수지도 나왔다. 호수가 이토록 크다니, 사람이 빠져 죽을 수도 있을 만큼, 나는 입을 헤벌리고 창밖으로 한참 이어지는 저수지를 구경했다.

영우학당은 이름에서 주는 느낌과는 다소 달랐다. 마치 초가집을 연상하게 하는 예스러운 이름과는 다르게 그저 어디서나 흔히 볼 수 있는 허름한 상가 건물이었다. 누군가 급하게 야반도주하며 업장의 물건들을 두고 간 것 같았다. 용도를 짐작하기 어려운 각종 기구가 아직도 널려 있었다. 그런가 하면 커다란 흑판에 책걸상과 사물함도 가득해서 가까스로 교실 같기는 했다. 2층에 선생님이 기거하는 집이 있었다. 나는 그 집을 오랫동안 내 멋대로 '상갓집'이라고 불렀다. 애초에 주거를 목적으로 지어지지 않은 건물이었다. 선생님은 남는 방 하나를 내주었다. 검정고시를 치르고 서울의 고시원으로 떠나기 전까지, 나는 그곳에서 1년을 살았다.

"그냥 충청도 어딘가에 있는 학교였어."

"집은 어딘데?"

"원래는 파주."

"어쩌다가 충청도까지 간 거야?"

"엄마가 하도 성화라서."

"그럼 엄청 좋은 학교 아냐? 언니는 엘리트잖아."

"어차피 중학생 뽑는데, 뭐 얼마나 좋겠어. 그냥 좀 특별한 학교이긴 했지."

"시험 보진 않았어?"

"나의 인생 고백. 그런 주제로 글쓰기를 한 번 하긴 했어."

"엄마도 대단하시네. 그 어린아이를 유학까지 보내시고 말이야."

"엄마가 날 키우기 싫어했어. 오히려 편하다고 생각했을걸."

"그럼 몇 년 동안이나 기숙사 생활을 한 거야?"

"맞아. 거기 너무 시골이라서 주변에 아무것도 없어. 떡볶이집도 없어."

"대단해! 나는 어릴 적에도 강남이고 신촌이고 놀러 다녔는데."

"아무것도 없어서 놀러 다니고 싶어도 놀러 다닐 수가 없어."

"역시! 그래서 공부를 잘했나 봐?"

"아니야. 그다지 잘하지 않았어."

"그런데 그렇게 엄격한 학교에서 졸업장이 안 나와?"

"그러게 말이다. 우린 좀 특별한 교육을 받고 검정고시는 따로 쳐야 했어."

"그래도 특별한 학교인 건 맞잖아."

"그렇지. 사흘간 단식하고, 일주일간 침묵하고, 종일 앉아서 서예 하고 그랬으니까."

"……."

재이와 나눴던 대화를 떠올려보면 내가 묘사한 대안학교의 모습에는 소년원과 영우학당이 뒤섞여 있고 어떤 부분은 지극히 사실이고 진실에 가깝지만, 거짓말이라는 걸 부정할 순 없다. 왜냐하면 내가 거짓말을 하려고 했기 때문이다.

우리 관계가 어긋난 까닭을 나는 아직도 정확하게 짐작할 수 없다. 어느 날부터 그렇게 되었다. 불씨가 서서히 꺼지는 것과 한꺼번에 활활 타버리는 것 중에 무엇이 더 나을까. 10년 넘게 친구로 지냈는데 나는 재이에 관해 제대로 아는 게 하나도 없는 것 같았다. 재이 역시 나에 관해 '제대로' 알지는 못했으니까. 반년간이나 연락을 끊고 지내다가 용기를 내어 전화를 걸었을 때, 왜 나를 멀리하느냐며 엉엉 울고 있을 때 재이는 태연하게 대답했다. "난 언니를 멀리한 적 없어. 사는 게 바쁘다 보니 그랬을 뿐이야." 나는 재이에게 구차하게 매달리며 말했다.

"우리 다시 사이좋게 지내자."

문득 옛날, 내가 보다 평범한 어린이였을 때 초등학교 후문에서 나를 향해 큰 소리로 그 말을 외치던 아이가 떠올랐다. 그 아이가 내게 했던 말이 이다지 오랜 시간이 흘렀는데도 머릿속에 깊게 새겨져 있다는 걸 깨달았다. 친구가 생기고 우정이 깊어졌다 싶으면 나는 절교장을 썼다. 그 시절 유행하던 러브장을 쓰듯이. 색색의 펜과 색종이로 꾸민 편지봉투를 열면 짐짓 진지한 듯 지껄여놓은 절교 선언이 있었다. 나는 몇 차례나 그런 짓거리를 했다. 난데없이 절교 통보를 받은 친구들, 그 어린아이들은 대체 왜 이러느냐고, 이유를 알려달라고 울며불며 내게 매달렸다.

"이유라는 건 없고, 그냥 이제 네가 내 친구 같지 않아."

그리고 가늘게 눈을 흘기며 그만 좀 집착하라고 쏘아붙였다. 나는 그런 게 좋았던 것이다. 어디선가 주위들은 '집착'이라는 말을 써가면서 다정한 친구들을 상처 주길 즐겼다. 훗날 엄마가 소년원으로 편지를 보내 '너 같은 죄인'이라는 말을 전달했을 때, 내가 저지른 법적으로 확실한 '죄'보다 먼저 그런 것들을 떠올렸다. 그래서 나는 정말 죄인다운 죄인 아닌가. 어린아이일 적부터 다른 사람 마음을 갖고 놀기를 즐겼으니까. 그런 걸 인정하는 마음은 제법 짜릿했다.

재이에게 선물을 보내고 손편지를 쓰면서 나는 더 이상 그녀를 사랑하지 않는다는 것을 알았다. 너도 그런 년이었구나. 고작 그런 수준밖에 안 되는 년. 편지에는 다른 말을 쓰고 있었다. 내가 너에게 어떤 상처를 주었는지 나는 오래도록 생각해봤어. 나는 너를 잘 모르니까, 우리는 이만큼이나 서로 다른 사람들이니까, 그래도 내가 잘못했다고 생각해. 나는…… 결혼 같은 걸 해본 적도 없고…… 그런 일을 겪은 사람이 어떤 아픔을 갖고 있는지 잘 모르니까, 모른다는 이유로 너에게 상처를 주었을 거야. 분명 내 잘못이지.

내 잘못이라는 말은 백번 천번이고 얼마든지 할 수 있다. 말에 값을 매길 필요는 없다. 소년재판에서도 정화여학교에서도 영우학당에서도 대학과 대학원과 연구실에서도 나는 평생 잘못했다는 말을 입에 달고 살았다. 엄마가 내게 가르쳐준 거의 유일한 것이기도 했다. 무조건 빠르게 사과해라. 빨리 사과하면 일이 훨씬 손쉽게 끝나. 잘못했다는 말을 못 해서 멀리 돌아가는 병신 같은 인간들을 좀 봐라. 우습지.

편지에 적힌 말과 다르게 머릿속에는 온통 재이를 경멸하는 말들로 가득했다. 그러니까 너 같은 못 배운 년이 아무리 잘난 척을 해봐야 고작 그 정도지. 대학원에 가고 싶다고? 너 같은 년이? 너는 나에게 왜 그 대단한 대안학교에서 졸업장을 주지 않았느냐고 물었지. 네가 가고 싶다고 했었던 대학원도 마찬가지야. 그런 똥통학교를 나와봐야 아무짝에도 쓸모가 없어. 학위 장사를 하는 그따위 대학에 왜 비싼 돈을 내고 다니느냐는 내 말이 문제였어? 그럼 나보다 네가 그런 문제를 더 잘 알겠니? 말해봐야 무슨 소용이겠어. 남자에 미친 새끼한테. 그런 추남한테 이혼당해놓고도 여전히 그리워하는 년한테 잘해줘봐야 그 남자 이상이 될 순 없겠지. 내가 너를 위해 했던 기본 중 기본인 것들. 생리통으로 앓고 있으면 죽을 배달시켜주는 것조차 못 하는 그 남자를 옹호하려고 네가 했던 비겁한 말들. 나는 다 기억해. 뭐? 언니도 남미새 아니냐고? 왜 모르는 남자들이랑 자고 다니느냐고? 더럽게? 그래, 나도 헤테로로 태어난 이 몸과 인생이 너무 싫어. 지겨워. 그래도 너처럼 인생을 갖다 바치진 않아. 네가 가진 자랑이라곤 오직 추남에게 헌신하는 것밖에 없지. 너는 그래서 안되는 거야. 예쁜 얼굴로 결혼해서 팔자 피는 줄 알았니? 안되잖아.

　이런 말들이 떠오르면 스스로에게 조금이라도 놀라야 한다고는 생각한다. 그런데 나는 놀라지 않는다. 나는 더 끔찍한 말도 얼마든지 떠올릴 수 있는 사람이 바로 나라는 것을 잘 알고 있다. 편지에는 단 한 개의 단어도 허투루 쓰지 않으면서, 친애하는 재이에게, 라고 쓰며 재이의 이름 옆에 작은 나무를 그려 넣으면서, 나뭇가지 끝에 매달린 사과를 한 개씩 그리면서, 머릿속으로는 더 추잡한 말들을 얼마든지 떠올릴 수 있었다. 재이에 관해 나는 선을 넘어버렸다. 그런데도 다시 잘 지내야 하는 이유를 누가 묻는다면, 나는 이제부터의 우정은 다소 합목적적인

　　　　대안학교

성격을 갖고 있다고 대답할 것이다. 내게는 재이를 지켜
야 하는 이유가 있는데, 더는 우정과 같은 낭만적인 관념
따위로 그것을 설명할 순 없었다.

비디오키드

덩어리진 기억의 일부다.

내 가방에 엄마 차 키가 있다는 걸 알고 있다. 엄마 차 키. 신발장 위 그릇에 놓아두곤 하던 그것. 쓰부다이아몬드가 줄줄이 박힌 토끼 인형이 달린 엄마 차 키. 철제 그릇에 쨍그랑 부딪치던 그것. 엄마가 집을 나서는 소리, 엄마가 집에 들어오는 소리. 그날따라 엄마 차 키는 내 학원 가방 안에 있고 나는 그 사실을 잘 알고 있다.

관인 세실리아 피아노, 라는 글자가 크게 새겨진 학원 가방 앞주머니에.

엄마를 관찰하는 건 내 인생의 가장 큰 유흥이었으니까. 엄마가 차 키를 돌려 꽂으며 문을 열고 운전석 시트를 그날그날 컨디션에 맞게 조금씩 조절하고 룸미러와 뒷좌석을 가볍게 점검하고 시동을 걸고 브레이크를 내리고 기어를 움직이는 걸 나는 정말 많이 봤다. 운전면허를 따지 않았지만 몇십 년이 흐른 지금도 그 과정은 너무나 선명하게 머릿속에 남아 있다. 엄마가 신차를 뽑았다고 자랑할 때, 필기체로 쓰인 '오토매틱'이라는 글자를 보여줄 때, 비싸고 좋은 차라고 이제 엄마도 어디 가서 꿇리지 않는다고 뻐길 때, 그런 말들을 모른 척했다면 좋으련만. 엄마가 뽑은 신차는 전에 볼 수 없었던 자동변속기가 달린 차였다. 만일 수동변속기가 달린, 훨씬 더 어려운 운전 기술을 요하는 차였다면 그 일은 일어나지 않았을까. 물론 그 사건에 한해 엄마를 탓한 적은 없다. 엄마가 운전하는 걸 기억하고 그걸 따라 하는 미친 어린애가 많지 않다는 걸, 아니 좀체 찾아보기 어렵다는 걸 나도 잘 알고 있다.

현실에는 없는 그런 미친 아이를 나는 고전 영화 속에서 봤다.

엄마는 항상 소파에서 목욕가운을 입은 채 잠들었다. 리모컨을 한 손에 꼭 쥐고서. 클리셰 같은 장면이다. 내가 엄마의 손에서 슬쩍 리모컨을 빼내려고 하면 별안간 깨어나서 '엄마 안 자' 하는 장면 말이다. 엄마는 리모컨을 빼앗기지 않으려고 한 손에 꼭 쥔 채 잠들어 있고, 나는 속수무책으로 텔레비전에서 방영하는 고전 영화를 본다. 해상도 낮은 장면이 용감한 소녀를 보여준다. 괴한에게 납

치되어 격리돼 있던 소녀는 놈의 차 키를 빼앗아 탈출을 시도한다. 운전을 단 한 번도 해본 적이 없는데 소녀는 언젠가 본 아빠의 자동차 조작을 기억해서 이를 악물며 시동을 걸고 차를 몰고 나아간다. 심지어 소녀가 운전하는 차는 덩치 큰 픽업트럭이다. 소녀는 논두렁을 가로질러 탈출한다.

그러므로 나는 전형적인 잘못된 비디오키드인 셈이다. 폭력적인 영화를 보고 폭력적인 게임을 하며 현실에서 그걸 실현하고야 마는 벌레 같은 존재들이 있고, 작품 속 현실과 진짜 현실을 구분할 줄 아는 평범한 사람들에게 그런 벌레들은 해를 끼친다. 하필이면 나는 영화 속 소녀의 모습과 엄마가 운전하는 모습을 전부 또렷하게 기억하고 있었다. 나도 그 촬영장에서 탈출해야 한다고 생각했다. 꼭 그런 방식이 아니어도 얼마든지 탈출할 수 있었는데 나는 그런 방법을 택하고야 말았던 것이다. 지금 가방에 엄마 차 키가 있고 나는 운전해서 탈출하면 된다. 그곳이 어디든지. 내가 가방을 들고 나가자 나를 괴롭히던 놈이 따라왔다. "일하다 말고 어딜 가, 서연화!" 놈은 외쳤다.

설마 그럴 리는 없다고 생각했을 것이다. 내가 엄마 차에 차 키를 꽂는 걸 보면서도, 헤드라이트에 불이 들어오는 걸 보면서도, 상향등을 켜서 그놈 눈을 공격하던 순간에도. 내가 그 차를 끌고 나가리라고 예상할 순 없었을 것이다. 예상했다면 따라오지 않았을 것이다. 집요하게 내 앞을 막아서지도 않았을 것이고. 엄마가 운전석에 대문짝만하게 달아둔 운전자의 기도 문구 중 일부가 기억난다. 주님, 오늘도 성령의 빛으로 저희 마음을 이끄시어 바르게 생각하고, 침착하게 안전운전을 할 수 있도록 도와주소서…….

지겹다.

이 기억이 지겹다. 인생은 언제나 갑자기 바뀌었다. 평범한 아이에서 어느 날 갑자기 모델이 되고 어느 날 갑자기 소년범이 되고 또 어느 날 갑자기 특수재능보유자가 되었다. 마치 혁명 같다고 해야 할까. 자연스러운 인과를 통한 변화가 아니었다. 그렇게 갑자기 지난날을 파쇄하고 새날을 맞아야 했다. 재이에게 가진 내 감정이 단순한 우정이 맞는지, 남들도 다 그런 식으로 살며 우정을 나눈다고 표현하는 건지 헷갈리기도 했다. 둥근 모양의 백스테이지 헤어핀을 꽂고 씩 웃으며 돌아보던 재이가 자꾸만 생각났다. 이십대 내내 누가 먼저 접근하더라도 잘 피해온 나였다. 사는 게 팍팍해서, 라는 말은 내게도 좋은 핑계였고 남들에게도 그랬다. 나는 언제나 아르바이트를 몇개씩 하는 근로장학생이었고 관계를 지속할 수 없는 까닭에 대해 적당히 둘러대면 다들 물러났다. 설령 재이가 내게 먼저 접근한 게 맞는다고 하더라도 그토록 '집착'할 까닭은 없었다. 재이에겐 나 말고도 친구가 많았다. 나는 그녀를 사귀고 몇 년이 지나도록 그녀가 전남편과 계속 분쟁 중이라는 걸 몰랐다. 재이는 다른 친구들에겐 이야기하고, 나에겐 이야기하지 않은 것이다. 나에게 말해봤자 별달리 성과도 없고 흉만 잡힌다고 생각했을 거였다.

재이는 다만 언젠가부터 무대에 설 때마다 눈이 아프다고 말했다.

그 이야기는 나에게만 하는 거라고 했다.

처음에는 대수롭지 않게 들었다. 무대 주변에서 수많은 플래시가 터진다는 사실을 잘 알고 있었다. 재이는 딱한 번 나를 패션쇼에 초대했다. 그때 지어진 지 얼마 되지 않은 디자인플라자를 처음으로 구경했다. 재이가 나오는 패션쇼를 보는 것도 무척 설레고 긴장되는 일이었지만 입장하기 전부터 나는 충격을 받았다. 스케이트보드를 타고 장내를 누비는 사람들, 내가 사는 현실에서는 좀처럼 볼수 없는 화려한 차림새를 한 연예인들, 인플루언서들, 곳곳에 수많은 카메라와 취재기자들. 세련된 곡선의 형태를 한 디자인플라자를 보는데 기시감이 일었다. 완공된 캠퍼스 복합단지를 처음 봤을 때의 느낌과 비슷했다. 나는 재이가 준 매니저의 연락처로 전화를 걸었다. 재이는 매니저에게 나를 사촌언니라고 소개해두었다. 매니저는 나를

비디오키드

가족석으로 안내했다. 온통 어두컴컴했고 누군가 어둠 속에서 벽화를 그렸다. 스케이트보드 무리부터 벽화를 그리는 사람까지 모두 패션쇼 기획의 일부였다.

재이는 흔치 않은 기회라고 말했다. 재이가 서는 쇼의 이름을 듣고 나는 깜짝 놀랐다. 아무리 패션에 무지한 나라고 해도 그 디자이너의 이름은 알고 있었다. 아마 한국인이라면 모두 한 번쯤은 들어봤을 이름이었다. 재이가 이런 쇼에 서기 위해 얼마나 노력하고 살았는지 얼핏 짐작할 수 있었다. 당시 재이는 전남편과 분쟁 중이었고, 전남편의 가족에게 수시로 모욕을 당했고, 부모와는 절연했고, 그녀의 말에 의하면 비싼 월세를 내고 달동네에 살고 있었지만 — 나는 달동네라고 생각하지 않았는데 그녀는 내내 그렇게 생각했다 — 무대에선 최고급 명품 코트를 걸치고 걸어갔다. 내로라하는 연예인들이 나와 마찬가지로 조심스럽게 핸드폰을 들어 재이를 찍었다. 걷는다는 행위가 이렇게 마음을 울릴 수가 있었나. 재이가 내딛는 걸음걸음이 일일이 가슴에 박히는 듯했다. 재이는 175센티의 키에 걸맞지 않은 작은 발을 가지고 있었고, 더구나 평발이었고, 무지외반증도 있었다. 그런데도 어마어마하게 높은 힐을 신고 망설임 없이 걸었다. 나는 그날 쇼에 배경으로 깔린 음악을 찾으려고 며칠간 검색을 했다. 재이에게 물었더니 자신도 쇼에 설 때마다 음악이 궁금해서 매번 찾아본다고 했다. 음악 검색 어플을 켜고 되도 않는 멜로디를 흥얼거리며 우리는 깔깔 웃었다.

자꾸 눈이 아파, 라고 재이가 말할 때마다 나는 플래시 때문 아닌가? 대답했다.

"조명도 무척 뜨거울 것 같던데."

"아니, 언니. 그런 문제가 아니야. 나 이제 정말 일 못할 것 같아……."

재이는 이건 나에게만 말하는 거라고 했다.

하지만 이미 앞뒤가 안 맞는 말이었다. 재이가 곧장 이렇게 말했기 때문이었다.

"자꾸 사람이 보여, 언니. 객석에서. 자꾸 사람이 보인다고 하니까 어떤 언니가 그래. '원래 귀신도 사람처럼 보여.'"

"어떤 언니가?"

"로사."

로사

그런 이름이 있을 수도 있지. 드물기는 하겠지만. 동명이인일 수도 있지.

이미 아니라는 걸 예감하고 있지만.

뭐, 결국 또 내가 생각한 게 맞겠지만.

재이는 그만한 디자이너의 쇼에 서는 모델이었지만 비수기에는 아르바이트를 했다. 편의점이든 카페든 식당이든 가리지 않았다. 모델로 데뷔한 열아홉 살 때부터 계속 그렇게 살았다고 했다. 결혼 생활 하는 잠깐을 빼놓고. 재이에게 본업 외 아르바이트를 병행하는 것은 당연한 일이었다. 다른 모델들도 다 그렇게 산다고 했다. 어린 모델들이, 슈퍼모델들이 치고 올라오는데 서른이 넘어서도 계속 일할 수 있는 것만으로도 감사한다고 했다.

나는 그런 식으로 재이가 '감사' 운운할 때나, 한여름에 뙤약볕에서 겨울옷을 입고 촬영한 다음 면역력이 떨어져 급성 신우신염에 걸렸으면서도 그저 아픈 걸 꾹 참기만 할 때나, 고요하고도 무겁게 치받는 분노를 잠재우려 애썼다. 퇴근하고 재이가 아르바이트하는 카페가 있는 곳에 찾아가 멀찍이 서서 유리창 너머로 분주하게 움직이는 재이를 본 적 있었다. 매장 마감 시각에 맞춰 청소하는 중이었다. 재이 같은 키꺽다리가 머리망을 하고 모자를 쓰고 앞치마를 두르고 움직이고 있으니 허수아비 같아 보였다.

누구나, 그 누구여도 비숙련노동을 할 수 있는 거지만 나는 재이가 그런 일을 한다는 데 매번 분노를 느꼈다. 왜 본업을 하면서 그토록 노력하는데도 항상 돈에 쪼들려야만 할까. 과거 나의 상황도 그다지 다르지 않았다. 그나마 나 같은 경우는 연구용역을 받고 나서부터 형편이 조금이나마 나아진 것이었다. 사실은 아직 박사학위를 받기 전, 연구실이 생겼을 때 나는 그제야 생활이 조금 트였다고 생각했다. 세간에서 말하는 대로 핼리혜성이 다시 접근하는 2061년까지도 끝나지 않을 일이다.

이 일을 할 수 있는 인력 자체가 많지 않았고 전공자도 드물었다. 대학에서 한문을 전공하려는 학생도 빠르게 사라지고 있었다. 내가 아니라면, 내 동료가 아니라면 할 수 없는 일이라고 생각했다. 그렇게 생각하지 않으면 일할 수도 없었고 또한 그렇기 때문에 일에만 집중할 수 있도록 어느 정도 생계가 해결되어야 했다. 나는 그랬지만 재이는 자꾸만 누군가 자기 자리를 대체하고 또 대체하는 일을 묵묵히 감내하고 있었다.

일이 들어오지 않아도 열심히 아르바이트를 하고 자격증을 따고 등산을 하고 수영을 하고 배드민턴을 쳤다. 재이의 방에는 언제나 가장 잘 보이는 곳에 오디션 복장이 걸려 있었다. 검은 민소매, 가느다란 끈이 달린 슬립 같은 옷이 재이의 오디션 복장이었다. 그 옷을 입고 워킹하며 이 남자 저 남자에게 몸을 보여주는 모습이나 백화점 VIP를 모아놓고 하는 소규모 트렁크쇼에서 재이의 손가락을 함부로 만져대는 여자들을 상상만 해도 화가 치밀었다. 재이는 훗날 내게 일성을 갈겼다.

"언니의 그런 과몰입이 존나 불편했어."

그럼 로사는 나와는 좀 달랐을까.

재이가 말하는 '어떤 언니'가 로사라는 걸 바로 알아챌 순 없었다. 그러니까 '어떤 언니가?'라고 물었을 때 재이가 단번에 '로사'라고 대답한 것은 아니다. 하지만 내 머릿속에서 처음 로사에 관해 이야기를 나눴던 순간이 끝없이 반복 재생되는 동안 재이는 매번 그렇게 대답한다. 망설임도 없이, 밑도 끝도 없이 '로사'라고.

그 이름을 듣자마자 다시 어둡고 축축하고 곰팡내가 나는 더러운 기억으로 뒷덜미를 잡힌 채 끌려갔다. 이상하다. 수많은 이름을 잊었는데, 내가 밟아 죽인 놈의 이름도, 운동장에서 나를 밟던 체육 교사의 이름도, 가끔은 엄마의 이름도 가물가물한데. 엄마는 나와 사는 동안에 걸핏하면 임의로 이름을 바꿔대며 사회적 자아를 재설정했다. 하지만 때론 엄마의 법적 이름도 언뜻 떠오르지 않을 때가 있었다. 그런데 고작 로사 따위를 잊지 못했다니. 나는 그녀를 단 한 번도 친구라고 생각한 적 없었다.

로사와 나는 만 나이 열다섯 살에 처음 만났다. 생년도 생월도 같았다. 비슷한 연령대였기 때문에 같은 처분을 받긴 했을 것이다. 재이에게 말했던 학교. 이른바 충청도 소읍에 위치한 '엘리트 대안학교'에서 만났다. 그러니까 정확하게 말하자면 우리는 소년원에서 만났다. 충청도 소읍이 아니라 경기 남부 소읍. 대안학교가 아니라 소년원학교. 정화여학교에서.

로사는 재이와 내가 만들어놓은 세계에 균열을 냈다. 재이로서는 의심할 까닭이 없는 나, 서연화라는 사람의 프로필. 엘리트 대안학교 출신 학자라는 나의 사회적 자아에 찬물을 끼얹었다. 로사는 어떤 방식으로 자신을 포장했을지 나로서는 알 길이 없었다. 열다섯이던 그때와 크게 다르지는 않겠지만. 내 엄마가 뻔질나게 이름을 갈

아대며 사는 게 한심하다고 생각했었는데 나도 결국 그런 인생을 사는 것 같았다. 그렇게 살지 않으려고 친구도 애인도 만들지 않았는데. 사회적 공간, 커뮤니티에 속하지 않는 과객으로 남으려고 얼마나 애썼는데.

로사와 나는 같은 연보랏빛 체육복을 입고 누런 흙먼지가 폭풍처럼 일어나는 운동장에서 마스크도 없이 달렸다. 정확하게 기억나진 않지만 나는 로사를 밟고 달렸고 로사는 나를 밟고 달렸을 것이다. 수많은 어나니머스가 연보랏빛 체육복을 입고 운동장을 돌고 있으므로 누가 누구를 밟았는지 구분할 필요도 없다. 재이가 아르바이트하는 카페에서 만난 여자의 이름이 로사라는 걸 듣고 나는 그녀가 나타났다는 걸 확신했다. 귀신을 운운하는 로사가 이 나라에, 아니 이 세상에 둘일 리는 없었다.

운동장을 달리다가 고개를 살짝 들면 구령대가 보이고 그 뒤로는 생활관이 보인다. 운동장에서부터 생활관 우리 방까지, 눈을 감으면 전부 떠오른다. 마치 지금 운동장에서부터 숨을 헐떡이며 땀에 젖은 앞섶을 펄럭거리며 스탠드를 뛰어올라가고 있는 것처럼, 이 순간에 벌어지는 일처럼. 낡은 나무문을 밀며 그 방에 들어간다. 이층침대가 다섯 개 있는 방. 로사와 나는 1년간 그 방에서 함께 지냈다. 로사는 그 방에 함께 머무른 모두를 함부로 친구라고 불렀지만 나는 열다섯 살이었던 그때도 로사를 친구로 여기지 않았다. 친구긴커녕 생각만 해도 불쾌한 쪽에 가까웠고 재이가 말하기 전까진 굳이 떠올려본 적도 없다. 그런 존재까지 기억하고 되새기며 살기엔 인생에 여유가 없었다. 내가 그 학교 출신이라는 사실이 아직도 몹시 불편한 것만으로도 충분했다. 하지만 연보랏빛 얼굴들 중 오직 기억나는 고유명사 하나가 로사라는 것도 인정해야 했다. 나는 그 애를 처음 만난 순간, 최초의 순간부터 다른 애들과는 조금 다르다는 걸 알았다.

"이년 얼굴 봐라. 이거 혹시 깡년 아이가."

로사는 그따위 말을 내게 인사랍시고 건넸다. 껄렁대며 억센 경상도 사투리를 썼지만, 알고 보니 경상도와는 어떤 연고도 없었다. 나를 위아래로 훑으며 '깡년' 운운하는데 어이가 없었다. 로사는 나보다 먼저 입소한 아이였다. 이런 것도 소위 감방 신고식인가 싶었다. 다른 아이가 웃으며 나를 달랬다.

"아냐, 아냐. 예쁘다는 뜻이야."

로사가 태어나고 자란 곳은 수원이었다. 나와 같은 경기도, 수도권 출신인데 단지 세 보이기 위해서 자신과 관계없는 지역 방언을 구사한다는 점부터 역겹게 느껴졌다. 그때부터 그녀와 헤어지던 날까지 나를 사로잡던 강렬한 혐오감은 이후 다른 누구에게 느낀 것보다 강렬했다. 나는 로사가 내게 생애 최초로 혐오라는 감정을 제대로 가르쳐준 사람이 아닐까, 생각하기도 했다. 어차피 생활관 안에서는 그녀나 나나 소위 악랄한 범죄를 저지른 년들이긴 마찬가지였지만.

열 명의 아이는 — 자주 로테이션되기는 했지만 — 그 나이 또래 다른 친구들이 '아이엠그라운드 자기소개 하기'를 하는 것처럼, 사회에서 무슨 짓을 해서 여기 왔는지 이야기를 한다. 재이에게 말한 '나의 인생 고백' 글쓰기 같은 것이다. 마치 명문학교 입학을 위한 창의적 글쓰기인 양 이야기했지만, 그냥 그런 것일 뿐이다.

로사는 말이 길었다. 자기소개로 끝나지 않고 생활하는 내내 틈틈이 이야기했다. 그게 무슨 영웅 서사라도 되는 것처럼. 그저 무슨 짓을 했는지 짧게 말하면 되는 거였다. 나 같은 경우는 자꾸 말하면서 그 기억을 더 구체화하고 싶지도 않았고 무엇보다 말하기 자체가 괴로웠다. 하지만 로사는 무슨 재미있는 소설이라도 읽은 것처럼 떠들어댔다. 그게 다 그놈 때문이라고. 그런 말은 로사 말고도 누구나 하는 말이긴 했다. 당연히 나도 그랬다. 그놈이 자꾸 자기 몸뚱이를 밀고 들어오지만 않았어도. 상향등까지 켰는데. 내가 시동을 걸었다는 걸 뻔히 알면서. 내 발끝의 움직임으로 목숨을 잃을 수도 있다는 생각을 못 해서 죽었다고. 그러니까 그놈은 죽으려고 환장했다고. 나도 흥분하며 그렇게 떠들어댄 적 있었다. 하지만 그런 말을 떠들

52

고 나면 극심한 고통이 밀려왔다. 돌아보면 그만한 나이에 느낄 필요가 없는 쓸모없는 고통이었다. 다 내가 벌인 짓이긴 하지만. 액셀러레이터를 밟는 발끝의 감각이 고스란히 되살아나면서 온몸에 소름이 끼친다. 손톱 끝으로 칠판을 긁는 소리를 듣는 것 같다. 칠판 이 끝에서 저 끝까지 손톱으로 쭉 밀고 가는 소리는 내가 감당할 수 있는 감각을 넘어선다. 그런 소리를 듣는 것 같은 괴이쩍은 감각이 발끝에서 머리끝까지 단번에 전달되는 것이다. 부드럽다 못해 미끄러운 페달을 밟은 순간을 떠올리면.

로사는 이야기의 시작을 이상한 지점에 둔다. 열두 살. 사건이 일어나기 몇 년 전으로 거슬러 올라가 자기가 초등학생 시절부터 얼마나 조숙했는지 장광설을 푼다. 그리고 그건 다 자기 부모 덕분이고, 또한 전부 다 자기 조부모 덕분이라고. 조부모의 프로필을 생활관 같은 방 아이들이 외울 지경으로 읊어대곤 했다. 로사가 소개하는 자기 조부모, 부모의 일대기를 들어보면 한국 현대사의 질곡 그 자체다. 그런데 그 시절을 살았던 그 누구든 '질곡' 안에 포함될 수 있었다. 특권을 가진 자들만이 감당해온 역사가 아니었다. 나는 들으면서도 그런 생각을 했고 서당에서 처음 선생님 수업을 들을 때 확신했다. 어떤 인간들은 자기가 어떤 역사를 대표하는 양 가장 앞에서 뛰려고 애쓴다. 눈에 띄려고 별짓을 다 하면서 마라톤 선두

주자처럼 앞에서 달린다. 로사는 정확히 그런 부류였다.

그래서 뭐? 라고 누가 물었던 적도 있다.

"그게 네가 딸려 온 이유랑 뭔 상관인데."

로사는 질문한 아이의 따귀를 때렸다. 몸집도 작고 싸움도 못하는 로사는 깡 하나만은 대단했다. 한바탕 소동이 일어났다. 나는 다른 애들처럼 말리지도 않고 이층 침대에 엎드려 가만히 그들을 지켜봤다. 침대 2층에서 그런 꼬락서니를 구경하는 건 나쁘지 않았고 오히려 즐거웠다. 얼굴에 미소가 번졌는지도 모른다. 그날따라 베갯머리가 아주 따스하게 느껴졌다. 드물게 즐거운 순간이었다. 질문한 아이가 내 속을 후련하게 긁어주는 기분이 들었으니까.

"느그 할배, 할매, 느그 부모가 그리 대단타면서 너는 왜 그 꼬라지로 살았냐?"

나도 해주고 싶은 말이었다. 로사는 폭력 쪽은 아니어서 그런지 상대에게 속수무책으로 밀렸다. 먼저 따귀를 때린 용기가 가상하긴 했다. 또래 남자애를 칼로 찔러 상해를 입히고 들어온 아이는 로사를 가볍게 잡았다. 합이 잘 맞는 무술 액션이랄까. 로사는 그 애가 때리는 대로 맞았고 미는 대로 밀렸다. 단 한 번 반격할 틈도 없었다. 상대는 로사의 목덜미를 발로 짓밟으면서 계속 말했다.

"그리고 너 말이다. 갱상도 말 쓰지 마라. 우리 부모가

54

갱상도인데 그따위로 어설프게 사투리 지껄이는 거 젤로 싫어한다고. 나한테도 똑바로 쓰라고 했거든?"

교사들이 달려와 진압하기 전까지 로사는 계속 그 애에게 밟혀 있었다. 목덜미가 짓밟힌 채로 쓰러져 있는 로사를 나는 침대 2층에서 빤히 바라만 봤다. 그냥 네가 여기서 죽어버리면 어떻게 될까. 마치 인생이 너무 평온해서 무슨 일이라도 생기길 기도하는 철없는 소녀처럼 나는 그런 생각을 하고 있었다. 네가 너무 미워서 하는 생각은 아닌데, 누구 하나 죽어 나가면 뭐 그것도 나름대로 재미있는 일 아닐까? 기합을 좀 덜 받을 수도 있고.

로사나 나나, 우린 살아남았고, 살아남아서 굳이 불편하게 다시 만났다.

이층침대

객석의 사람과 눈을 마주치는 일은 애초에 불가능하다고 재이는 말했다. 워킹하는 동안 객석을 보지도 않을뿐더러 무대의 빛과 객석의 어둠이 교차하는 동안 단 한 사람과 눈을 마주치는 일은 있을 수도 없다고. 10년 동안 이런 경험을 해본 적이 없는데, 한번 보고 나니 자꾸만 보여서 눈이 마치 불수의근처럼 움직이는 것 같다는 이야기였다. 옛날 옛적 정화여학교에 들어가기 전에 눈을 깜빡이는 틱 증상을 고치려고 애썼던 기억이 났다. 양쪽 뺨을 스스로 후려치면서. 그렇게 눈꺼풀을 의식하지 않는 훈련을 했다. 의식하면 할수록 반대로, 의지와 상관없이 움직이는 게 뭔지 조금 알 것 같았다. '어떤 언니'가 객석에 귀신이 있다고 했다던 말을 들었을 때 나는 코웃음을 쳤다.

"누군지는 몰라도 먹고살 만한가 보다. 그렇지?"

"그 언니는 자기가 귀신을 본대."

"먹고살 만하니까 귀신 타령을 하지. 재이 너는 너무 스트레스를 받은 것 같아. 일도 많이 하고 그러니까."

"그런데 그 언니 말은 생각보다 일리가 있어."

"귀신 소리 하는 거야, 지금?"

나도 모르게 재이에게 화를 냈다. 재이는 계속 '눈이 아프다'고 말했다. 그건 그냥 증상일 뿐이었다. 누구보다 본인이 그걸 잘 알기에 눈이 아프다고 말하는 거라고 생각했다. 객석을 바라볼 필요도 없는데 신경이 쓰여서 자꾸 눈이 돌아간다면 옛날에 내가 겪었던 틱 증상과 그다지 다를 것 같지도 않았다. 나는 재이에게 정신의학과에 가볼 것을 권했다.

"상담이라도 해봐."

내 말을 묵묵히 듣던 재이는 정색하며 눈썹을 치켜올렸다.

"나더러 정신과에 가라고?"

"정신과가 뭐 어때서. 우리 연구실 사람들 중 반 이상이 정신과 다녀."

"언니네 사람들은 뭐, 정신과 약 같은 거 먹어도 상관없는 사람들이잖아."

"그건 또 무슨 소리야?"

"모델 언니들 정신과 약 먹고 부작용 때문에 살찌고 일 그만둔 사람이 한둘이 아니야."

나는 더 말하기를 그만두었다. 재이가 왜 이렇게 반응하는지 이해를 못 할 것도 아니었다. 다만 '언니네 사람들'이란 말이 자꾸 나를 찔렀다. 그간 재이에게 연구실 사람들을 소소하게 헐뜯거나 흉본 적은 많았지만, 그녀가 굳이 적대시하듯 말하는 까닭을 알 수 없었다.

"그리고 그 언니야가 그렇게까지 먹고살 만한 사람은 아니다."

재이의 입에서 나온 '언니야'라는 말도 낯설었다. 나는 재이를 따라서 말해봤다.

"그래서 그 언니야를 어디서 만났는데?"

"카페에서 같이 일하는 언니야."

재이는 다소 신경질적으로 대답했다.

"가만. 그럼 그 언니는 눈으로 귀신을 본대?"

"그래. 그렇다니까. 평생 귀신을 보고 살았대. 그냥 눈에 다 보인대. 그것들이 사람들 사이에 섞여서 종종거리고 다닌대. 카페에 손님인 척하고 들어오는 것들도 있고. 횡단보도에서 신호 기다리고 서 있으면 맞은편에 서 있기도 하고. 자기 집에 혼자 앉아 있는데 어깨를 툭툭 쳐서 돌아보면 처웃고 있고 그런대. 사람하고 아주 똑같다는 거야. 근데 사람이 아니라는 거지."

"나는 좀 이해가 안 되는데. 사람이랑 똑같은데 사람이 아닌 줄은 어떻게 알아?"

"자기는 귀신 보는 눈을 타고났대. 그러니까 그게 사람 같은 모습을 하고 있어도 사람이 아니라는 걸 구분해 낼 줄 안다는 거야."

"그런데 그 사람은 그 사람이고 네 생각에도 객석에서 보이는 게 귀신 같아?"

"나는 그 언니야만큼 타고나진 않아서 잘 모르겠어. 그런데 보이면 안 되는 게 보이는 건 맞는 것 같아."

재이가 가끔 말하는 '언니야'가 거슬렸다. 재이는 거침없이 말했다.

"하여간 일리가 있는 게 뭐냐 하면, 타고나지 않은 사람에게도 별안간 따라붙는 경우가 있다는 거야. 그 언니 말이 그래. 귀신에게 내 집을 알려주는 경우가 있다고. 내가 자꾸 그런 꿈을 꾸거든. 내가 사는 집을 현관부터 차례로 훑어보는 꿈. 그런데 집을 보는 눈이 내 눈이 아닌 거지. 언니가 내 말을 이해하려나? 침실, 거실, 부엌, 이렇게 가만가만 보는데 꼭 뭘 찾으려고 살피는 것 같아. 그 언니야는 그게 내가 귀신에게 집을 알려준 거래."

그 말을 들었을 때 나는 재이가 말하는 '언니야'가 로사일 수도 있다는 생각이 들었다.

정화여학교에서 로사에게 그런 말을 들은 기억이 문

득 생생하게 떠올랐다.

　로사와 내가 나란히 누워 있던 밤. 사이가 좋아서 그런 건 물론 아니었고, 로사가 갑자기 침대 1층이 답답하다면서 당분간 2층을 쓰겠다고 떼써서 내 옆 2층 아이와 자리를 바꾼 적이 있었다. 비좁은 방에 나란히 세워진 이층 침대에 누워 있다 보니 마치 나란히 누운 것 같은 기분이었다. 별로 좋은 기분이 아니었다. 나는 로사를 처음 본 순간부터 헤어질 때까지 '깡년'이란 말에서 좀처럼 벗어날 수 없었다. 그냥 로사 얼굴에 깡년이라는 그 단어가 적혀 있는 것 같았다. 로사는 어둠 속에서 종종 내게 말을 걸었다. 잘 밤에 시끄럽다고 짜증 내는 아이들도 간혹 있었지만 다들 깊게 곯아떨어지면 상관하지 않았다. 나는 잠에 들기까지 시간이 오래 걸렸다. 눈을 감고 애써 잠을 청하는데 로사가 옆에서 조근조근 말을 걸기 시작하면 짜증이 치밀었다. 나는 꾹 참고 근근이 대답도 해주었다. 일을 크게 만들고 싶지 않아서. 저런 년이랑 야밤에 싸우고 싶지 않아서. 언젠가부터 적응이 되어서 로사가 지껄이고 있으면 스르르 잠들기도 했다.

　"그거 아나? 귀신한테 저도 모르게 집을 알려줄 수도 있다는 거."

　"몰라."

　"맞아. 니는 모르겠지. 니는 귀신 보는 눈 없으니까."

"자랑이냐."

"자랑이 아니고 내가 그렇게 태어난 걸 어쩌라고."

"나는 귀신 관심 없다. 무섭지도 않고."

"그야 네가 못 봐서 그렇지. 네 주변에 널려 있는데."

"그렇게 말해도 안 무섭다."

"에헤이. 그러다 당한다."

"나 잘 거니까 그만 말해라."

"지금 자면 다 알려주는 거다. 안 그래도 좁은 방에 귀신까지 들어차면 우짜노."

나는 대답하지 않고 로사에게 등을 보이며 돌아누웠다. 말을 섞은 내가 병신이지, 생각하면서. 로사는 내 등에 대고 한마디를 더 했다.

"꿈에서 니도 모르게 알려줘버리는 수가 있다니까. 가만가만 집구석을 살피면서."

지금 말하는 집구석이 생활관 방을 말하는 건지 엄마랑 나랑 살던 그 아파트를 말하는 건지 알 수 없다고 생각하면서 잠들었다.

나는 재이에게 그 언니 이름이 뭐냐고 물었고 재이는 로사, 라고 대답했다.

◊

　자랑은 아닌데 그냥 그렇게 태어난 것들, 태생이 그런 것들. 로사는 그런 것에 관해서 주로 말했다. 흠씬 두들겨 맞고도 계속 그랬다. 10호 처분을 받게 된 사건, 자기가 가해자였던 그 사건에 관해 이야기하려면 꼭 열두 살을 거쳐야만 했다. 열두 살, 자기 집은 기차역과 멀지 않았고 방과 후 그녀는 시도 때도 없이 역 주변을 배회했다. 불쌍한 사람들이 많아져서였다. 외환위기 후 한순간에 거지가 되어 길바닥에 나앉은 사람들이었다. 로사는 그들을 '불쌍한 아저씨들'이라고 했다. 나는 그때나 지금이나 아저씨라는 단어 앞에 그런 말을 수식해본 적이 없다.

　"아저씨들 죄다 사장님 하고 월급쟁이 하고 그랬던 사람들인데 거기 사는 거야. 길바닥에. 남이 버린 담배 주워다가 피우면서. 남이 두 번 정도 피운 장초 발견하면 그걸 세상 최고 행운이라고 여기면서 그렇게."

　나는 이렇게 대꾸했었다.

　"사장님 하고 월급쟁이 했으면 잘살았던 인간들이네."

　"과거가 중요한 게 아니라 그랬던 양반들이 거지가 됐다는 게 중요한 거지."

　로사는 그 아저씨들이 너무 불쌍해서 하굣길에 책가방을 메고 가서, 말동무를 하고 가끔 담배 심부름도 하고 복권 심부름도 해줬다. 어느 날은 자꾸 복권을 한 장 더 주는 꼴등에 당첨되는 아저씨가 시켜서 열두 번이나 문구점에 다녀왔다고 했다. 열두 번을 오가면서 얼마나 간절히 바랐는지. 다음번엔 당첨되기를, 이다음 번엔 당첨되기를. 결국 마지막 차례엔 꽝이 나왔다.

"그 냄새나는 노숙자들이랑 어울리다니 대단도 하다."

어떤 아이는 침대 사다리를 발로 툭툭 건드리며 말했다. 로사는 그 애에게 정색하며 대꾸했다.

"그게 바로 기층민중이라는 거야. 산다는 것이 그만큼 비참하다는 걸 그때 처음 실감했어."

"비참하다는 걸 왜 알아야 하냐?"

"우린 누구나 기층민중이니까."

사다리에 발을 걸쳤던 아이는 냅다 돌아누우며 "씨발, 뭔 말인지 모르겠노" 한다. 기차역에서 시작되는 로사의 장광설의 결말을 기어이 알고 나서부턴 더 안타깝고 불편한 이야기로 느껴졌다. 로사는 그렇게 아저씨들, 기층민중의 말동무가 되고자 하는 기특한 꼬마였다. 부모님이 그렇게 가르쳤기 때문이었다. 로사의 부모는 로사가 기차역 앞 광장에 들락거리며 노숙자들이랑 어울린다는 걸 알고도 혼내거나 제지하지 않았다. 외려 칭찬해주었다. 로사는 중학교 입학을 한 달 앞둔 겨울날, 어떤 아저씨와 함께 영화관에 간다. 소설을 원작으로 만든 영화를 보기 위해서다. 소설에는 자본가 남성과 노동자 여성이 등장한다. 영화 포스터에는 국한문 혼용으로 '짓이겨진 누이의 육신과 순정……' 어쩌고 하는 문구가 적혀 있고 어찌 된 영문인지 반라의 여성이 눈물을 흘리고 있다. 아저씨는 매표소 직원에게 로사를 자기 조카라고 소개하며 데리고 들어간다. 로사의 말에 의하면 아저씨는 조금 젊어 보이는 사십대였다고 하는데, 그 말에는 모두가 몸서리를 쳤다. 조금 젊어 보이는 사십대가 어디 있어! 어떤 아이는 베개를 로사의 얼굴에 던졌다. 로사는 그런 반응을 무척 즐기는 듯했다.

"너희가 몰라서 그러는데 생각보다 아저씨들, 별것 아니야."

로사의 말이 어디까지 사실이고 거짓인지는 알 수 없다. 로사가 하고 싶은 말은 바로 그거였으니까. 아저씨들, 별것 아니야. 어쨌든 그렇게 아저씨들이랑 어울리다가 좋은 아저씨들뿐만 아니라 질이 좀 낮은 아저씨들과도 어울리게 되고 같은 학교 여자애들을 꾀어내 성매매를 알선한 일이 로사가 저지른 범죄였다. 로사는 그런 이야기를 하면서 나를 빤히 쳐다보기도 했다. 예쁘고, 가난해 보이는 애들. 로사가 표적으로 삼은 애들을 이야기할 때였다. 그렇게 쳐다보면 소름이 끼쳤다. 파충류 눈 같다고 생각했다. 예쁘고 가난한 애들이라니, 그런 말은 엄마에게도 수 없이 들은 말이었다.

"가난한 집에서 태어난 얼굴 반반한 애가 얼마나 위험한지 너는 아직 몰라. 무조건 성공하지 않으면 안 돼. 목마르면 독배라도 마셔라."

목마르면 독배라도 마시라는 게 내 엄마의 일생일대 가장 큰 가르침이었다.

그 시절 로사를 보면서 나는 엄마와 비슷하다고도 생각했다. 나를 낳고 길렀지만, 결코 나를 보호할 생각이 없었던 여자. 개명하기 전 자기 이름을 딸에게 물려주는 여자. 나는 살면서 그런 사람을 본 적 없다. 엄마는 어쩔 수 없이 버려야 했던 자기 이름을 나에게 주었다. 자기가 잃어버린 빛나는 시절을 내 육체를 통해 재현하려고 했다. 엄마는 내가 대학에 들어가고 나서도 메일을 보냈다. 수신거부를 해도 새로운 계정을 만들어서 계속 보냈다. 마치 이름을 빈번히 바꾸던 것처럼. 이 세상의 수많은 인간이 자식을 낳는다. 자식을 낳을 자격이 없는 사람들까지. 자격 있는 사람이 따로 있다고 생각하지는 않지만, 자격 없는 사람은 분명히 존재한다는 게 내 지론이었다. 그런데도 인간이라면 누구나 번식해야 한다고 가르쳐왔으니까 자꾸 죄 없는 아이들이 태어나서 인생이라는 화염 속에 던져지는 것이다.

정화여학교에서 우리는 모두 같은 옷을 입고 있었고

저마다 서로를 신뢰하지 않았으므로 출신이 어쩌고 하는 말은 의미가 없다고 생각했다. 로사가 자기가 명문가 출신이라도 되는 양 떠들어도 박탈감이 들거나 할 필요는 없었다. 저렇게 이빨을 까서 불쌍한 여자애들을 이용해먹었구나, 그것도 얼마나 죄질이 지독했으면 딸려 들어왔겠나 싶을 뿐이었다. 그런데.

그런데 내가 가난하다는 걸 어떻게 알지?

그때도 지금도 나는 표정 관리를 하려고 애쓴다. 덤덤한 표정을 지으려고 부단히 애썼다. 열다섯 살에는 지금만큼 잘하지는 못했을 것이다. 로사가 자기 피해자들을 운운하면서 나를 넌지시 지목하는 것 같을 때 입을 다물어버렸다. 나는 대체로 로사를 무시했지만, 그때만큼은 등골이 서늘하며 뭔가 간파당하는 느낌을 받았다. 로사가 귀신 보는 눈을 가졌든 말든, 또래보다 조숙하고 영리하든 말든 관심 없었고 그저 내가 정말로 가난했기 때문이었다. 나는 가난이 흉이라고 가르치는 엄마가 내 인생을 말아먹었다고 생각했고 선생님을 만나서 가난이 흉이 아니라 다만 불편일 뿐이라는 걸 다시 배웠다. 정화여학교 시절, 아직 선생님을 만나기 전인 그땐 로사가 주는 그런 불길한 느낌에서 자유로울 수 없었다. 하도 떠들어대니까 머리카락을 말리다가 말고 책을 읽다 말고 그런 말을 들을 때도 있었다. '편모슬하' '결손가정' '미혼모' '사생아', 위낙 떠들어대는 애니까 무시하자 싶다가도 때론 충동이 치받칠 때가 있었다. 저 아가리를 찢어놓고 싶다. 그러나 나는, 나야말로 폭력 쪽도 아니고 로사와 힘으로 붙어도 이길 자신이 없었다. 로사는 덩치는 작은 편이어도 마늘종같이 단단해 보이는 구석이 있는 아이였다.

내 엄마는 간데없는 남자의 자식을 낳아 혼자 키웠다. 독신자 아파트에서.

그러면서도 메이커를 따지며 물건을 샀고 고급 차를 끌고 다니며 남에게 잘나 보이려고 애썼다. 어릴 적 사진이 내게는 열 장 남아 있다. 소년원 처분이 결정되고 급하게 짐을 챙길 때 앨범 따위를 챙길 여력이 없었다. 특별히 잘 나온 사진들을 노트에 스크랩해두었는데 결국 그것만 남았다. 사진 속 나는 하나도 빠짐없이 예쁜 옷을 입고 있다. 인형처럼. 엄마는 말할 것도 없다. 그 사진들을 아주 가끔 들춰 볼 때가 있었다. 마음이 약해질 때, 연구실에 틀어박혀 일만 하다가도 때로 뭇사람의 말에 상처받을 때, 내 과거가 생각나 그저 허방으로 굴러떨어질 것 같을 때 자존심을 회복하려는 듯 노트를 펼쳤다. 이날들로부터 얼마나 멀리 왔는지, 나 혼자 나를 벌어먹이고 사는 이 인생을 얼마나 간절히 원했었는지 상기하려고. 노트를 펼치며 자기 상실의 장으로 도도하게 걸어 들어가려고 했다. 선글라스를 낀 엄마가 골프웨어를 입고 샛노란 원피스를 입은 나를 한 손에 들고 있는 모습, 새로 개장한 반포 뉴코아백화점 앞에서 미키마우스 풍선을 들고 있는 모습, 발레복을 입고 포즈를 취한 모습, 초등학교 교복을 입고 사각 책가방을 멘 모습, 그리고 급기야 롯데백화점 예쁜 아이 선발대회 사진까지 찬찬히 본다. 사진을 보자마자 금방 그 무대로 플래시백되며 나는 언제나 무리 없이 단번에 1990년대로 간다.

사실 나는 내가 얼마나 가난한지 잘 몰랐다. 그 시절 집안 형편이 어떤 지경이었는지 비교적 정확하게 알게 된 건 성인이 된 이후였다. 선생님이 여러 차례 말리지 않았다면 대학을 포기했을 것이다. 선생님은 학비를 대납해주면서 내가 그만두지 않도록 애썼다. 내 엄마와 나의 사정을 자세히 아는 사람은 선생님뿐이었다. 내가 어린 시절 누렸던 호사를 돌려받으려고 악착같이 연락하는 엄마로부터 지켜준 사람은 선생님뿐이었다. 엄마와 함께했던 십몇 년 인생에서 내가 정말로 누렸던 건 무엇이었을까.

엄마는 나를 근처 신도시 사립초등학교에 보냈다. 없는 살림에 피아노, 수영, 발레학원을 보냈다. 예쁜 아이 선발대회에 내보내서 좋은 추억을 만들어주려고 했다. 나는 덜컥 일등을 했다. 예쁜 아이 일등. 그런 흉한 타이틀을 달고 나는 어린이 프로그램에 출연하고 어린이모델로 광고를 찍었다. 엄마는 새로 개통한 자유로를 타고 나를 서울 촬영장에 데리고 다녔다. 당시 자유로 일부는 가로등이 없어서 그야말로 새카만 밤의 고속화도로였다. 엄마는 욕을 하면서 운전을 했다. 가로등이 없어지는 구간에서 상향등을 켜며 반드시 욕을 했다. 나는 그 모습을 유심히 봤고 상향등을 켜는 방법을 배웠다.

어느 날 맞은편 차선에서 마주 오던 차가 클랙슨을 요란하게 울려대며 엄마에게 시비를 걸었다. 도로에는 지나는 차가 없었고 상대방과 엄마는 갓길에 차를 세우고 씩씩대며 내렸다. 나는 엄마의 옷자락을 잡으며 '그냥 가자' 말했지만 엄마는 듣지 않았다. 상대방은 초로의 남자였고 엄마에게 이년 저년 하면서 상향등 때문에 아무것도 보이지 않는다고 쏘아붙였다. 엄마는 손가락질하며 온갖 쌍욕을 했다. 군바리들이 가로등을 설치 안 해놔서 상향등 켜고 다녀야 되는 걸 모르냐고. 늙어서 눈이 어두우면 집구석에서 잠이나 자빠져 자라고 외쳤다. 컴컴한 도로 한가운데에서 싸우다가 갑자기 상향등도 켜지 않은 차가 나타나서 두 사람 모두 쳐버리면 어쩌나, 나는 손가락을 깨물고 눈을 깜빡이며 불안에 떨었다. 그러다가 문득 엄마가 죽어도 나쁘지 않겠다고 생각했다. 아주 잠깐 스친 생각이었지만. 그럼 나는 어떻게 해야 하지? 경찰에 신고부터 해야지, 엄마 차에 걸려 있는 카폰을 물끄러미 내려다보면서 속으로 중얼거렸다.

냅다 시비를 걸었지만 본전도 못 찾은 노인은 기죽어 차로 돌아갔고 엄마는 나를 남겨둔 차로 돌아오면서 계속 중얼중얼 욕을 했다. 엄마가 화난 채 시트에 털썩 앉는데 익숙한 향수 냄새가 훅 풍겼다. 엄마는 그때를 두고 '목숨 걸고 너를 태워 다닌 시절'이라고 술회했다. 그렇게 파주와 서울을 오가며 내가 가장 많이 들은 말은 '북한 애'였다.

촬영장 아저씨들은 낄낄 웃으며 나더러 '북한에서 온 애'라고 했다. 북한이라니, 그렇게 심한 말을 할 수가 있나 생각했는데 엄마도 웃으며 맞장구를 쳤다.

"어휴, 그럼요. 우리 동네는 개성까지 택시비 만 원도 안 나오죠."

나는 엄마에게 내가 왜 북한 애냐고 물었다. 엄마는 북한이 생각보다 가깝다고 하면서, 그런 말 듣고 정색하고 그러면 안 된다고 했다. "그 정도 농담은 주고받을 수 있어야지." 엄마는 얼굴에 콜드크림을 펴 바르며 말했다.

새벽

그날은 다른 날들과 같이 내 발목을 붙들고 질질 따라온다. 나는 그날에 관한 기억도 언제까지나 지속되리라는 것을 알고 있다. 시간이 아무리 흘러도 떨치지 못한 다른 날들처럼. 주화입마에 빠진다고 할까. 그날, 가려움은 밤이 깊도록 좀처럼 나아지지 않았다.

이건 꿈이라고 아무리 생각해봐야 벗어날 수 없는 그런 꿈처럼.

꿈속에서 나는 익숙하게 시동을 걸고 차를 운전한다. 액셀이 발끝에서 미끄러지는데 어쩐지 기이하게 유쾌하다. 새벽 고속도로에 다른 차는 없다. 난데없이 폭주족이된 기분이 나쁘지 않다. 더 힘껏 밟아도 좋을 것 같다. 문득 귓속이 먹먹해지는데 누군가 내 어깨를 툭 건드렸다.

재이였다. 조수석 쪽을 돌아보지 않았는데 나는 그 사람이 재이라는 사실을 알고 있다. 돌아보지 마. 나는 생각했다. 지금 돌아보지 마. 재이의 날카로운 웃음소리가 막힌 귓속을 찌르고 들어온다.

"언니, 이대로 쭉 가면 어릴 적에 살았던 동네야?"

돌아보지 말자고 다짐하면서도 나는 오른쪽으로 고개를 돌린다. 당연히 거기 그렇게 있어야 할 사람처럼 로사가 웃고 있다. 그렇지, 그건 재이의 웃음소리가 아니다. 쭉 찢어진 세로 동공, 파충류 눈이다. 눈은 그대로인데 입만 웃고 있다. 새된 소리와 어울리지 않게 항문처럼 옹졸하게 벌어진 입. 어린 시절 연보랏빛 체육복을 입고 "내 눈은 보석 같지 않니?" 하며 말 같지도 않은 소리를 지껄였던 그때처럼. 작은 포식자의 모습 그대로다.

나는 그만 핸들에서 양손을 놓았고 계기판의 시뻘건 눈금이 올라가는 모습을 맥없이 바라보다 소스라치며 잠에서 깼다.

출근까지 고작 네 시간 남짓 남았는데 잠에서 깨버렸다. 나는 다시 가려움을 느꼈다. 허벅지 안쪽 고간을 쓰라릴 때까지 미친 듯이 긁었다. 침대맡 스탠드 불을 켰다. 다시 잠들고 싶지 않았다. 마치 기묘한 새벽의 고속도로로 이내 끌려들어갈 것 같았다.

거실로 나오니 어느덧 창밖에 현실의 새파란 초여름

새벽빛이 서려 있었다. 출퇴근에 바빠 새벽을 보지 않은 지 오래되었다. 격무에 시달리더라도 아침에는 일어나고 밤에는 자는 삶을 간절히 꿈꿨다. 그렇게 살게 된 지 어느 덧 10년째였다. 과거, 잠드는 시간이나 깨어나는 시간이나 밥을 먹는 시간 중 그 무엇도 일정하지 않아 뒤죽박죽인 일상을 살던 시절이 내게도 있었다.

문득 마주한 새벽을 보며 생각했다. 옛사람들은 새벽을 신이하게 여기기도 했다. 이승도 저승도 아닌 어떤 시간과 장소라고 생각한다는 것이다. 제목이 기억나지 않는 일본 기담집에서 읽었다. 수백 년 전, 근대에 개발된 정체 모를 사물을 전부 귀신이라고 여기던 사람들. 철도, 마차, 전화기를 저세상 물건 취급하다 못해 비인간이 만든 기물이라고도 생각했던 사람들. 오래된 기담이나 괴담에서 느끼는 재미는 옛사람들이 가진 공포를 현대인인 나는 갖지 않는다는 데 있었다. 귀신 타령 하는 사람들을 언제나 무시할 수 있었던 이유도 그와 비슷했다. 나는 순수한 공포 따위를 잘 느끼지 못했다. 어려서부터 워낙 기가 세다는 이야기도 자주 들었다. 로사가 방구석 여기저기 손가락질하며 귀신이 우글우글하다고 짐짓 겁주듯 말할 때 나는 비웃거나 그대로 잠들고 말았다. 그 시절에는 꿈 같은 것도 꾸지 않았다. 나이가 들수록 악몽에 시달리고 때론 목 뒤가 흠뻑 젖어 깨어나는 것도 얼마든지, 제법 과학적으로 설명할 수 있었다.

찬물로 세수하고 일찌감치 연구실에 출근했다. 비어 있는 책상들이 유별나게 생경했다. 하나둘씩 톺아보는데 사람들의 얼굴이 얼른 떠오르지 않았다. 모두의 책상에 어수선하게 쌓인 책탑이 마치 책상의 주인 같기도 했다. 어차피 곧 하나둘 출근해 자리를 채울 것이다. 출근길에만 해도 새벽빛이 채 가시지 않았는데 금세 날이 환하게 밝아오고 있었다. 아직 세상의 이치를 깨닫기 이전 조상들은 이 낮과 밤의 경계를 충분히 무서워했으리란 생각이 들었다. 자기 몸은 언제나 그대로인 것만 같은데 자꾸만 모습을 바꾸는 자연을 어떻게 받아들일 수가 있나. 나는 창밖을 하세월 바라봤다. 얼마나 시간이 흘렀을까. 언제나 나를 강렬하게 사로잡는 감각은 일에 쫓기는 두려움이었다. 주말에는 고전 아카데미 강연이 잡혀 있었기에 빨리 끝내야 할 일이 산적했다. '읽지않음' 처리를 해두고 답신을 미룬 메일도 가득했다. 어떤 상념에 사로잡히더라도 내게는 먹고사는 일이 중요했다. 당장 해내야 하는 마감이 가장 중요했다.

나는 언제나 '중간쯤' 출근했다. 제법 일찍 출근하는 사람들과 아슬아슬하게 지각하는 사람들 중 어느 쪽에도 해당되지 않았다는 이야기다. 여느 기업들처럼 근태관리기를 설치해두는 곳은 아니었지만 우리 연구원들도 상근하는 자로서의 책임은 마땅히 수행해야 했다. 내가 가장 먼저 출근해서 불을 켜는 일은 드물었다. 연구실 안이 적요로 가득해서 평소 들리지 않던 소음이 들리는 듯했다. 냉장고나 전자레인지 소리라거나 초여름의 벌레 소리일 수도 있었다. 나는 아주 늦게 그 사실을 알아차렸다. 시간은 자꾸만 흘러가고 있고 누구도 출근하지 않는다.

당연하게도 시간은 계속 흐르고 있었다. 벽시계와 핸드폰과 컴퓨터로 시간을 확인할 수 있었다. 연구실에는 여전히 책상들만 놓여 있었다. 나는 가장 오래된 사람이었으므로 직급 없는 연구실의 좌장 노릇을 겸하고 있었는데, 그러므로 좌장이 앉을 법한 자리가 내 자리이기도 했다. 연구실 가장 안쪽, 파티션 내부를 누구도 흘깃댈 수 없는 자리. 그러면서도 연구실 전체를 한 번에 조망할 수 있는 자리. 책상들은 일제히 나를 쏘아보고 있었다. 나는 이 순간이 꿈이 아니라는 걸 알고 있다. 큰 창문으로 환한 빛이 쏟아져 들어왔다. 누군가 자리에 놓아둔 식물의 초록이 선뜻 빛났다.

순간 어쩌면 영영 돌아갈 수 없을지도 모르겠다고 생각했다. 동료들과 점심을 함께 먹고 커피를 뽑아 가벼운 산책을 하는 일상으로. 그들과 나눴던 어떤 시간보다 날카롭게 기억나는 것은 바로 그런 순간들이었다. 지금 내 앞에 펼쳐진 풍경은 흡사 음화필름과도 같았다. 수상하게 홀로 빛나는 저 화분의 초록이 아니라 별일 없는 일상에 존재하던 진짜 초록의 삶에서 나는 갑자기 쫓겨났는지도 모른다. 놀랍게도 마음이 푹 가라앉으며 차분해졌다.

선생님이 보고 싶었다.

한 달 전 폐섬유화 증상이 깊어진 것 같다고 덤덤하게 말하던 선생님이 생각났다. 선생님을 만나러 가지 않은 지 1년이 다 되어갔다. 그 고장에 KTX가 들어섰는데 예전보다 더 가기가 힘들었다. 나는 늘 선생님이 보고 싶다고 생각했지만 자꾸 그 고장으로부터 멀어지는 삶을 받아들여야 한다고도 생각했다. 언젠가 선생님이 해준 말이기도 했다. 너는 언젠가 이곳을 완전히 떠나고, 궁극적으로는 아예 잊어버려야 한다고.

선생님은 이제 칠순을 앞두고 있었다. 칠십대가 되면 죽음을 안고 살아야 한다고 그는 말했다. 사실은 이미 나이 쉰에 그런 비슷한 걸 느꼈다고 한 적 있었다. 귓속으로 저승이 육박하는 느낌. 그 말을 처음 들었을 때 내 나이는 아직 이십대 초반이었다. 궁금했다. 귓속으로 저승이 육박하는 느낌이란 과연 무엇인지. 그런데 설마 내가 벌써 마흔도 되기 전에 그 순간을 맞이한 것일까.

핸드폰을 들어 얼굴 인식을 하려고 했는데 되지 않았다. 비밀번호도 먹히지 않았다. 스마트폰에는 너무 많은 정보가 들어 있으므로 항상 잠그는 것이 당연했다. 비밀

번호는 대학 시절 학번이었다. 단 한 번도 그 숫자 네 자리가 아닌 다른 것으로 설정해둔 적이 없었다. 나는 핸드폰을 내려놓았다. 헛된 시도를 할 필요가 없다고 생각했다. 곧바로 재이에게 문자가 왔다. 열리지 않는 핸드폰 화면에 재이가 보낸 문자가 미리보기 한 줄로만 떴다.

　　―내가말하지않아도될것같은데그거나만겪은게아니

　나는 다음 말을 짐작할 수 있었다.

　나만 겪은 게 아니라 다른 애들도 겪은 거니까.

사진작가

그러니까 그날, 돌연 연구실에 홀로 남겨지기 전날, 알레르기 증상에 시달리기 시작했던 날 나는 패션쇼를 알리는 장막이 펄럭이는 것을 보며 당연하게도 재이를 떠올렸다. 재이가 그야말로 슈퍼모델로 명성을 떨치기를 누구보다 바랐던 나였다. 재이는 자꾸만 늦었다고 했다. 중학생 때 데뷔하는 친구도 있는데, 열아홉 살은 너무 늦었다고. 재이는 방황하느라 진로를 늦게 결정했다고 했다. 그런 이야기를 처음 했던 날, 재이가 말하는 방황이라는 건 내가 듣기에는 아무것도 아니었고 솔직히 방황이라고 하기에도 우스운 수준이었지만 나는 진지한 표정으로 들었다.

"우리 할머니가 옛날부터 맨날 했던 말이 연예인은

창녀라는 거야. 젊을 때 친구가 미8군에서 공연하고 다녔다고 막 고개를 절레절레 흔들면서 자기 인생에 그런 여자랑 친한 적이 있다는 사실 자체가 부끄럽다고. 내가 학교 앞에서 엔터 사장 명함 받아 올 때마다 찢어버렸어. 남들에게 얼굴 팔고 다닐 생각 하지 말라고. 꿈도 꾸지 말라고. 그래도 그때 취업 준비한다고 영어 공부 열심히 했던 건 다행이야. 외국 나갈 일도 생각보다 많았으니까. 연예인은 무슨. 프리랜서 업종 코드 940303일 뿐인데."

모델을 준비하는 대신 영어 공부를 했다는 방황은 너무나 귀여워 보였다.

"그러면 재이야, 할머니가 네 화보 사진이나 쇼를 보신 적 있어?"

"아, 맞다."

재이는 인상을 찌푸리며 핸드폰을 뒤적거렸다.

"이거 보고 노발대발."

재이가 보여주는 핸드폰 속 사진은 속옷 화보였다. 누구나 알 법한 유명한 란제리 브랜드였다. 브래지어와 팬티만 입고 있는 재이보다 화려한 브랜드 로고가 먼저 눈에 들어왔다. 나는 와, 하고 입을 벌리며 사진을 바라봤다.

"할머니가 이거 보고 누드 사진이래."

재이는 코웃음을 쳤다.

"사진 찍을 때 남자들 있었냐고, 몇 명이나 됐냐고 계속 추궁했어. 이 사진 찍을 땐 여자들밖에 없었는데 할머니는 사진작가가 여자일 수 있다는 생각 자체를 아예 못하잖아. 진짜 심한 건 따로 있는데."

그 말을 들을 때 나는 순간 조금 놀랐지만 곧 잊어버렸다. 진짜 심한 건 따로 있는데, 그 말을 하는 재이의 표정이 너무나 덤덤했기 때문이었다. 그 순간을 포착하지 못했다. 모델로 일하면서 그런 심한 순간이 없을 리는 없었다. 재이가 말해주지 않아도 짐작 가능했다. 백스테이지에서 그토록 재빠르게 옷을 갈아입으려면 결국 어떤 순간들을 마주해야 했을 것이다. 어떤 순간이냐 하면, 바로 내가 용서할 수 없는 순간. 나는 재이가 오디션 복장을 입고 남자들에게 몸을 보여주는 것조차 상상만으로도 화가 치미는 인간이었다. 재이는 때로 웃으면서 그런 말을 아무렇지도 않게 했다.

"백스테이지에서는 알몸이고 뭐고 없어. 누가 보든 말든 빨리 옷 갈아입어야 돼."

"거기 남자들도 있어?"

재이는 마치 자기 할머니를 보듯 나를 쳐다봤다.

"당연한 거 아냐? 디자이너도 남자가 더 많은데."

"그럼 남자들이 다 쳐다보고 있는 거야?"

"어휴, 언니, 다들 바빠서 쳐다보고 말고 할 정신도

없어."

그 말이 사실이기만을 바랄 뿐이었다. 작은 트렁크쇼에서 어깨끈이 흘러내리는지도 모르고 걷다가 가슴 한쪽이 노출됐다는 이야기를 할 때도 재이는 웃었으니까. "나 그래서 '국민가슴' 됐잖아"라고 말하면서 낄낄 웃었으니까. 재이 할머니가 말하는 미8군 무대는 수많은 아티스트를 배출했고 이젠 그들에 관해 아무도 함부로 말하지 않는다. 한국전쟁 중 내한했던 미국 여배우가 부대를 돌며 위문행사를 했다는 이야기를 읽으면서도 팔뚝에 소름이 돋는 나였지만, 그들도 프로라는 사실을 생각하려고 애썼다. 어떤 업계의 전문가든 범인(凡人)들은 모르는 사정을 갖고 있으니까.

재이가 나를 다시 찾은 건 나밖에 털어놓을 사람이 없다는 이유에서였다. 그 잘난 로사는 어디다 두고, 라는 말은 삼켰다. 오랜만에 먼저 연락한 재이는 자기 업계에서 일어나는 일들에 관해서 너무 오래 헷갈렸다고 내게 고백했다. 어디까지가 맞는 건지, 어디서부터 틀린 건지 정확히 알기 어려웠다. 예전에도 가끔 재이는 내게 그 헷갈림에 관해서 말하곤 했었다. 열아홉 살에 전속모델 오디션을 볼 때, 재이는 누군가 이렇게 지껄이는 걸 들었다.

"아, 이런 건 술 마시면서 봐야 하는데."

열아홉 살 재이는 그 말을 듣자마자 털어버렸다. 재

이는 말했다. 그럴 때는.

"그럴 때는 그렇게 생각하면 됐어. 나는 여기에 없다. 지금 나는 여기에 없다."

"그렇지만 거기 없는 게 아니잖아."

"없는 게 아니라 없는 셈 친다는 거야."

어떻게 자기 자신을 없는 셈 칠 수 있느냐고 꾸짖고 싶은 적이 많았다. 모두 없는 셈 치더라도 자기 자신에게 만은 그러면 안 된다고. 하지만 내가 참견할 때마다 은근히 불편한 기색을 비치고 언니가 그러면 내가 더 속상하다고 말하는 재이 앞에서 큰소리를 내지 않으려고 나는 무진 참곤 했다.

수없이 헷갈렸고 대체로 웃어넘겼지만 단 한 번도 덤덤하게 넘어갈 수 없었던 사건.

재이에게도 그런 사건이 있었다고 했다.

초등학교 앞 벚나무 그리고 오래된 작은 세탁소 옆 붉은 벽돌 건물. 재이네 집 가는 길을 잊은 적 없는 나는 성큼성큼 걸었다. 마치 달려 나가듯 성급하게. 언니, 나한테 좀 와줄 수 있어? 재이의 문자에 나는 대번 외투를 걸치고 나섰다. 아직 조금 쌀쌀한 늦봄이었다. 재이는 구축 연립주택 앞에 나와 서서 나를 기다리고 있었다. 붉은 벽돌 건물을 보니 문득 눈물이 날 것 같았다. 다시 오지 못할 수도 있다고 생각했었다. 볼캡을 눌러쓴 재이는 짝다리를 짚고 선 채 나를 보며 슬쩍 눈웃음을 지었다. 평소에 피우지도 않는 담배를 문 채였다. 재이는 어설프게 곁담배를 피웠다. 재이가 나를 영영 떠나버릴까 봐 얼마나 마음 졸였는데. 문득 재이가 먼저 나를 찾는 날이 왔다는 것이 놀라웠다. 반갑다기보다는, 놀라운 쪽에 가까웠다.

재이네 살림살이는 여전히 단출했고 밥해 먹는 티가 좀처럼 나지 않는 주방도 예전과 같았다. 내 손이 닿지 않는 높은 곳에 걸린 오디션 복장도 그대로였다. 과장을 보태 말하자면 나보다 훨씬 더 키가 작은 로사는 치마 끝자락도 만져볼 수 없을 것 같았다. 나랑 만나지 않는 동안 로사가 여길 들락날락했으리란 데 생각이 언뜻 미치자 불같이 화가 치밀었다. 그런 걸 티 내봐야 좋을 건 없었으므로 애써 감정을 숨겼지만. 재이는 집에 들어와서도 모자를 벗지 않았다. 여전히 머리카락은 길고 풍성했다. 재이는 좌상을 펼치고 찬물 한 잔을 따라 내주었다. 행동거지 하나하나에서 재이가 나에게 거리를 둔다고 느꼈지만 순전히 내 기분 탓일 수도 있었다. 우리는 아주 오랫동안 서로의 집에 들어서면 나란히 침대에 기대거나 벌렁 드러누웠다.

"회사에선 내가 나간 줄도 모르더라고."

재이가 불쑥 말을 꺼냈다. 열아홉 살부터 전속모델로 일한 회사를 그만두고 나온 것까지는 알고 있었다. 소속사가 있든 없든 프리랜서 소득세를 내는 것은 마찬가지였지만 상황은 달랐다. 거의 모든 일감을 회사가 중개했고 그만큼 재이는 수익의 상당한 부분을 떼어줬다. 소속사가 없는 재이는 자신을 '프리모델'이라고 칭했다.

"길에서 우연히 대표를 만났는데, 내가 그만둔지도 모르고 요즘 왜 뜸하냐고 그러더라고."

재이는 자꾸 변죽만 울렸다.

나는 그런 답답한 태도를 견디지 못해 냅다 따졌다. 항상 재이를 배려하려고 애썼지만 그간 서운했던 감정이 왈칵 밀려오는 바람에 다소 흥분했다.

"그러니까 무슨 일이 있었던 건데? 도대체 넘어갈 수 없는 사건이 뭐야?"

재이는 깊은 한숨을 쉬었다.

"언니, 그 일본 애니메이션 봤다고 했지? 헤어 누드 촬영 강요당하는 애니."

"그래, 대학 때 수업에서 틀어주는 바람에 강제로 보고 트라우마 생겼던 그거."

"어. 거기 나오는 여자애가 나야. 내가 그 여자애고."

"네가 헤어 누드를 찍었다고?"

"다행이라고 해야 할지, 사진 같은 건 없어. 그냥 그런 상황이 있었어."

"왜 여태껏 얘기 안 했어? 뭐야, 그런 좆같은 상황이라는 게."

"언니, 그 사진 기억나? 청바지만 입은 사진. 상체는 누드지만 머리카락으로 전부 가렸던 거."

나는 물론 그 사진을 기억했다. 잊으려야 잊을 수도 없는 사진이었다. 사진에서는 아무것도 노출되지 않았지만, 사진을 찍는 현장의 상황이 눈앞에서 재생되는 것 같았다. 열아홉 살의 재이가 — 아무리 길고 풍성한 머리카락으로 전부 가렸다고 한들 — 그 자리에서 안전했을지 알 수 없었다. 재이는 이어 말했다.

"내가 진짜 참으려고 했거든. 폭로하고 고발하고 호소하고 이러는 건 추하잖아."

재이가 그따위로 말을 하면 나는 그저 대답할 말도 찾지 못하고 버벅대고 만다.

"추하다니…‥. 하여간 그래서?"

"그 애니 주인공 마지막에 대스타 되잖아? 입 꾹 처닫고 살아서. 그런데 난 그런 엔딩은 못 맞겠더라."

재이는 사진작가의 인터뷰에 관해 이야기하기 시작했다.

◊

재이는 그 사람을 단 한 번 만났다. 그런데도 오랫동

안 그 얼굴을 잊을 수 없었다. 카메라를 들고 촬영한 쪽은 그였지만, 도리어 그날의 분위기를 박제하듯 정확하게 기억하는 쪽은 재이였다. 그래서 재이는 그 일에 관해서도 주도권을 가진 사람은 자기라고 생각하려 애썼다.

재이는 언제나 자기가 조금은 승리했다고 생각하는 편이었다. 억울할 때도 그랬다. 이보다 더한 일도 얼마든지 견뎌낼 수 있다고, 견딜 수 없을 것만 같은 순간에도 그렇게 생각하는 자신의 강인함이 승리의 증명이었다. 재이는 그렇게 생각했다. 무슨 일을 겪어도 언제나 한숨 섞인 미소 한 번에 날려버리는 내가 바로 승자라고. 때론 자기 존재를 없는 셈 치더라도 괜찮았다. 모델이라는 자기 직업은 곧 패션을 노출하는 일이 우선이며, 모델의 육체는 종종 텅 빈 껍데기 그 자체가 되어야 하기도 한다고 믿었다. 오랜 시간 프로로 일하며 재이가 갖게 된 직업의식이었다. 배우가 평소 몸에 밴 습관을 드러내면 안 되는 것처럼, 모델은 자기 자신을 비워낼 수 있어야 한다. 신념이 투철한 재이는 그만큼 자기가 생각하는 프로의 기준에 어긋나는 다른 모델들을 매섭게 경멸하곤 했다.

모델이 좀 벗을 수도 있지. 모델이 좀 넘어질 수도 있지. 남들한테 얼굴 드러내며 산다면 악플도 감수해야지, 루머도 감수해야지, 비수기도 감수해야지, 서른 넘어 이만큼이라도 일 들어오는 건 감사하고 살아야지.

재이는 그런 말들을 입에 달고 살았다. 전부 자신에게 향하는 다짐이었는데도 결국 말끝엔 다른 종사자에 대한 비난이 이어졌다. 데뷔가 이른 업계 특징인지 재이는 설늙은이같이 굴었다. 특히 요즘 젊은 모델들은, 이라고 시작하는 말들은 전부 차갑기 그지없는 비난조의 훈계들이었다.

예전에 나는 재이의 그런 말들이 썩 유쾌하지 않았지만 오랜만에 마주 앉은 좌상에서는 무엇이든 반가울 지경이었다. 하지만 그날 재이가 내게 털어놓은 말들은 예의 그런 내용이 아니었다.

재이는 우연히 그놈의 인터뷰를 읽었다. 읽은 시점 기준에서 바로 하루 전 올라온 기사였다. 지하철을 타고 강남까지 한참을 서서 가다 겨우 난 자리에 앉자마자 핸드폰을 켰고 무심하게 모델 팬 커뮤니티 검색창에 자기 이름을 넣었다. 새로 올라온 내용이 있든 없든 10년 넘게 습관적으로 해온 일이었다. 재이는 하루에 몇 번이나 자기 이름을 검색했지만 대체로 새로운 결과가 없었다. 부쩍 일이 줄어든 만큼 언급이 없는 것도 당연했다. 연예인이라고 하기에는 부적절할 만큼 인지도가 부족한 모델들을 알아봐주는 유일한 커뮤니티였지만 재이는 그곳에서도 빠르게 잊히고 있었다. 그래도 재이는 날마다 자기 이름을 검색했다. 윤재이. 재이. ㅇㅈㅇ. ㅈㅇ. 초성으로 욕을 하는 게시물이나 댓글이라도 있을까 봐 찾던 습관이었다. 재이는 그렇게 번갈아 쳐보고 무심하게 커뮤니티를 닫았다. 나는 이제 모두에게 잊혔구나, 이 소규모 팬 커뮤니티 안에서도. 재이에겐 그런 생각마저 익숙했다. 오늘 하늘은 조금 흐리구나, 먹구름이 잔뜩 끼었구나, 정도의 아무런 정념도 일으키지 않는 단순한 감상이었다.

몇 년 전만 해도 재이는 울컥했고 슬프기도 했고 때론 분노했다. 왜 노력하지도 않는 아이들이 일을 더 많이 받을까. 머리카락이 상한다고 탈색도 못 한다는 애, 란제리 화보 따위는 저급해서 못 찍겠다던 애, 디자이너에게 개념 없이 굴던 애, 가짜 계정을 만들어서 스스로 자기 홍보를 하던 애, 자작극 하는 주제에 천박하게 다른 모델들 비난까지 하다 들켜 사과문을 쓴 애, 인터뷰하며 경거망동하던 애, 그런 애들마저 자기보다 일을 더 많이 받고 커뮤니티에서 꾸준히 언급되는 걸 보며 절망하던 때가 재이에게도 있었다. 정말로 세상은 공정하지가 않구나, 사필귀정이란 건 없구나, 나는 그냥 계속 더 망하기만 하는구나, 재이의 가슴을 할퀴던 생각들이었다. 그러나 그러기를 몇 년째 하다 보니 어느덧 놀랍게도 무감해졌다.

재이는 손가락으로 화면을 휙휙 쓸어 올리며 새로고침 하다가, 그만 그대로 손가락을 목뒤에 가져다 댔다. 솜털이 일어서 있었다. 어느 헤어디자이너가 "재이 씨, 솜털이 쭈뼛 서네"라고 말했을 때 너무 과장한다고 생각했었는데, 정말이었다.

"윤재이, 문민주, 노유경, 이 친구들 룩북 초창기는 제가 다 작업했지요, 허허."

제목을 보자마자, 재이는 생각했다. 그 턱수염이 정말로 이렇게 웃었을까?

정말로 허허, 하고 웃었다고? 그렇게 연극적으로?

흔해빠진 기사 제목이었다. 데뷔 초 재이도 인터뷰를 한 적 있었다. 그때만 해도 소속사가 적극적으로 지원해주던 시절이라서 단독 인터뷰를 여러 번 할 수 있었다. "무대는 내 생명이자 영혼이 존재하는 장소죠, 하하." 재이는 그런 말을 하지 않았다. 생명이니 영혼이니 장소니 하는 단어를 한 번도 들먹이지 않았는데, 마치 재이가 한 말처럼 따옴표가 붙어 있었다. 그 무엇보다 재이는 '하하'라는 말을 곱씹어 생각했고 소리 내서 그렇게 웃어보기도 했다. 하하, 그렇게 웃을 리는 없었다. 하하, 도 허허, 도 기자의 머릿속에나 존재하는 의성어일 뿐이었다.

그러니까 그 말도 턱수염이 하지 않은 말일 수도 있는데, 재이는 생각했다. 윤재이라는 자기 이름이 뜬 게 얼마 만이던가, 생각하기도 했다. 반년은 족히 넘었다. 커뮤니티 게시글로도 댓글로도 언급되지 않던 자기 이름이 패션잡지 피처 기사 제목으로, 그것도 맨 앞에 떴는데 솜털부터 일어났다. 떨리는 손가락으로 재이는 턱수염이 지껄이는 말들을 읽기 시작했다.

사필귀정에서 자기가 읽을 수 있는 한자는 두 개밖에 없다고 재이는 말했다. 그런데도 그 말을 기억하는 이유는 자기가 믿고 따랐던 업계 선배가 건네준 말이기 때문이었다. 힘들어도 사필귀정이 될 거야. 너무 힘들 때 들은 말이어서 잊을 수 없었다.

"그런데 사필귀정은커녕 세상은⋯⋯."

재이는 대체할 만한 말을 찾지 못했다. 내 머릿속엔 여러 말이 지나갔지만 입을 다물고 있었다. 재이가 하려는 말이 무슨 말인지 그녀가 굳이 한자를 동원하지 않아도 당연히 알 수 있었다. 재이는 손가락으로 좌상을 끝없이 두드리다가 이내 말했다.

"내가 이제 와서 이건 사실이 아니라고, 거짓이라고 폭로하면 아마 다들 내가 관심받고 싶어서 그런다고 생각하겠지? 일도 안 들어오고 늙어가는 뒷방 노인네니까 이렇게라도 관심을 끌어보려고 한다고 생각하겠지?"

"아니, 누가 그렇게 생각한다고 그래?"

"사실 내가 그렇게 생각했어."

재이는 지나치게 솔직할 때가 있었다. 그런 생각이 들더라도 굳이 말하지 않으면 좋으련만, 재이는 가끔 너무 정도가 지나치게 솔직했다. 재이는 그래서 짜증 난다고 했다.

"나 정말 정직하게 승부하고 싶은 인간이야."

"알아, 재이야."

"내가 왜 남들이 우습게 보는 방법을 써야 하지? 진짜 좆같네. 난 정말 오랫동안 참아온 인간이야. 내가 문제야?"

"당연히 네 문제가 아니지. 그따위 쓰레기 같은 기사는 내려달라고 하면 그만이야, 더는 생각하지 마."

"윤재이 청바지 화보는 내 필생의 작품이다. 오케이. 그걸 그렇게 작품이라고까지 생각하셨는데 왜 나에 대한 존중은 쥐뿔도 없는지 궁금하지만 오케이. 언니가 할 말 알아. 작품이란 말 별거 아니다. 만든 물건. 그 이상도 이하도 아니다. 나도 아니까 말하지 마. 그런데 내가 자길 더러 친한 척을 했다고?"

감정이 격해진 재이는 건방진 말투로 지껄이기 시작했다. 나는 그게 거슬렸다.

"재이야, 친한 척했다고 하는 게 문제라는 거야?"

"친한 척한 적이 없어, 나는."

나는 그제야 핸드폰을 열어 재이가 말한 기사를 찾아보았다. 재이 입장에서는 화날 만한 인터뷰였다. 그 역시 건방지기 짝이 없는 말투로 — 기자의 문체일 수도 있었다 — 말하고 있었으니까. 마치 윤재이가 자기에게 환심을 사려고 꽤 애쓰기라도 했다는 듯 보이는 말을 하고 있었다. 재이가 밥맛없다고 말하는 턱수염이 거슬리기도 했다. 그 남자의 면상이 쓸데없이 너무 많이 찍혀 있었다. 사진 밑 캡션에는 '늘 찍는 사람이었는데 찍혀도 보네요, 허허'라고 적혀 있었다. 게으르게 두 번이나 사용된 의성어도 짜증 났고 면상은 그저 슬러지 덩어리일 뿐이었다. 사진을 지나쳐 내려가야 하는 손가락에 오물이 묻어나는 것 같아서 찜찜했다.

"그때 나는 만 열일곱 살이었어. 고3 생일 지나기 전이니까. 그런데 청바지만 입고 찍으려면 청바지만 입은 채 적응해야 한다는 거야. 사진처럼. 아무것도 안 걸치고."

무슨 말인지 언뜻 이해가 되지 않았다.

"그럴 수 있겠느냐고 물어보는 거야. 난 그럴 수 있다고 했어. 어차피 머리카락으로 상체는 다 가릴 수 있으니까."

"사진에서처럼, 그렇게, 사진 찍을 때 말고도 그러고 있었다는 거야?"

머릿속에 재이의 청바지 화보가 반짝 떠올랐다.

"난 얼마든지 그럴 수 있다고 생각했어. 모델이니까. 그런데 그 상태로 밥까지 먹을 줄은 몰랐어. 턱수염이랑 둘이서."

"뭘 먹었는데?"

나는 너무 놀란 나머지 이상한 질문을 했다. 재이는 막힘없이 대답했다.

"컵라면."

그런 길고 풍성한 머리를 늘어뜨린 채 먹기에 가장 부적절한 음식이었다.

◇

재이에게는 그 청바지가 헤어 누드였다. 옷을 벗는 것도 참을 수 있었지만 벗은 채로 밥을 먹는 건 참을 수 없었다. 재이는 아득히 오래전부터, 아슬아슬하게 경계를 지나던 순간들을 수없이 견뎌왔지만 그날의 현장은 잊은 적 없었다. 헷갈린 적도 없었다. 나는 그야말로 아연실색했다. 머릿속에 남은 턱수염의 잔상을 지우고 싶어서 고개를 세차게 흔들었다. 수많은 추남의 몽타주를 지워버리려고 애썼던 순간들처럼 그렇게. 그건 노예에게 춤과 노래를 시키는 일 같은 거라고 나는 생각했다. 재이가 컵라면을 들고 호호 불어 먹는 장면을 상상하기 싫어서 아등바등 애썼지만 잘되지 않았다. 그 장면은 마치 제법 생동감 있는 푸티지처럼 내 머릿속에 오랫동안 남아 있다. 나는 그런 식으로 재이를 머릿속에 박제해두긴 싫었다. 오랜만에 다시 만난 그날 밤, 재이가 좌상에 앉아 내게 처음 털어놓은

사진작가

청바지 화보 촬영 현장의 분위기는 이상한 상상력을 불러일으켰다. 나는 당혹스러운 감정을 피하지 않고 마주 보았다. 재이가 겪은 폭력은 나를 강렬하게 사로잡았다.

처음에 재이는 다행이라는 식으로 말했었다. 사진 같은 건 없어서 다행이라고. 하지만 재이와 몇 번 더 이야기를 나누는 동안 우리는 과연 사진이 없다는 사실이 보다 '이로운' 일인지에 관해 심각하게 고민했다. 열아홉 살 재이가 모욕감을 견디며 촬영한 세미누드 사진이 버젓이 돌아다녔고, 턱수염은 그걸 자랑스러운 자기 필모그래피라는 식으로 당당하게 표현하고 있었지만 재이가 지금 고발하고자 하는 그 장면은 증거로 남지 않았다. 재이가 말하는 대로 그려진 기분 나쁜 푸티지가 오직 나와 재이의 머릿속에만 생생하게 재생되고 있을 뿐이었다.

재이가 어떤 방식으로 고발하고 싶은지, 고발하고 싶은 까닭은 무엇인지조차 일깨우기 쉽지 않았다. 재이는 자꾸만 주저했고 그렇게 되고 싶지 않다고 했다. 그렇게 되는 게 무엇이냐고 물으면 말을 흐렸다.

"그런 거…… 너무 추하다고만 생각했는데……."

"재이야, 내가 몇 번이나 말하잖아. 추한 건 턱수염이라고."

"턱수염이 추한 건 말할 필요도 없지."

"나는 고발하는 사람들을 추하다고 생각해본 적이 단

한 번도 없어."

그 말을 할 땐 통화 중이었는데, 잠시 정적이 흘렀다. 이내 재이는 싸늘하게 말했다.

"그건 언니 같은 사람들이나 그렇고."

"나 같은 사람이 어떤 사람인데?"

"그야 뭐, 좀 지식인."

한숨이 났다. 재이가 이런 식으로 말하는 걸 하루이틀 들어온 것은 아니었다. 나는 재이와 멀어진 시간 동안 그따위로 지껄이는 모습이 몹시 그립다고 느끼기까지 했다. 하지만 그 순간 나는 견딜 수 없이 화가 치밀었다. 훗날 나는 내 분노의 밑바닥에 로사가 개입되어 있음을 깨달았다. 그 시간대에 로사가 함께하고 있었다는 역겨운 사실을 별수 없이 인정한 후에야 낌새채고 만 것이다. 재이는 '보통 사람들은 언니 같지 않다'면서, 허상의 대중과 나를 비교하는 말을 자꾸만 했는데, 결국 그 보통 사람의 기준은 로사가 잡고 있었다. 어디서 굴러먹다 와서는 사사건건 방해만 하는 좆같은 년. 어떤 장소에서도 로사가 기준이 되어서는 안 됐다. 하지만 재이는 매번 나보다 로사에게 훨씬 더 쉽게 설득당했고 그러는 까닭을 나는 도무지 알 수 없었다. 나는 화를 참지 못하고 재이에게 따졌다.

"기분 나빠 하지 말고 들어, 재이야."

사진작가

"어, 이미 기분 다 나빠졌으니까 얘기해."

"언니가 진짜 한번 물어볼게. 너는 뭐가 그렇게 두려운 거야?"

"아니, 언니…… 언니도 내 입장에서 생각 좀 해줘. 보통 사람들은 이런 걸 추하다고 생각해. 나도 그랬고. 그런 언니들 많았어. 이 구역의 미친년 되겠다고 앞장서서 따지고 고발문 작성하고 도움 요청하러 다니고. 무슨무슨 여성단체에서 하는 인터뷰 하고. 다들 어떻게 됐는지 알아? 그냥 못생겨졌어. 인스타그램 관종 취급받고 끝났어."

"그렇게 생각하는 사람들이 문제라니까. 당사자가 되면 뭔가 잃는다고 해도 무릅쓰고 말할 수밖에 없어. 여태껏 그런 언니들을 보고 무서웠다는 것도 잘 알겠어. 그런데 정말…… 모두가 그렇게 손가락질하는 건 아니야. 정말이야."

"언니도 내가 아니잖아. 나는 지금 턱수염을 너무 고발하고 싶고 죽여버리고 싶어. 어디 3천만 원쯤 주면 반병신 만들어주는 깡패들 있다더라. 그러고는 바로 찾을 수도 없는 섬나라로 비행기 타고 떠난대. 언니, 너무 싸지 않아? 3천만 원. 물론 3천만 원은 큰돈이지만 사람 팔다리 하나쯤 못 쓰게 만들어주는 값치고는 너무 싼 것 같아. 한 1억 원이었으면 생각도 못 해봤겠지만. 언니, 나는 그 정도로 턱수염을 죽이고 싶어. 그 새끼 결혼도 하고 아이도 낳았더라? 나는 지금 가정도 잃었는데 가해자는 너무 대접받고 잘 살고 있어."

"그러니까 재이야, 진실이었던 그 사실을 정직하게 이야기하면 돼. 결코 추하지 않아."

"언니라면 어땠겠어?"

흥분해서 말하던 재이는 다소 낮은 톤으로 내게 질문을 돌려주었다.

"나?"

"언니가 뭔가를 밝혀내야 할 때. 어떤 비밀을 이야기해야 할 때. 그런데 그걸 이야기하면 언니도 좀 망가질 수밖에 없을 때."

그 말에 나는 얼어붙었다. 평소 재이답지 않게 말투는 나긋나긋했고 무엇보다 부드럽게 나를 다그치고 있었다. 대화의 본질을 잠시 잊은 듯했다. 지금 우리가 당면한 상황은, 재이의 피해 사실을 어떻게든 정연하게 풀어내야 하는 다급한 현실이었다. 재이도 내가 이런 이야기를 들어줄 가장 적합한 상대라고 생각했기에 오랜만에 먼저 호출한 것이었다. 그런데 문득 재이는 내게 묻고 있었다. 언니라면 어떨 것 같으냐고.

"나는…… 나라면, 사실을 말하는 게 중요하다고 생각할 것 같아. 우리는 늘 뭔가를 조금씩 잃어버릴 수밖에 없고 그건 고발을 해서는 아닐 것 같은데……."

"언니는 그랬던 적 있어? 말해야만 했던 적."

"나도 일하다 보면 그런 순간이 있었지. 나를 모욕하던 놈한테 무릎 꿇고 빌면서 봐달라고 하고 싶었던 적도 있었고, 내가 좀 잘되는 것 같으면 빌붙어서 친한 척하다가 힘들어지면 손절하는 인간들도 있었고, 그럴 때면 그냥 다 터뜨려버리고 죽어버릴까 싶기도 했었고…….."

지금 내가 질문에 맞는 대답을 하지 않고 있다는 것을 스스로 느낄 때쯤 재이가 내 말을 끊었다.

"아, 그렇구나."

그 말을 하는 재이의 표정을 읽을 수 없었고 — 마치 선글라스를 끼고 입을 다물고 있는 것처럼 — 표정뿐만 아니라 몸짓도 알 수 없었다. 내가 재이의 눈치를 볼 때마다 유심히 살펴봤던 것들. 팔짱을 낀 모양새와 어깨를 으쓱하거나 아랫입술을 쭉 내밀며 동의할 수 없다는 제스처를 취하는 행위들, 나열하자면 끝없이 말할 수 있을 것만 같은 그런 비언어적 요소들을 그때 나는 볼 수 없었다. 그래서 재이가 왜 뜬금없이 내게 질문을 던졌는지 언뜻 알아챌 수 없었다. 사실 이미 듣자마자 눈치챘는지도 몰랐다. 나는 언제나 예감되는 불쾌한 진짜에 대해 모른 척하고 싶어 했고, 가능한 한 오랫동안 유예를 지속하고 싶었으니까. 왜 내게 뭔가를 감수하고서라도 진실이었던 사실을 말해야만 하는 순간에 관해서 묻고 있을까, 재이는. 지금 말해야만 하는 사람은 재이였다. 어떻게 하면 더 정확하게 말할지 그걸 고민해야 했다. 나는 재이가 내게 뭔가 캐내려고 한다고 느꼈다가, 재이는 내게서 달리 알아낼 사실도 없고 내게 그만큼 관심도 없다는 사실을 상기했다가, 그런데도 다소 느긋하게 나를 떠보고 있다는 생각에 이르렀다.

하지만 재이에게 그걸 물어봐서는 안 된다. 틱 증상을 고칠 때 양쪽 뺨을 후려치며 그랬던 것처럼, 내가 평생 훈련해온 것이니까. 나는 내가 철저하게 나만 생각하고 있다는 것을 안다. 내게 도가 지나친 나르시시즘이 상존하고 있다는 사실을 알고 있다. 나 같은 사람이 지독하게 자기중심적이라는 걸 눈치챈 사람들은 깜짝 놀라서 괴물이라도 본 듯 후다닥 도망가고 만다. 차라리 로사 같은 인간처럼 눈에 띄게 이기적이고 별스러운 미친년이라면 새삼 놀라지도 않을 텐데. 나는 재이에게도 이런 걸 숨겨왔다. 지금은 재이 이야기를 하고 있고, 설령 불길하게 내게 뭔가 묻는 느낌이 든다고 하더라도 나는 이 감정을 드러내서는 안 된다. 로사 같은 년과는 다르게 자신의 이런 성격을 인지하고 통제한다는 것이 내 인생의 가장 큰 효능감 중 하나였다. 나는 그런 시험에 들고 있다고 느꼈고 그조차 나르시시즘이라는 것을 경계하며 재이에게 말했다.

"중요한 건 너의 감정이야. 너의 결정이어야만 하고.

그건 나도 강요할 수 없어."

"그래. 다른 사람도 그러더라."

재이는 내 앞에서 로사의 이름을 입에 올리지 않으려고 애쓰는 것 같았지만 별수 없이 티 내는 중이었다.

◊

언제부터였을까. 다시 만난 재이에게서 로사의 그림자가 어른거리기 시작했을 때가. 아무리 다른 사람의 심경을 깊숙하게 헤아리지 못하는 재이라고 하더라도 내 앞에서 로사를 언급해서는 안 된다는 건 알았을 것이다. 우리가 멀어졌던 그때, 내처 재이에게 매달리던 내가 유일하게 화를 냈던 까닭이 로사였으니까. 재이가 말하는 귀신 운운하는 언니가 로사라는 걸 알았을 때, 나는 처음에는 침묵했고 다음에는 분노했다. 잠시 얼어붙어 있다가 곧장 뜨거운 물을 얻어맞은 것처럼 화들짝 놀랐다. 재이는 로사가 시키는 대로 움직이는 괴뢰처럼 말했다.

"언니, 세상이, 아니 우리나라가 참 좁아. 그렇지?"

재이가 그렇게 말했을 때 내게 그녀의 음성은 로사의 음성으로 번역되어 들렸다.

로사는 마치, 내가 아주 조금이나마 먹고살 걱정을 덜고 아침에 일어나고 밤에는 잠자는 평온한 일상을 유지하게 되었을 때, 그때를 기다렸다는 듯이 우리 앞에 나타났다. 재이가 일하는 카페에서 만난 언니, 자기가 평생 귀신을 보고 다닌 이야기를 신나게 떠들어댄다는 언니, 나와 거의 나란히 누웠던 이층침대에서 그랬던 것처럼 '귀신에게 집을 알려줘버리는 수가 있다'고 은근하게 경고하는 언니. 그리고 그게 경고인지도 모르는 재이. 같잖은 위협에 너무 쉽게 속아 넘어가는 재이. 나와는 다르게. 재이는 나와 자기가 얼마나 다른지도 모르고, 물론 로사와 내가 얼마나 다른지도 모른다. 그러니까 로사가 말하는 걸 내 앞에서 즐겁게 지껄이고 말았던 거겠지. 나는 로사 때문에 다시 뭔가 지독하게 훼손당하는 일을 겪고 싶지 않았다. 그런 건 어릴 적 정화여학교 시절, 내가 망가질 대로 망가져서 주저앉아 있을 때 겪은 것으로 충분했다. 재이가 나를 조금씩 멀리하기 시작했을 때도 그게 로사 때문이라고 생각하고 싶지 않았다. 로사가 다시 내 뭔가를 짓밟아버릴까 봐 나는 로사를 마음속으로도 욕하지 않으려고 했다.

하지만 로사가 나타난 이상 역시 그녀를 의식하지 않고 살 순 없었다. 재이가 그 언니 이름이 '로사'라고 말했을 때 나는 모른 척했다. 잠깐이나마 동명이인일 수도 있다고 멍청한 생각을 해보려고 애썼지만 좀처럼 되지 않았다. 재이는 틈만 나면 로사에 대해 말했고, 재이가 말하는 로사가 정화여학교의 로사라는 증거는 자꾸만 쌓여갔다. 나는 급기야 늦은 저녁 마감을 앞둔 그 매장으로 찾아갔다. 그 어느 때보다 안달하는 마음으로, 일방적으로 연정을 품고 있는 사람처럼 건널목을 사이에 두고 맞은편 길가에 서서 카페 창 너머를 바라봤다. 그날따라 건널목이 가로지르는 재이와 나 사이가 너무 멀게 느껴졌다. 이전에도 카페 창 너머 분주히 움직이는 재이를 바라본 적이 있었다. 정문 앞 번화가에서 가장 큰 카페였고 노란 조명이 밤에도 쩡하게 밝았다. 머리망을 한 재이가 다소 뚝딱거리며 움직이던 모습. 드디어 로사가 내 눈앞에 다시 나타났다. 재이와 같은 머리망을 하고 모자를 쓰고 앞치마를 두른 채로. 나보다도 한참 작은 로사는 재이와 붙어 있자니 흡사 어른 꼴을 흉내 내는 어린아이 같았다. 어쩌면 이렇게.

어쩌면 이렇게 옛날과 똑같이 혐오스럽기만 할까. 너는.

로사는 나보다 두 달 먼저 출소했다. 말하자면 우리는 대부분의 수감 생활을 함께했다. 그때 나는 출소하는 것이 두려웠다. 갈 데가 없었다. 엄마는 가끔 편지를 보내왔지만 전부 나를 저주하는 말들뿐이었고 이젠 또 다른 남자와 살고 있다고 했다. 엄마는 그렇게만 적었다. '네가 모르는 도시에서' 살고 있다고. 엄마가 나를 찾아올 순 있어도 내가 먼저 엄마를 찾아갈 순 없다는 엄중한 경고였다. 엄마는 나를 버렸다. 내가 놈을 밟아 죽인 바로 그날부터.

출소일이 다가올수록 나는 불안해졌다. 이 학교에서 짐을 챙겨 나가는 순간 낭떠러지였다. 반면 로사는 신나 보였다. 우리는 어차피 소년원학교 출신이라는 꼬리표를 평생 안고 갈 터였다. 운 좋게 '학교'에서 벌을 받았지만 죄를 지은 소년이라는 건 변함없었다. 나는 카페에서 분주하게 마감하는 재이와 로사를 바라보며 별수 없이 가방에서 담배를 꺼내 물었다. 길에서 담배를 피우는 것도 금지된 일이었고, 인문대 앞 흡연 구역이 아닌 곳에서 담배를 피우는 것조차 내가 엄격하게 지키려고 하는 금기를 단단히 어기는 일이었다. 그러나 나는 그 모든 것을 그토록 가볍게 어겨버리고 싶었다. 위반하고 싶었다. 지나는 사람들이 나를 은근히 노려보았다. 나는 더욱 대담해져 보란 듯이 당당하게 담배를 피웠다. 그래, 길에서 담배를 피우는 것조차 안 되는데 나는 사람을 죽였다.

로사는 출소하는 날 아침부터 왁자지껄 떠들어댔다.

"너희는 전부 다 내 덕을 볼 테니 연락해라. 내가 너희 뒤를 봐줄지 또 알아?"

나는 이불을 뒤집어썼다. 이거 너희 엄마 핸드폰 번호야? 신기해하며 로사를 상대하는 순진하고 바보 같은 아이들의 소리가 들렸다. 로사는 사다리를 타고 올라와서 나를 툭 쳤다. 순간 나는 용수철처럼 침대에서 튕겨 일어나며 소리쳤다.

"사람 건들지 마, 이 미친년아."

어찌나 힘차게 일어났던지 나는 천장에 머리를 쿵 하고 찧었다. 이층침대에서는 조심스럽게 움직여야 했다. 로사는 그런 나를 보더니 피식 웃었다. 로사는 워워, 하며 짐승 다루듯 나를 어르는 척했다.

"왜 이렇게 흥분했어, 서연화. 너도 혹시 알아? 내 덕을 볼지."

나는 대답하지 않고 다시 이불 속으로 들어갔다. 아이들이 떠드는 소리가 점점 멀어져갔다. 나도 그렇지만 로사도 벌을 다 받은 건 아니라고 생각했다. 지금 출소한다고 네 죄가 없어지는 건 아니다. 그때 나는 내게 남은 인생이 얼마나 될지 가늠할 수도 없었지만, 학교를 나간다고 해서 내 죄가 다 갚아진다고 생각하지는 않았다. 엄마가 틈틈이 알려주었기 때문이었다. 내가 절대 잊으려야 잊을 수가 없도록. 내가 저지른 일로 인해서 나뿐만 아니라 자기 인생까지 어떻게 망가졌는지 단단히 가르쳐주었다. 나를 낳고 나서부턴 잘 끊어왔던 남자를 다시 만나게 되었고 그러므로 쓰레기가 되는 삶으로 다시 끌려들어가버렸다고. 그러니까 나는 촬영장의 그 남자를 죽인 게 아니라 엄마를 죽인 거나 다름없다고.

엄마가 이 남자 저 남자 만나는 상상을 하면 내 머리털을 다 뽑아버리고 싶었다. 아마 조금 옅어진다고 하더라도 결코 사라질 고통은 아니리라. 상념에 빠져 있는데 뒤집어쓴 이불이 걷혔다. "서연화, 이불 뒤집어쓰고 뭐 하는 거야. 얼른 안 나와?" 체육 교사의 음성이 들려오는데 평소처럼 무섭지 않았다. 나는 잠시 그대로 있었다. 실패한 발레리나, 촉망받던 체육특기생이 이따위 학교에서 범죄소년들을 상대하다 보니 저런 방식으로 강해질 수밖에 없었겠지. 엄마 생각을 하다 보니 너무 우울해서 그랬는지 나는 체육 교사를 연민했다. 그런 줄도 모르는 그녀는 손날을 세워 내 뒤통수를 갈겼다.

"얼른 일어나지 못해?"

나는 일어나야 했다. 주말에 같은 방을 쓰는 아이가 출소하면 모두 나서서 배웅해야 했다. 그 풍경은 언제 떠올려봐도 우스꽝스러웠다. 우리는 선생들이 시키는 대로 명랑하게 〈석별의 정〉을 불러주는 고아들이 아니었다. 그저 건들거리며 다시는 보지 말자고 이기죽대면 그만이었다. 선생 몰래 손가락으로 욕하는 아이도 있었고 껴안으며 귓속에 욕을 남기기도 했다. 나는 별다른 행동 하지 않고 손을 한번 흔들어주곤 했다. 나는 나가면 어디로 가나, 생각하면서.

사진작가

우리는 미성년자였고, 부모들이 데리러 왔다. 아이들은 부모 차를 타고 떠났다. 어떤 부모들은 물색없이 간식거리 한 보따리를 남은 아이들에게 안겨주고 떠났다. 부모 차에 올라타는 아이들을 항상 별다른 생각 없이 배웅했지만, 그날 로사의 아버지가 차에서 내렸을 때, 나는 까닭 모를 모욕감을 느꼈다. 로사가 그토록 자랑하던 그 아버지. 반무테안경을 낀 그는 무스탕을 입고 있었다. 말쑥한 차림새가 웃겼다. 내게는 부모도 없다는 열등감 때문에 출소하는 아이들의 부모가 모습을 드러낼 때 방어적으로 비웃은 적은 많았다. 그러나 로사의 아버지를 보았을 때는 예의 그 정도가 아니었다. 내 머릿속은 밤안개가 자욱하게 내려앉듯 차갑게 어두워졌다. 나는 나를 사로잡는 감정을 설명할 방법을 찾지 못했고 오래도록 그 순간의 나를 스스로 설득하지 못한 채 방치해두었다.

줄담배를 피우며 창 너머 재이와 로사를 바라보면서 나는 옛날 로사가 흑장미색 엘란트라를 타고 떠나던 모습을 떠올렸다. 내가 왜 로사 아버지의 차종까지 기억하고 있나, 자문하면서. 나는 언제나 살아남기 위해서 집요하게 기억했다. 끈질기게 기억하는 것만이, 그 기억만이 나를 살려주리라고 믿었다. 그러나 이제 나는 더러운 기억들이 점점 피로해졌다. 시간이 흐른 후 재이가 폭로하고 고발하고 싶다고 말했을 때, 나는 옛날의 나를 떠올리면서 말해주었다.

　"사진도 없고 영상도 없지만 너에게는 기억이 있어. 오직 너만 알 수 있는 감정이란 게 있어. 고통스럽다고 해도 정확하게 생각해내야 해. 떠오를 때마다 기록하고."

　로사는 뭐라고 말해주었을까.

　　　　　　　　사진작가

위로

모두가 출근하지 않는 이상한 시공간에서 받은 재이
의 문자. '내가말하지않아도될것같은데그거나만겪은게아
니.' 나는 넉넉하게 이어질 말을 예상했다. 나만 겪은 게
아니라 다른 애들도 겪은 거니까. 재이는 나를 다시 불러
냈고, 나에게 의지하면서도 끝내 나를 무시했다. 어떤 경
우에는 누구나 혹은 아무나 필요할 수도 있다는 걸 나는
경험상 알고 있다. 내 편이라고 생각될 만한 사람이 단 한
명이라도 더 있으면 좋겠다고 생각할 수도 있었다. 설령
그가 하는 조언 따위는 듣지 않고 흘려버린다고 하더라
도. 하지만 그건 재이의 입장이었고, 내 입장은 철저히 짓
밟혔다. 나는 재이가 그 일의 피해자라는 걸 생각하려고
애썼다. 어떤 결정을 하든지 그건 오로지 당사자인 재이

의 선택이고 내가 함부로 개입할 순 없었다. 그러나 재이의 선택과 결정에 로사가 개입되어 있다면 이야기가 달랐다.

오랜만에 다시 만난 날, 좌상에 마주 앉아 단호하게 말하던 모자 쓴 재이의 모습을 나는 자꾸만 떠올렸다. 재이는 오래전 열아홉 살에 겪은 현장에서의 모욕을 또렷하게 기억하고 있었고, '자기 가해자'가 그 일을 함부로 떠들고 있다는 사실에 대해 분명하게 분노했다. 폭로하고 고발하는 언니들을 보며 자기는 침묵하기를 택하겠다고 그게 이겨내는 방식이라고 생각했었지만, 과연 더는 못 견디겠기 때문에 발화를 해야 하는 순간이 비로소 왔다는 것도 잘 알고 있었다. 두려움이 큰 재이가 고민을 하고 있다는 것 자체가 대단한 일이었다. 나는 매 순간 진심으로 재이에게 말했다. 너의 선택을 존중하겠다고, 하지만 진실을 말했기 때문에 불리해질 수도 있다는 사실에 대해 너무 두려워하지 말았으면 좋겠다고.

재이의 얼굴에 언뜻 비치던 불신도 읽어낼 수 있었다. 재이가 말하는 '언니 같은 지식인'이나 '언니네 사람들'과 자신을 얼마나 구별 짓고 있는지, 친구인 나조차 고작 그 범주에 들어 있을 뿐이라는 사실도. 그러나 나는 최선을 다했다. 솔직히 나는 재이가 내게 다시 온 게 좋았다. 재이를 다시 보고 말할 수 있다는 사실. 벚나무 앞 붉은 벽돌 건물, 월세를 10년째 올리지 않아서 재이가 다소 마음 편하게 살고 있는 집. 재이의 집에 자주 놀러 가지 않았더라면 나는 그 나무가 벚나무라는 걸 알 턱이 없을 터였다. 벚나무가 나 같은 인간에게도 분간될 수 있는 까닭은 그것이 꽃을 피우기 때문이니까. 재이의 침실 창문이 벅차게 아름다워지는 시간, 1년에 고작 며칠밖에 안 되는 날들이었다. 그런데도 내게는 온통 벚꽃으로 물든 재이 침실 창문에 관한 기억이 가득했다. 봄이 아니라면 나같이 식물에 문외한인 사람에겐 다른 나무들과 구분되지 않을 벚나무를 바로 알아볼 수 있다는 점이 기뻤고 어느덧 이웃한 세탁소 주인도 나를 알아보며 눈인사를 건네는 점도 기뻤다. 나는 영원한 헤어짐이 아니었다는 점에 마냥 기뻐했다.

다시 만난 재이가 혼자 온 게 아니라 기어이 로사와 함께 왔다는 점에 대해서까지 생각할 여유가 없었다.

재이는 로사의 이름을 말하지 않으면서, 자꾸 수상한 아무개를 언급했다. 그런데 어떤 사람은 또 이렇게 말하는데, 언니 의견은 그렇지만 또 다른 사람은 다르게 생각하기도 하는데, 라는 식으로. 어느 날 카페에서 나는 참지 못하고 재이에게 물었다.

"누구냐, 그 사람이? 로사 말하는 거야?"

재이는 얼마 안 남은 레모네이드를 빨대로 휘적거

렸다.

"뭘 물어보고 그래, 언니."

재이는 풀 죽어 말했다.

"로사 언니도 얘기하고 그랬지, 그럼."

나는 기가 막혀 대놓고 한숨을 쉬었다. 나는 재이 앞에서 로사를 욕한 적도 없었고, 로사와 내가 추악하게 얽혀 있는 과거 어린 시절에 대해 말한 적도 없었다. 그런데도 재이는 눈치 보며 말하고 있었다. 내가 상처받을지 아닐지 딱히 고민하지도 않는 재이가. 그저 로사가 먼저 아는 척을 했고, 나는 싫은 기색을 냈을 뿐이었다. 로사가 내 삶을 훼방 놓으려고 재이에게 접근했다고 생각하는 것 자체가 내가 경계하는 지나친 나르시시즘이었다. 그래도 궁금하긴 했다. 로사는 소년원학교 시절이 그리 자랑스러운가? 그게 아니라면 어째서 굳이 나와 십대 시절에 만났다고 말할 수가 있지?

로사와 말 섞긴 싫었지만 언젠가 정면승부 한다면 질문해야겠다고 생각했다.

너와 나, 우리 어디까지 설정할래. 나는 충청도 소재 대안학교 출신이라고 말해둔 상태야. 너와 내가 십대 시절에 만났다고 말했다면서, 재이가 묻는다면 어디에서 만났다고 말할 예정이니? 나는 그 대안학교에 대해 설정을 다 마쳐둔 상태야. 언제 물어도 틀리지 않게 말할 자신이 있어. 너는 뭐라고 말할래? 이제 와서 너랑 나랑 전국 청소년 백일장에서 만났다고 할래, 아님 개신교 예장통합 청소년 여름 캠프에서 만났다고 할래. 이제라도 다 까버릴까? 사실은 충청도에 있는 대안학교가 아니라 경기도에 있는 소년원학교라고. 무슨 대단한 교육 받은 것처럼 말도 안 되는 잘난 척해서 미안한데 내겐 상처여서 어쩔 수 없었다고. 그러면 죄목도 털어놓아야겠지. 난 살인이야. 너는 털 수 있어? 소년원학교에 있을 적에도 애들을 꼬여먹고, 나한테는 직접적으로 소아성애자 새끼들과 연결해주려고 시도한 것까지 말할 수 있어?

아니면 이미 다 말해버렸니?

나는 로사 대신 재이에게 물었다.

"로사는 뭐라고 그러니?"

"하지 말래."

재이는 스스럼없이 대답했다.

"그러니까, 턱수염 개소리 지껄이는 거 그냥 두고 보라는 거야?"

나는 누런 냅킨을 몇 장째 구기고 있었다.

"아니. 그냥 뭐든 하지 말래. 내가 다치는 게 싫대."

허, 소리를 내며 나는 헛웃음을 지었다. '허'는 기사 제목 따위에 있는 '허허' 같은 가짜 의성어가 아니었다. 재이가 미간을 찌푸렸다.

"그러게 싫어하면서 뭐 하러 물어봐."

"네가 다치는 게 싫대?"

"뭐 그렇잖아. 사실 나도 무섭고, 추하다고 생각했는데 딱 그렇게 말하니까 또 내 마음을 잘 이해해주는 것도 같고. 왜 그 옛날이야기를 이제 와서야 터뜨리느냐고, 사진작가가 잘나가니까 묻어버리려고 그러는 거 아니냐는 소리 들을 거라고. 오랫동안 무명 배우였다가 갑자기 잘된 친구들 보라고, 그러기만을 기다렸다는 듯이 새삼 문제가 터지는데, 결국 피해자라고 해도 그러길 기다린 사람처럼 보이지 않느냐고. 뭐…… 나도 동의하는 바가 없지 않고……."

제발, 재이야. 가끔은 조금 덜 솔직해질 순 없겠니.

"그래서 턱수염이 그만큼 잘나가?"

"해외에서 상 받았대. 사업도 잘되고. 그러니까 인터뷰도 하고 내 눈에도 들어온 거겠지."

"로사 얘기 말고, 네 마음을 말해봐. 너 정말로 턱수염 질투해? 잘나가니까 묻어버리려고 그러는 거야?"

"아니지, 당연히. 내가 왜 그 좆밥을 질투해."

"그런데도 로사가 하는 소릴 듣고 마음이 흔들려?"

"사람들이 내 마음을 알아주지 않잖아. 다들 언니 같지가 않잖아."

그 말에 나는 냅다 소리를 지를 뻔했다.

"그럼 너는 나한테 조언을 왜 듣는 건데? 로사 말이나 듣지."

나는 정말이지 그 말을 하지 않으려고 애썼다. 재이가 무슨 말을 하든지 네가 다 옳다고 맞장구치며 들어주려고 애썼다. 내 마음 저 깊은 밑바닥에 깔린 재이에 대한 은근한 경멸을 짓밟아 없애버리고 싶었다. 시간이 얼마나 걸리건 간에 결국 그런 내 이상한 진심에 패배해버리고 싶지 않았다. 나는 말을 해놓고 재이가 레모네이드 잔을 툭 밀고 일어서 나가버려도 어쩔 수 없다고 생각했다. 그런데 재이는 그러지 않았고 도리어 차분하게 말했다.

"언니는 언니고, 로사 언니는 로사 언니야. 내겐 둘 다 소중해. 언니에게는 언니의 역할이 있고, 로사 언니에게는 로사 언니의 역할이 있어. 연화 언니, 언니에겐 조언을 들으려고 한 게 아니야."

재이는 나를 처음으로 '연화 언니'라고 불렀다.

"언니만이 내게 줄 수 있는 위로가 있어. 언니는 위로를 해주면 좋겠어."

욕지기가 치미는 걸 꾹 참고 물었다.

"너는 지금껏 나와 상의를 한 게 아니라, 단지 위로를 들으려고 했다는 거구나."

"나는 언니에게 위로를 듣는 일이 상의와 뭐가 다른지 모르겠다."

"조언이랑 위로는 그렇게 구분하면서 상의가 뭔지는 모르겠어?"

"아, 언니, 다그치지 마. 나 언니가 이러는 거 싫어. 불편해."

"로사는 널 편하게 해주니?"

재이는 마치 집착하며 떼쓰는 남자를 보듯 나를 쳐다봤다.

"언니, 로사 언니랑 나랑은 통하는 데가 있어. 그걸 언니는 모른단 말이야."

"그게 뭔데, 그냥 말해. 나도 걔 어떤 앤지 대충 아니까."

"언니가 아는 건 로사 언니의 일부야. 언니는 고등학생일 때 헤어졌다면서. 로사 언니 힘들게 살았어. 지금도 그렇고. 언니 같은 박사도 아니고 직장도 없고 돈도 없고……"

"그런 애가 왜 너랑 통하는 데가 있니? 너도 너무 잘났는데 뭐가 통하는데?"

"뭐, 난 잘나지도 않아서 이러고 사는데, 언니는 절대 모르잖아. 언니는 월세 사는 것도 아니고 모아둔 돈도 있잖아. 나랑 로사 언니가 개털 된 이유는 남자 때문이야. 언니는 모르지. 언니는 이혼 같은 거 안 해봐서 모르잖아."

나는 잠시 어안이 벙벙해 재이를 빤히 바라보고만 있

었다.

"그 통하는 이유라는 게…… 이혼이었어?"

"우리 같은 사람들은 그래서 더 두려운 거야……."

재이의 눈시울이 붉어졌다. '네가 다치는 게 싫다'라는 허술한 거짓말을 재이는 정말로 믿고 있는 모양이었다. 나는 그 순간, 더 할 말을 찾지 못했다. 로사에게 설득당한 재이를 다시 설득해낼 자신이 없었다. 재이는 모르기 때문이다. 취약한 사람에게 그런 식으로 접근하는 사람이 있다는 것을. 별다른 목적도 없이 다른 사람의 아픔을 가만가만 갖고 노는 인간이 있다는 것을. 지금 자기 곁에 얼마나 위험한 인간이 있는지 재이는 몰랐고 나도 알려줄 수 없었다. 재이가 로사를 믿고 있는 마음이 얼마나 진심인지 깨달아버렸기 때문에.

◊

로사는 재이에게 차라리 턱수염과 만나서 깊은 대화를 나누고 진술한 사과를 받으라고 '조언'을 건넸다고 했다. 그런 따위의 조언을 가장한 놀림을 여전히 즐긴다는 걸 보니 과연 정화여학교의 로사가 맞았다. 이만큼이나 시간이 흘렀는데도 인간은 변함이 없었다. 오히려 나이가 들면서 더 강화되었을 그 더러운 기질을 생각하니 한심했다. 그래서 지금 내게 당도한 로사 인생은 재이의 말대로라면 '개털'이라는 거였다. 그 어린 나이부터 포주 노릇을 하더니 결국 개털로 나타날 거였어?

예전부터 재이는 나에게 조금씩 거짓말을 했고 나는 넘어갔다. 재이가 하는 거짓말 정도는 언제나 별것 아니라고 생각했기 때문에, 그저 좀 귀엽다고 생각했기 때문에. 그게 무엇이든 간에 내가 재이에게 저질러버린 거짓말보다 더 사악할 순 없었다. 재이도 내가 알아채도 상관없다는 듯이 굴었다. 그러나 이번에는 좀 달랐다. 뒤늦게 '연화 언니', 그러니까 나에게는 조언이 아닌 위로를 들으려고 했다고 털어놨지만 기왕 말할 적에는 나밖에 털어놓을 사람이 없다고 그랬다. 이건 이전의 깜찍한 거짓말들과는 차원이 달랐다. 나도 거짓된 인간이었기에 내게는 거짓말에 대한 주관이 뚜렷하게 있었다. 두려워하면서도 하는 거짓말이 가장 저급한 거짓말이었다. 뭔가 감추고 싶어서 지어내는 거짓말, 그러니까 거짓을 고하려고 하는 거짓말을 나는 용서할 수 없었다. 내가 가상의 대안학교를 만들어내며 재이에게 말했던 것. 사실을 숨기려고 너절하게 꾸며낸 그런 종류의 이야기들.

항상 재이가 내게 감췄던 건 이혼에 관한 사실들이었다. 일부러 꾸며내 거짓말한 적은 없었으리라고 나는 꽤 오랫동안 믿었다. 다만 들춰내기 싫은 자기 상처를 굳이

위로

드러내지 않는다고만 생각했었다. 재이가 당사자였기 때문에. 그녀가 꺼내지 않는 이야기를 물어볼 필요도 없었고 조금 생략하고 축소한다고 해서 문제가 된다고 여기지도 않았다. 그런데 재이가 로사와 자기만이 공유하는 것이 바로 그런 유의 상처라고 말하는 순간 나는 깊은 배반감을 느꼈다. 재이는 나에게 그런 식으로 평가받는 게 두려워서 거짓말을 했구나. 전남편과 여전히 분쟁 중이며 그와 때로 연락한다는 사실 때문에 가끔 내 밑바닥 진심에서 경멸이 솟구칠 때, 재이가 그런 추남을 그리워할지도 모른다고 생각하고, 가끔은 정말로 그렇게 믿어버리기까지 했으면서. 사실 나는 재이가 여전히 이혼 경험에 얽매여 있다는 것을 인정하기 싫었는지도 몰랐다. 내가 인정하고 말고 할 사실도 아닌데. 이혼은커녕 결혼 생각도 해본 적이 없는 내가 개입할 수 있는 일이 아니었다. 그러나, 그렇다고는 해도, 같은 이혼 당사자이기 때문에 연대한다는 것도 이해할 수 없었다. 로사는 여전히 로사다운 헛소리를 조언이랍시고 건네는 인간이었다.

나는 재이의 말에 따르기로 결정했다. 그래, 더 이상 조언 따위 하지 않겠다. 하지만 나는 재이에게 알려주고 싶었다. 기억이 너를 살려줄 수 있다고. 내가 이미 십대 시절에 지독하게 겪은 일이었다. 엄마 차 키를 들고 촬영장을 벗어나던 날 벌어진 일들에 관해서 내가 얼마나 정확하게 기억하고 진술했는지, 전부 다 말할 순 없겠지만 진심으로 알려주고 싶었다. 결국 나는 내 죄에 관한 법적 처벌을 받았지만 끝내 나를 살려준 것은 판사도 아니고 엄마도 아니고 진실 그 자체였다. 진실은 내게 너무 오래 그 기억에 붙들려 있지 않아도 된다는 것을 알려주었다. 결코 잊을 순 없지만 그것에 사로잡혀 나를 전부 다 놓아버리지 않아도 된다고. 물론 내가 정말 이상한 어린아이였던 것도 사실이지만 밟아 죽인 그놈을 오랫동안 애도하면서 폐인처럼 살 필요는 없었다. 내가 왜 그 짓을 했는지 기억했기에 나는 진실을 거머쥘 수 있었다. 그러니까 재이야, 내 말 좀 들어. 나는 두렵지 않아. 이미 지옥에 한 번 다녀왔으니까. 하지만 나는 말하지 못했다.

재이는 도리어 내게 자신은 이미 한 번 다녀왔다고 말했다. 지옥에.

좀 더 일찍 말해줬다면 좋으련만. 내게 로사와의 연대가 고작 그것 때문이었다고 털어놓기 전에. 훨씬 전에. 우리가 수영장에서 첫 만남을 하고 얼마 되지 않았을 그 무렵에. 하지만 재이는 그때 말해주지 않았고 뒤늦게 말했다. 아직도 남아 있는 레모네이드 잔을 휘적거리면서.

"까치밥이라고 알아, 언니?"

너무 뜬금없는 말이라서, 나는 하마터면 몰라, 말할 뻔했다.

"까치밥을…… 모를 리는 없지?"

내 말은 나에게도 너무 차갑게 들렸다.

"그러게. 모르는 사람 없지. 언니보다 훨씬 공부 못한 나도 로사 언니도 다 아는 거니까. 그런데 나는 그걸 봤었다. 한때는 매일."

"그래서?"

"까치밥으로 남겨둔 바알간, 뭐 그 여자는 늘 그러더라고, 빨간도 아니고 바알간, 이라고."

"도대체 무슨 말인지 알아듣게 말해줘."

"내 전남편이랑 만난, 아니 여전히 만나는, 아니 이제는 같이 사는 여자. 그 여자가 까치밥 보자고 날마다 산에 가자고 했거든. 바알간 까치밥을 보는 게 좋다면서. 씨발, 뭔 개 같은 소린지. 그런데 그 발간인지 벌건인지 보려고 나도 날마다 산에 갔어. 걔네들이랑."

나는 고개를 갸우뚱했다. 머릿속에 파랗고 쨍한 겨울 하늘을 배경으로 나뭇가지에 걸린 빨갛고 둥근 감 몇 개가 떠올랐다 사라졌다.

"그 여자가 산이 좋다고 해서 셋이 날마다 갔었어. 김밥도 싸 가서 전망대 벤치에 나란히 앉아서 집어 먹고. 그때 참 다양한 종류의 김밥을 말았어. 누드김밥 그거 말기 어렵더라."

"네가…… 도시락을 쌌다고?"

재이는 코허리를 찡그리며 웃었다.

"웃기지? 지금은 햇반 돌려 먹기도 힘든데 말이야."

"그러니까 네 말은 옛날 이혼하기 전에, 남편이랑 상간녀랑 너랑 셋이 산엘 다녔다는 얘기야?"

"응. 그랬어."

재이도 나처럼 누런 냅킨을 몇 장 구겼다. 구겨질 대로 구겨지다 못해 작은 공이 되어버린 냅킨이 몇 개 탁자에 굴러다녔다.

"언니, 이렇게 말할 거지? 못생긴 놈이 뭐가 좋다고 그랬어. 무슨 걸레들한테 밥까지 해다 바쳤어, 이 등신아. 그런데, 그랬던 게 바로 나야. 내가 모델로서 가장 주목받았던 시절인데, 그때 해외 패션위크에 진출할 수 있는 기회도 있었는데, 사실은 그러고 사느라 일하는 게 행복하지 않았어. 그래서 나는 화려한 조명 따위 바라지 않아. 슈퍼모델이라고 설치는 애들 보면, 쟤네들 다 뒤에서 뭐 하고 살까 싶기만 해. 다이어트약 먹고 정신병 걸려서 맨날 우는 애도 봤고 먹는 거 토하다가 침샘 퉁퉁 부어 다니는 애도 봤고. 그래서, 그래서 나는 내가 그런 걸 욕심내는 사람으로 보일까 봐 더 무섭고 더 억울해."

재이의 목소리가 떨리고 있었다. 나도 모르게 재이가 방금 말한 침샘 부위를 살폈다. 물론 재이의 귀밑 턱은 아무런 이상도 없이 멀쩡했다. 그 귀밑 턱을 쓸어보고 싶었다. 그러는 대신 나는 내 귀밑 턱에 손을 대봤다. 마치 재이의 얼굴을 그렇게 쓰다듬고 있다는 듯이.

재이의 말이 어디까지 진심인지는 알 수 없었지만—재이는 누구보다 다시 주목받기 위해 노력한 사람이기도 했다—재이가 겪은 사실들에 대해서는 대강 알 수 있었다. 마치 울 것 같은 음성으로 말하던 재이는 그러나 울지 않고 이내 말했다.

"이런 얘길 처음으로 로사 언니에게 하게 되더라고. 그랬더니 울지 말라대. 그깟 일로. 뭐 별나게 비밀도 아니라고. 결혼해본 여자들은 다 그런 염병 떨어본 적 있을 거라고 그라고."

재이는 갑자기 어설픈 동남 방언을 구사했다. 나는 너무 놀랐다. 온몸에 발이 잔뜩 달린 벌레들이 기어다니는 것 같은 느낌이 들었다. 저런 말투는 옛날 로사가 쓰던 말투였다.

"그래가지고 내가 처음으로 이걸, 그러니까 '언어화' 해본 거야."

재이의 입에서 나오는 모든 말이 낯설었다. 나는 순간 재이가 무서웠다. 이 자리를 얼른 피하고 싶다는 생각까지 들었다. 나는 재이가 만들어놓은 누런 냅킨 공들을 손바닥에 주워 담으며 말했다.

"오늘은 이만 들어가자. 다음에 또 이야기하자."

재이는 피식 웃었다.

"내가 또 언니는 이해 못 할 그런 얘길 해버렸네."

"아니, 다음에 더 자세히 말해줘. 제발."

"오늘 아니면 이제 안 할 건데, 이런 얘기는."

재이는 마치 어린애를 약 올리듯이 지껄였다.

"큰맘 먹고 했는데 안 해, 이제는. 아, 어차피 로사 언니 여기로 온대. 나랑 같이 갈 데가 있어서. 픽업하러 올거야, 5분 후에."

제멋대로인 재이의 행동에 압도당한 나는 그만 눈앞이 아찔해지는 것 같았고 서둘러 자리를 떴다. "그래, 조심히 가라." 나는 재이를 카페에 남겨두고 황급하게 자리를 떴다. 처음이었다. 재이를 남겨두고 일어난 적은. 뒤돌아보지 않고 카페를 나섰다. 카페 앞 건널목 보행자 신호가 들어오길 기다리면서 발을 동동 굴렸다. 로사와 마주치기 싫었다. 마치 길을 건너면 전부 없던 일이라도 되어버리는 것처럼 나는 냅다 달렸다. 길을 건넌 나는 그제야 카페 쪽을 돌아봤다. 어느새 재이는 카페를 나서 문 앞에 서 있었다. 이만큼 멀찌감치 서서 바라봐도, 곧장 눈에 띄고 마는 키꺽다리 재이. 갑자기 거칠게 운전하는 차 한 대가 내 앞을 지나갔다. 분명 이면도로 쪽에서 나온 차인 것 같은데 속도가 지나치게 빨랐다. 곧장 차선을 멋대로 바꾸더니 유턴을 했다. 재이와 내가 함께 있던 카페는 재이의 집 앞 카페였고, 그 집 앞 도로 사정은 운전을 못 하는 나도 잘 알고 있었다. 초등학교 앞, 유턴이 금지된 어린이보호 구역이었다. 냅다 유턴한 차는 나와 맞은편 인도에 서 있는 재이 앞에 깜빡이를 켜고 섰다.

재이는 그 차에 올라타서 그대로 사라졌다.

이건 단순한 기시감이 아니라, 분명 내가 언젠가 경험해본 적 있는 일이다. 그때, 오래전 출소하는 로사를 데리러 온 로사 아버지 차를 보던 순간. 그 흑장미색 엘란트라를 볼 때 느낀 차가운 감정이었다. 아직도 설명이 되지 않는 감정. 왜 싸구려 무스탕을 입은 말쑥한 중년 남자의 싸구려 자가용에 그토록 깊은 상실감을 느꼈는지 오래도록 자신에게 설명할 수 없었다. 그러나 재이를 태우고 가는 자동차가 로사가 운전하는 차라는 걸 알았을 때, 나는 비로소 깨달았다. 그런 흑장미색 엘란트라와 비교도 되지 않는 좋은 차, 엄마의 차, 내가 사람을 밟아 죽였던 그 차에 관한 기억 때문이었다. 엄마는 사건 이후로 운전을 못한다고 했다. 엄마는 그렇게 자랑거리이자 이동수단이었던 것을 잃었다. 지금 나는 로사에게 어떤 패배감을 느끼고 있었다. 나는 여태껏 운전면허를 따지 못했고 그게 당연하다고 생각했다. 죽은 놈을 추모하진 않더라도 인간이라면 그래야 하는 거 아닌가. 하지만 재이를 태우고 멀어져가는 로사의 차를 보며 나는 반드시 그래야 할 필요가

없다고, 생각을 고쳐먹었다. 로사가 하는 걸 내가 못 할 이
유는 없었다.

지은

비로소 핸드폰이 열렸다. 봉인되어 있던 화면이 풀렸고 나는 재이의 문자를 읽었다. 짐작했던 그대로였다. 내가 말하지 않아도 될 것 같은데. 그거 나만 겪은 게 아니라 다른 애들도 겪은 거니까. 나는 답신하지 않고 핸드폰을 닫았다. 얼어붙어 있던 시간 동안 내게 온 문자는 오직 그것뿐이었다.

시간은 아까부터 그대로 흐르는 중이었고 창문을 통과해 들어오는 오전의 햇빛은 절정에 달했다. 어느덧 점심시간이 다가오고 있었다. 모든 연구원이 자리에 앉아서 일하고 있었다. 내 자리에서는 연구실 전체를 볼 수 있었다. 음화필름 같던 풍경에 불이 켜졌다. 사람들의 말소리가 들리기 시작했다. 홀로 선뜻 빛나던 화분의 초록이 더는 분간되지 않았다. 모두 빛나고 있을 땐 아무것도 홀로 빛나지 않는 법이니까.

　나는 어디에 다녀온 걸까, 생각했다. 내 알레르기 증상을 걱정해주었던 후배가 다가와서 말을 걸었다.

　"선생님, 어제도 걱정됐는데 괜찮으신 거죠? 오전 내내 힘들어 보이셔서."

　연구실의 시간은 여느 때와 다름없이 흘렀고 나만 잠시 추방된 모양이었다. 범박하게 말하면 나는 이 파티션 안쪽에 처박혀 멍청하게 시간을 죽이고 있었다. 열리지 않는 핸드폰만 들었다 놨다 하면서. 도저히 설명할 수 없는 기이한 시간이 지나갔는데도 전혀 놀랍거나 당황스럽지 않았다. 나는 황망한 채로 '시간을 죽이던' 오전에 하지 못한 일들을 생각했다. 어쩌면 이런 평범한 일상에서조차 아예 쫓겨났는지도 모른다고 여겼던 순간이 떠올랐다. 나는 후배에게 웃어 보였다.

　"지은 선생님, 우리 뭐 먹으러 갈까요?"

　이럴 때 지은은 언제나 발랄하게 대답하며, 메뉴를 곧장 제시하는 사람이었다. 자긴 아침에 눈을 뜰 때부터 하루의 식단이 머릿속에 펼쳐진다고 했다. 마치 식사의 신이 계시를 내리듯. 나는 그런 지은이 부러웠다. 지은은 내게 그날그날 알맞은 음식을 추천했다. 도전을 감수할 만큼 특이한 재료나 조합을 제시하지 않았고 누구에게

나 호감 가는 적당한 음식을 추천하곤 했다. 덕분에 도통 학생식당에 가지 않아도 될 만큼 만족스럽게 끼니를 때울 수 있었다.

"선생님, 오늘은 솥밥 드실까요. 후문에 생겼는데, 제가 이미 대학로에서 먹어본 집이에요."

나는 고개를 끄덕였다.

후문 인근은 정오에도 언제나 조용했다. 상권이 죽었다고 여겨질 만큼 한적하지도 않았고 정문처럼 난데없는 외지인들로 시끌시끌한 적도 없었다. 학부생 시절부터 나는 언제나 후문을 좋아했다. 주로 수업을 듣던 인문대가 후문에 있어서이기도 했지만 이 동네가 주는 고요한 느낌이 유독 좋았다. 나는 이 동네에 오랫동안 살고 있다는 사실에도 늘 감사했었다. 재이가 사는 동네이기도 했다. 그리고 이제는 로사도. 재이는 애써 감추려 하지도 않고 굳이 드러내려 하지도 않는 기색으로 로사가 우리와 이웃하고 산다는 사실을 내비쳤다. 로사는 급기야 여기까지 온 것이다.

"선생님, 알레르기는 괜찮으세요?"

주문을 한 후 지은이 내게 물었다.

"네. 어제는 왜 그렇게 미친 듯이 가려웠는지……."

"선생님도 그 생각 해보셨죠? 우리가 있는 환경이 사실 굉장히 안 좋잖아요. 청소도 도통 안 하고 살고요."

그런 생각을 해본 적은 없었다. 그러니까, 연구실을 청소해야겠다는 생각.

"제가 제일 오래 있었는데 청소할 생각도 못 했네요. 미안해요, 지은 선생님."

지은은 손을 힘차게 내저으며 말했다.

"아뇨, 아뇨. 그런 뜻이 아니고요. 저도 가끔은 책먼지 때문에 알레르기가 올라오는 것 같아서요. 학교에서 요식으로 하는 소독이나 방역 말고 직접 한번 싹 들어내면 좋겠다는 생각이 들더라고요. 제가 부담드렸으면 죄송해요."

지은이 내게 은근한 압박을 줄 사람이 아니라는 건 나도 잘 알았다. 우리는 밥을 먹으며 진지하게 청소에 관한 논의를 했다. 밥알과 재료들이 육수의 풍미에 적절하게 어우러져 깊은 맛을 냈다. 밑반찬도 하나같이 깔끔했다. 지은의 소개에 따르면 이 식당은 대학로의 오래된 맛집 프랜차이즈였다. 지은은 어쩌면 이렇게 가본 곳도 많고 먹어본 것도 많을까. 나는 늘 작게 감탄했다.

모두가 한 번씩은 자료조차 제대로 못 찾는 경우가 있었는데, 청소하다 보면 해결될지도 모른다고 생각했다. 요즈음엔 청소를 전문으로 하는 유명한 업체도 많으니 검색해보고 사람을 쓰자는 의견에 다다랐다. 지은과 나는 단골 카페에 가서 후식으로 커피를 주문했다. 돌아오는

지은

길에 지은은 내게 패션쇼 이야기를 했다.

"일주일 동안 한다고 하더라고요. 학부생들은 난리 났나 봐요."

나는 피식 웃으며 대답했다. 지은에게는 무슨 말을 해도 별로 걱정되지 않았다. 그녀에게는 사람을 긴장시키지 않고 편안하게 만드는 성질이 있었다.

"대학에서 패션쇼. 말세라고 하면 내가 꼰대 중에 상꼰대겠죠?"

"아아뇨."

지은은 말꼬리를 길게 늘어뜨리며 내게 웃어 보였다.

"이상하죠. 대학에서 패션쇼. 그런데 또 우리 학교에는 의상학과가 있잖아요. 그쪽에서는 굉장히 반기는 분위기인가 봐요. 워낙 유명한 브랜드니까."

"의상학과에서는 명품 브랜드에 관한 반감은 없나 보지요?"

"글쎄요. 또 모르죠. 저도 직접 들은 건 아닌데요. 의상학과 학생들은 이번 기회에 매체 노출도 되고, 인터뷰나 칼럼에 참여할 기회가 생기는 거니까 좋은 부분도 있겠죠."

"이 학교 의상학과 입시에도 영향을 미칠 수 있겠네요."

지은과 나는 서로를 바라보며 웃었다. 핼리혜성 운운

하는 글로 우리 일, 그러니까 고전 문건 번역 일이 SNS 등지에서 회자된 것이 바로 어제였다. 우리—지은과 나—는 아주 잠깐 소박한 꿈을 꿔보기도 했었다. 젊은 친구들에게 한문에 관한 관심이 생길까요. 어림도 없는 꿈이란건 나도 지은도 알았다. 지은이 휴양지에서 만났다는 젊은 서양인은 한국말과 한글에 매우 유창했지만 한국에서도 한자를 쓴다는 사실을 몰랐다고 했다. 그녀는 계속 '간지'라고 말했다. "일본어는 간지 때문에 어려운데 한국어는 읽고 쓰기도 쉽다"면서. 한국 여행을 꼭 해보고 싶고, 한국에 와서 사는 게 꿈이라고 하면서도. 지은은 몇 번이고 '간지'라는 말을 정정해줄까 고민하다가 그만두었다. 어쩌면 자기가 오해하는 걸 수도 있으니까. 그야말로 자기는 한자에 관해서만 알고 있을 뿐이지 외국어로서의 한국어 공부에 관해서는 모르니까. 하지만 돌아오는 비행기 안에서 지은은 다소 처참한 기분을 느꼈다고 했다.

"이렇게 우리만 진심이네요, 늘."

우리는 그런 사사로운 말이나 나누며 조금씩 서로를 위로하곤 했다.

지은도 나도 진지한 인간들이었지만, 지은은 퇴근 후 매일 저녁 수영을 했고 주말에는 친구들을 만나서 놀러 다녔고 가끔 휴가를 내 해외여행을 다녀오기도 했다. 나는 그런 지은에게 건강해서 보기 좋다고 진심으로 말했

지은

다. 지은과 연구실이나 캠퍼스 근방이 아닌 곳에서 만난 적은 없었다. 고로 내가 먼저 말하지 않으면 지은은 연구실 바깥의 내 삶을 몰랐다. 지은은 SNS를 하기도 하지만 내게는 남들 사진이나 구경하는 비공개 계정밖에 없으니까. 지은은 가끔 주말엔 뭐 하느냐고 물었다. 주말에 나는 잠만 잤다. 그저 종일 잠만 잤다. 간혹 날씨가 좋으면, 파랗고 쨍한 하늘에 하얀 구름이라도 잔뜩 걸리는 날에는 마을버스를 타고 산에 가서 둘레길을 걷다 오기도 했다. 대학 시절 갈 곳이 없어서 잠깐 묵게 해달라고 사정했던 절이 있는 산이었다. 사찰의 침묵과 나를 사로잡던 절망과 고요를 여전히 기억하지만 서울 한복판에 있는 아주 작은 산이어서 주말에는 산책하러 나오는 사람들로 인근이 북적북적했다. 나도 그들처럼 등산도 아닌 아주 가벼운 산책을 했다. 그나마 그런 날도 1년에 며칠 되지 않았다. 지은이 몇 번 내게 주말에 뭐 하는지 물어 왔을 때 나는 솔직하게 대답했다.

"그냥 잠자요."

지은은 농담하지 말라는 듯 웃었다.

"저는 주말에는 손발을 거의 쓰지 않는데요?"

재차 말해도 흐흐거리며 웃을 뿐이었다.

패션쇼가 열렸던 그 주의 주말에도 아카데미 강연이 있었으므로 늘 손발을 쓰지 않고 잠만 자는 건 아니었다.

하지만 지은이 물어보는 건 뭘 하며 여가를 즐겁게 보내느냐에 관한 것이었기에 나는 할 말이 없었다. 지은은 나를 몰라야 했다. 내가 가끔 시외버스를 타고 옛날에 살던 소도시까지 가서 데이트 어플 따위로 남자를 만난다는 것도. 내가 그런 유의 인간이란 것도. 그래서 나는 내게 패션모델인 친구가 있다는 것도 말하지 않았다. 그녀가 나의 사생활을 전부 몰랐으면 했기에. 그런 건 말해도 괜찮다는 정도는 알았다. 그러나 특히 연구실에서 만난 사람들과 대화할 때, 내 멋대로 괜찮은지 아닌지 기준을 애매하게 정해버리면 나를 들킬 것만 같아서 불안했다. 학부생 시절에 몇 번이나 실수를 하고 뼈저리게 깨달은 것이었다. 지은과 패션쇼 이야기를 한참 나누면서도 나는 모델인 친구가 런웨이를 걷는 모습을 본 적 있다는 말을 꺼내지 않았다. 재이가 말해준 무대 스태프나 디자이너, 사진작가에 관한 이야기를 꺼낸다는 건 더더욱 말도 안 되는 일이었다. 그래서 나는 줄곧 생각만 했다. 지은과 대화를 하면서도 머릿속으론 한여름에 밍크코트를 입고 걷는 재이의 걸음을 떠올렸고 미성년자들을 특히 희롱하고 괴롭혔다는 턱수염의 역겨운 얼굴을 생각하다 말고는 했다.

주말 아카데미 수강생은 중학생들이었다. 내 생애 처음 미성년 학생들을 대상으로 강연할 날이 다가오고 있었다.

지은

◊

　지은은 미성년 학생들에게 고전을 가르쳐본 경험이 제법 있었다. 말할 것도 없는 사생활을 감추고, 과거에 관해선 이야기하는 법이 없는 나와는 다르게 그녀는 점심 식사를 하며 옛날이야기를 하곤 했다. 그녀도 나도 연구소에 들어오기 직전까지 사교육 시장에서 일했다. 나는 그때 이야기도 꺼내기 싫었다. 곰팡내 나는 비좁은 상가 건물에서 전공도 아닌 과목을 가르쳤다. 현대문학이나 세계사 따위는 내 관심사도 아니었지만, 한문은 사교육 범주 안에 없었기에 도리가 없었다. 중등 교과에 고전을 아무렇게나 요약해둔 것을 보면 모욕감마저 들었다. 시험 잘 보는 방법을 굳이 돈 내가며 배우는 애들이나 부모도 한심스러웠다. 내게는 전부 다 지워버리고 싶은 불행한 과거일 뿐이었는데 지은에게는 그렇지 않은 모양이었다. 지은은 그 시절에도 매 순간 진심으로 임했다. 아직도 연락하며 친하게 지내는 학생들이 있다고 했다. 신기했다. 나는 대학원생들을 대상으로 고전 수업을 할 때가 되어서야 비로소 내가 강사가 되었다고 느꼈다. 하지만 그렇다고 해도 내 수업을 들은 그 어떤 학생과도 사적인 관계를 맺진 않았다. 지은은 나에게는 도통 없는 교육자의 마음가짐이라도 있는 모양이었다. 그렇다면 연구실을 나가서 교수직에 지원해보아도 좋을 것이다. 요즈음엔 교수도 연구자 정체성 반에 세일즈맨 정체성 반을 가져야 한다고들 하니까. 생각 끝에 지은을 비웃을 뻔했다. 나는 마음을 가다듬었다.

"아이들이 꽤나 진지해요."

"내가 중학생 수준에 맞춘다고 열심히 준비를 하긴 했는데 될지 모르겠네요."

"선생님, 저는 애들 수에 맞게 간식을 챙겨 가요. 그게 은근히 효과가 있어요. 사탕 한 알이라도 줄 때와 안 줄 때가 달라요. 그리고 또 아이들은요, 반짝이는 걸 좋아해서요. 반짝반짝 빛나는 귀걸이라도 하고 가면 좋고요. 네일아트 빛나는 걸로 하면 시선을 끌기에 그만한 게 없어요. 선생님은 네일아트 안 하시니까 추천드릴 수도 없고…… 좀 화려한 옷을 입고 가도 좋고요."

비웃지 않으려고 겨우 마음을 다잡았는데 조금씩 허물어졌다. 뜨거운 물에 얼음이 녹듯 내 마음 한구석이 무너져 내리고 있었다. 저급하게. 선생이 창녀도 아니고. 나는 치미는 말을 뱉지 않으려고 노력했다. 노력만 하면 어렵지 않은 일이었다. 그렇게 평생 치미는 욕지기를 참아온 게 성인이 된 이후의 내 인생이었으니까. 나는 지은에게 다만 이렇게 말할 뿐이었다.

"그렇군요."

　　　　　지은

주말에 나는 PPT를 넣은 외장하드를 챙기고, 강의 대본을 꼼꼼하게 확인한 후 집을 나섰다. 강연에 참석하는 중학생들은 고전 토론 세미나를 하고 짧은 논술도 제출해본 경력이 있다고 했다. 그렇다면 지은 말대로 꽤 진지할 수도 있었다. 그리고 그 연령대 아이들은 정말로 깜짝 놀랄 만큼 진지할 수도 있었다. 나는 아직도 영영 잊어버릴 수 없는 시절을 살고 있는 사람이었으므로 잘 알았다. 정화여학교에 입소할 때 나는 중학생이었다.

그 생각을 강의 장소에 거의 도착해서야 했다는 게 문제였다.

중학생들에게 고전 강연을 하면서 내가 선생님을 처음 만났던 교실을 떠올리지 않을 수가 없었다. 필연적 기억이 내게 조금 늦게 도착했다. 멀쩡히 재생되던 영상에 갑자기 오류가 나서 반박자 늦게 컷이 이어지는 것처럼 나는 계단을 오르며 조금 삐걱거렸다. 아카데미가 열리는 고전번역원은 산을 깎아 지은 곳으로 입구에 이르는 경사가 상당했다. 그 경사를 계단을 이용해 올라야만 했는데, 체력이 부족한 나 같은 인간에게는 상당히 힘든 진입로였다. 그래서 고전번역원에 올 때마다 나는 출입문 앞에서 작게 욕설을 내뱉었다. 오늘은 이곳에서 중학생을 만난다고 생각하니 예전과 다름없이 흔해빠진 쌍욕을 뱉는 것조차 차마 할 수 없었다. 다른 이유는 없었다. 정화여학교 시

136

절 이층침대에서 로사에게 수시로 씨팔 저팔 욕하던 기억이 떠올라서였다. 내가 가장 경계하는 건 발전 없는 나였다.

흑판에 백묵으로 판서하던 선생님. 초서가 해서로 다시 한글로 바뀌던 모습을 가만히 보던 나. 아니, 그런 기억은 그다지 강렬하게 나를 압도하지 않는다. 도대체 한자는 먹고사는 데 필요도 없는데 왜 배워야 하냐고 묻던 나. 그때 내 마음 깊이 일렁이던 적의. 고작 범죄소년으로밖에 보지 않으면서, 생각했던 나는 깍듯한 경어를 쓰고 진지하게 대해주던 태도조차 나를 놀리는 거라고 생각했었다. 그 생각을 영우학당에서 털어놓았을 때 선생님은 내 손을 슬쩍 잡으며 다소 비장한 말투로 말했다.

"이제 인생을 바꾸자. 더 멀리 가보자."

나는 교탁에 서서 그때의 선생님을 떠올렸다. 뭐가 그렇게 비장해? 선생님을 완전히 이해하는 데 너무 오래 걸렸다. 지은은 사실 젊은 선생님과 같은 말을 하고 있었는지도 몰랐다. 왜 나를 포기하지 않느냐고 여러 번이나 묻던 내게 "네가 바로 나의 미래이니까" 같은 관념적인 말을 하면서 끝내 나를 자기 사람으로 만들었던 그 집요함. 소년원 강의를 자처한 것도, 교실에 유일하게 버티고 앉은 나를 데려다 먹이고 재운 것도 다 그런 까닭에서였다. 미래이기 때문에. 관념이 아니라 실제로, 자기 일을 이어받을 후임이 간절하게 필요했기 때문에. 젊은 선생님과 지은은 모두 이렇게 말했다.

"청소년들을 믿어야 하는 거야. 그 아이들을 잡아야 하는 거야."

사탕을 나눠 주고 눈길을 끄는 겉치장을 할 순 없었지만, 지은의 진심은 이해해보려고 애쓰는 채로 나는 강의 대본을 대충 떠들어 보고 있었다.

아카데미에서 자체 테스트로 엄선했다는 스무 명의 학생은 진지한 태도로 강의를 들었다. 두루 돌아보며 눈을 맞추는 일도 수월했고 모두 고개를 끄덕이며 필기하는 자세에도 어긋남이 없었다. 나는 강연 슬라이드를 반으로 쪼개 왼편에는 해서 한 자를 띄우고 오른편에는 글자에 어울리는《승정원일기》일부를 넣었다. 핼리혜성이 다시 오는 날까지 끝나지 않을 우리 일, 2억 4천만 자의 한자 기록 일부였다. **1777년(정조 1년) 7월 28일, 밤늦게 책을 읽던 정조는 이상한 소리를 듣는다.** 나는 아이들의 흥미를 돋울 만한 대목을 뽑아 소개하고 한자를 다시 판서했다.

"생각보다 어렵지 않습니다. 조선은 기록의 국가였어요. 참으로 많은 일을 다 기록했던 게 바로 조선입니다."

그 이야기를 하는데, 처음으로 한 학생이 손을 들었다. 나는 고개를 끄덕였다.

"선생님, 조선이 훌륭한 나라인가요?"

"그건 말하자면 너무 길고,《승정원일기》를 놓고 보면 기록의 국가란 것은 분명하지요."

"조선이 국가인가요?"

말꼬리를 잡는 학생의 의중을 알 수 없었지만 나름대로 적절하다고 생각되는 방식으로 대꾸를 이어갔다.

"국가이지요. 말 그대로."

"수주대토(守株待兔) 아닌가요?"

목덜미에 식은땀이 쭉 흘렀다. 나는 손수건으로 땀을 훔쳤다.

"조선의 기록을 두고 하는 말인가요?"

"조선이라는 나라 자체가요."

그때 앞에 앉은 학생이 큰 소리로 핀잔을 줬다.

"모두의 소중한 시간을 방해하지 말자."

그제야 이상한 질문이 멈췄다. 나는 이어서 강의했지만 목덜미에 흐르는 식은땀을 계속 닦아내야 했다. 손수건으로 연신 닦는 내 꼴이 노인네 같아서 우스웠다. 이런 내가 수주대토란 것인가. 발전을 모르는 어리석은 자, 수주대토는 꾀부리지 않고 묵묵한 사람을 비유하기도 했지만 요행만을 기다리며 게으름 피우는 사람을 뜻할 수도 있었다. 그렇게나 상반된 사실들이 하나의 말에 모두 들어 있었다. 나는 미성년 학생들을 상대로 다시는 강의하지 않겠다고 생각했다. 그 옛날 싸구려 보습학원에서 맡

지은

은 곰팡내가 지금 다시 육박해오는 느낌이 들었다.

강연을 마치고 교탁을 정리하는데 한 학생이 가까이 다가왔다. 나는 움찔하며 뒤로 물러섰다. 학생은 내게 친근하게 물었다.

"선생님은 MBTI가 뭐예요?"

빛망울

MBTI가 뭐예요, 라는 학생의 질문은 내게 도리어 위안을 주었다. 강연 내용과 아무런 상관도 없었지만. 집에 돌아오는 길에 나는 '엠비티아이'라는 말을 발음해보았다. 옛날 일반 중학교에 다니던 시절 보건교사의 입회하에 테스트를 했던 기억이 어렴풋하게 났다. 당시 보건교사는 효율적인 상담을 위해 진행하는 거라고, 어릴 적부터 숱하게 봐온 지능지수 테스트와 비슷한 것이라고 일러주었다. 오랫동안 까맣게 잊고 있었는데, 언젠가부터 유행하고 있다는 이야기를 들었다. 나는 그런 유행은 언젠가 지나가리라고 생각했다. 반짝 인기를 얻었던 모든 천박한 유행가들이 전부 조용하게 잊혀가듯이. 다만 MBTI를 묻는 학생의 청량한 말소리가 좋았다. 어떤 학생도 사로잡지 못했고, 음침한 공격을 받아 휘청거렸던 강연을 가만히 닫아주는 듯 가벼운 말소리. 경사가 심한 진입로에 올라갈 땐 무겁게 내딛던 발을 내려올 때 다소 가볍게 내달리다 보면 삐끗하기 십상이었다. 그러지 않으려고 조심했다. 부활절 달걀에 유성 사인펜으로 쓱쓱 그려 넣은 듯 몰개성하고 못생긴 얼굴들을 자꾸만 떠올리면서.

사람을 유혹하는 일은 정말로 얼마나 어려운 일인가. 선생님과 학당에서 밤을 새우며 토론하던 기억이 났다. 단 한 사람의 마음을 얻는 일에도 자신이 없었다. 성실하게 노력하면 정직하게 성과가 나는 일이 아니었다. 나는 재이를 유혹하기보다는 설득하려고 언제나 애썼지만 번번이 실패했다. 재이는 결국 내 말을 듣지 않았다. 그녀는 언제든지 천연덕스럽게 나를 떠나갈 준비가 되어 있다는 걸 이미 경험했기 때문에 감정적으로 대응할 수도 없었다.

하지만 선생님은 언제나 내 사람을 만들어야 한다고 말했다. 고작 내 편을 들어줄 몇 명의 졸개를 만들라는 이야기가 아니었다. 끝내 나의 옳음을 어떤 방식으로든 증명해낼 사람. 설령 반증으로든. 그런 건 인력으로도 쉬이 되는 일이 아니다, 선생님의 말을 들을 때 나는 그가 말하는 사람이 바로 나라는 걸 알았다. 때론 선생님이 틀렸다고 말하고 싶을 때조차 '반증'이란 말을 떠올리면 결국 그의 말이 옳았다.

　강연을 마치고 돌아오는 길에 나는 인터넷으로 운전 면허 학원에 등록했다.

　그러고는 밤새 유튜브로 운전 연수 영상을 봤다. 초보 운전자의 뒷좌석에 앉은 강사의 시점으로 강의하는 내용이었다. 대개 초보 운전자는 두 손으로 핸들을 꼭 쥐었고 그러는 바람에 차체는 더욱 불안하게 흔들렸다. 나는 작은 담을 넘으려고 낑낑대는 인간을 보는 날랜 고양이처럼 가소롭다는 듯한 얼굴로 영상을 봤다. 발끝에서 미끄러지는 액셀의 촉감을 일부러 몇 번이고 떠올려봤다. 이제는 아무렇지도 않았다. 그 아무렇지도 않다는 느낌이 내게 주는 희열에 아랫입술을 몇 번이고 질끈 깨물었다. 차선을 함부로 바꿔 유턴하던 로사의 차. 재이를 태우고 가던 로사를 떠올리면 그따위 기억에 더는 사로잡힐 필요가 없었다. 선생님이 해주었던 말처럼. 세상 모든 바보들이 다 운전이란 걸 하고 다닌단다. 영상 속에서는 어깨를 작게 떠는 초보 운전자가 냅다 끼어드는 오토바이와 괴팍한 클랙슨 괴성에 놀라 움찔하곤 했지만 면허도 없는 나는 머릿속으로 온갖 자동차 액션 장면을 떠올렸다. 오래전 본 영화에 나온 머리를 질끈 묶은 여성이 보닛에 걸터앉아 왼손을 뒤로 꺾어 핸들을 돌리는 장면 같은 것. 그런 말도 안 되는 장면을 떠올리고 있었다. 나는 옛날의 나를 완전히 잊는다고 생각하면서.

화려한 카체이스 장면을 떠올리던 것과 별개로 나는 필기와 기능, 도로주행에서 각각 한 번씩 탈락했다. 공부를 전혀 하지 않고 필기시험을 봤고 좌우 깜빡이를 켜는 법을 헷갈렸으며 중립 모드에서 액셀을 밟는 실수 따위를 했기 때문이었다. 차가 폭발할 듯 굉음을 낼 때 나는 몹시 당황해서 소리를 질렀다. 조수석에 앉은 시험관은 한심하다는 듯 노려보며 내리라고 했다. 그는 아마 결코 상상하지도 못할 것이다. 자기 옆에 앉은 사람이 미성년 나이에 거침없이 액셀을 밟아 사람을 치어 죽였다는 사실을. 하지만 지금 나는 초보라고 하기에도 다소 지긋한 나이에 자동차 기능을 조금도 숙지하지 못한 채 실수를 연발하는 감 없는 사람으로 보일 뿐이었다. 심지어 시험관은 내게 아줌마라고 했다. 그에게 나는 평생 남자가 운전하는 차의 조수석에만 타다가 뒤늦게 대형마트에 장이나 편하게 보러 갈 요량으로 면허를 따러 온 여자로 보였을지도 몰랐다. 그러나 지금 뭇사람의 눈에 그렇게 보인다고 해도 내가 살인자라는 사실은 변함이 없었다.

기능시험장 대기실에서 담배를 피우는 노인을 봤다. 잠깐 시간여행을 해서 1980년대 후반으로 왔나 싶은 착각이 들 정도로 그의 행동은 자연스러웠다. 실내에서 담배를 피우는 행위를 해서인지 차림새가 남루해서 그런지 처음에는 검버섯 핀 칠십대 노인으로 보였다. 가만 다시 보니 그는 고작 사십대 후반으로 보일 뿐이었다. 구석에 앉은 젊은 커플이 몇 번을 콜록대며 타박을 주는데도 그는 아랑곳하지 않았다. 그는 깊게 숨을 들이쉬며 말했다.

"왜 이제 와서야 이 고생인지. 그렇지 않아요?"

내게 동의를 구하려는 듯 건네는 말이었다. 공공장소에서 담배를 피우는 것도 모자라 낯선 사람에게 무람없이 말을 거는 것까지 시대착오적인 언행이 어이가 없어 대꾸하지 않았다. 가만 앉아 있는데 문득 목덜미가 서늘했다. 나는 화들짝 놀란 듯 그의 얼굴을 다시 봤다. 당연히 그럴 리가 없는데 그런 생각이 들 때가 있었다. 모두가 출근하지 않은 것 같다고 느낀 연구실의 그날 아침처럼, 내가 도무지 이치에 맞지 않는 시공간에 머물러 있다는 생각이 들 때. 나는 남자의 색 바랜 남방셔츠를 물끄러미 봤다. 저런 남자는 어디에나 있다.

면허증을 수령한 후 중고차 매매상사에 가서 자동차를 구입했다. 연식은 5년 이하면 충분했고 운행량이 적은 차를 골랐다. 딜러는 무슨무슨 옵션이 있는 차들을 권했지만 아는 바도 없고 특별히 탐나는 것도 없어 전부 거절했다. 사이드미러가 자동으로 접힌다거나 하는 기능은 기본 중 기본이라는데 꼭 필요할 것 같지 않아서 고사했다. 딜러는 나처럼 욕심 없는 구매자에겐 선루프가 하늘에서 선물로 떨어진다고 했다. 무슨 말인가 했더니 자동차 지붕에 작은 창문이 달려 있었다. 선물이랄 것까지야, 생각했는데 차종에 비해 제법 고급스러워 보이긴 했다. 여닫을 일은 별로 없으리란 생각이 들었다. 결제를 마치고 나자 딜러는 온장고에 있던 꿀물 한 병을 주며 초보니까 탁송받겠느냐고 했다. 연수를 받은 경험이 전무했는데도 나는 직접 차를 가져가겠다고 했다. 면허를 따며 몇 번 따끔한 맛을 봤는데도 여전히 겁이 없었다.

차 키를 받아 들고 나서야 깨달았다. 무슨무슨 옵션을 전부 거절하느라 차 키도 자동이 아닌 수동이었다. 버튼을 눌러서 시동을 거는 방식이 아닌, 열쇠를 꽂아 넣어 돌리는 방식. 스페어 키까지 묵직하게 손바닥에 담아 들고 나는 잠시 숨을 골랐다. 중고차 딜러가 운동화 끈 같은 거로 대충 만든 키링이 달려 있었다. 문득 쓸쓸한 기분이 들었다. 엄마 차 키에 달려 있던 쓰부다이아 토끼 인형 키링을 같이 사러 가던 생각이 났다. 까마득한 옛날이야기였다.

시동을 걸고 중고차 매매상사에 면한 우시장 골목을 빠져나왔다. 해가 떨어진 지 오래였다. 가로등이 환하게 밝아 밤인데도 어둡지 않았다. 당연히 상향등을 켤 필요조차 없었다.

◇

　시동을 끄자 등줄기에 땀이 주르륵 흘렀다. 침을 꼴
깍 삼켰다. 운전하는 내내 몹시 긴장한 모양이었다. 딜러
가 건넨 꿀물을 한 입 삼켰다. 미지근하고 텁텁해서 인상
을 찌푸렸다. 아직 여름이었다. 온장고에 있는 꿀물을 줄
만한 날씨는 아니었다. 인터넷 광고를 뒤져 수수료가 가
장 저렴한 딜러를 찾았더니 그는 변변한 사무실 하나 없
이 가맥집 구석에서 거래를 진행했다. 은근히 맥주 한잔
하자는 듯 지껄이는 걸 단칼에 무시했다. 다른 이들보다
값싼 중개인인 건 분명했으니 불만은 없었다. 한정된 예
산으로 더 좋은 조건을 찾아보겠다고 시간을 쓰고 싶지
않았다. 복잡하고 귀찮은 건 딱 질색이었다. 중고차 매매
상사에 먹고살아보겠다고 이리저리 널려 있는 추남들을
보는 게 괴로웠다. 문득 맛없는 꿀물을 한 입 마셔버린 게
후회됐다. 나는 딜러가 만들어 달아둔 키링을 내려다봤다.
땟자국이 선연한 끈은 매듭이 단단했다.
　주행하는 데에는 별문제가 없었지만 주차하며 옆구
리를 긁었다. 구축 소형 아파트 주차장이라 구획이 좁은
것 같았다. 다행히 다른 차를 긁은 것은 아니었고 화단에
면한 댓돌에 긁었다. 운전을 하면 사소한 일에도 짜증이
난다는 이야기를 들었다. 가뜩이나 좁은 주차장 한구석에

댓돌이 왜 놓여 있는지, 몹시 짜증스러웠다. 긁힌 자국을 확인하려다가 그만두었다. 어차피 값비싼 차도 아니고 나만 잊어버리면 그만이었다.

집에 들어서자마자 현관에 둔 택배 뜯는 칼로 키링을 싹둑 잘라버리고는 비누에 손을 몇 번이고 문질러 씻었다. 구둣주걱을 걸어둔 신발장 고리에 차 키를 걸어두려고 했는데 여의치 않았다. 아무래도 키링이란 걸 새로 달아야만 할 것 같았다. 차 키는 현관 근처 잘 보이는 곳에 두어야 했다. 엄마가 신발장에 차 키 보관용 그릇을 두기 전에 얼마나 허둥대며 차 키를 찾았었는지 아직도 기억하고 있었다. 늦은 밤 급한 용건으로 차를 가지고 나가야 했던 날, 차 키를 찾지 못한 엄마는 거의 패닉에 빠졌다. 온 집 안을 들쑤시다 거실에 주저앉아 엉엉 울던 날 이후 신발장 위에 그릇이 생겼다. 그토록 간단한 조치를 하지 못해서 허둥대던 엄마가 한심했다. 나는 집 안을 쏘다니며 키링으로 삼을 만한 것을 찾았다. 잡다한 소품 따위를 사는 취미가 없었기에 눈에 띄는 게 없었다. 결국 식빵 봉지에 둘려 있던 얇은 노끈을 묶어 신발장 고리에 걸었다.

그날 나는 재이가 나오는 꿈을 꿨다. 그 전 꿈에서 마냥 재이는 조수석에 앉아 있었다. 그때보다 훨씬 마음이 편안했다. 돌아보지 말자고 다짐할 필요가 없었다. 재이로 가장한 로사가 아니었으니까. 나는 내 옆에 재이가 앉아 있다는 걸 알고 있었다. 재이는 나와 가장 사이가 좋았던 날, 내 팔짱을 끼며 언니이, 하고 말끝을 늘이던 어느 날처럼 청량하게 웃었다. 카랑카랑하면서도 날카롭지 않은 음성으로 자꾸만 말을 건넸다. 내가 운전을 하고 있다는 사실이 더는 이상하지가 않다. 현실의 내게는 운전면허가 있기에. 재이는 핸들 옆에 꽂힌 키를 손가락으로 툭 건드린다. 나는 흘깃 보며 재이를 저지한다. "건들지 마, 위험하게." 재이는 짓궂게 장난치듯 손가락으로 키를 슬슬 건드린다.

"키링이 이게 뭐야. 언니답네. 이젠 이걸로 해."

재이는 내 눈앞에 뭔가를 흔들어 보인다. 반짝반짝한 물체들이 동그랗게 빛망울을 만든다. 그때 나는 눈을 번쩍 떴다. 둔도에 목 베이듯 나는 그렇게 또 악몽을 꾸고 말았다. 눈을 뜬 채 그대로 누워서 목을 뻣뻣하게 쳐들고 천장을 바라보며 나는 한참 생각했다. 그 빛망울의 정체는 뭐였을까. 반짝이는 뭔가가 잔뜩 움직였던 걸 보면 포도송이 모양의 장식인 것 같기도 했다. 아니. 사실 아무것도 아닐 것이다. 나는 핸드폰 검색창에 '빛망울'이란 단어를 넣어봤다. 과연 빛망울에는 실체가 없었다. 내가 그 단어를 어딘가에서 듣고 기억해서 머릿속에서 시각화한 것일 뿐이었다. 핸드폰에 가득 펼쳐진 빛망울 사진을 보며 나도 모르게 입술을 비쭉 움직였다. 재이가 나에게 키링을 선물해줄 리는 없었다.

그렇지만 재이에게 연락해볼 순 있었다. 재이의 지난 연락에 나는 'ㅇㅇ'하고 짧게 답신했었다. 그것도 바로 하지 않고 몇 시간 뒤에서야 했다. 자신이 턱수염을 직접 고발하지 않아도 될 것 같다는 연락이었다. 다른 애들도 겪은 거니까, 다른 애들이 말하게 하면 돼. 나는 그렇게 읽었다. 턱수염의 다른 피해자들도 있다는 걸 어떻게 알게 되었는지, 다른 피해자들의 입장을 들어보았는지에 대해 궁금해하지도 않았다. 공론화를 두고 고민을 나누던 시간이 무색하게도 나는 그토록 가볍게 재이의 말을 일축해버렸다. 꿈속에서 본 이미지가 자꾸만 떠올랐다. 이젠 이걸로 해, 쨍하고 울리는 목소리와 눈앞에서 후드득 흩어지던 빛망울 무리. 실제로 경험해본 적도 없는 감각과 심상이 머릿속을 내내 사로잡고 있었다.

재이에게 문자를 길게 적어 보냈다. 내가 보낸 말풍선이 지나치게 뚱뚱해서 꼴 보기 싫었다. 언제나 그랬듯 진지하고 한없이 곡진한 말들이었다. 지난번에는 너무 바빠서 간단하게 답장하고 차마 여러 상황을 두루 돌아보지 못했다. 요즈음 공사다망하다 보니 너에게도 신경을 많이 못 쓰는데 이해를 바란다. 하지만 언제든 내 의견이 궁금하다면 연락을 부탁한다. 그리고 '네가 말했듯 특히 위로가 필요할 때' 말이야……. 이 대목을 쓰면서 나는 잠시 모욕감을 느꼈다. 로사에게는 조언을 듣고 나에게는 위로를 듣겠다 말한 재이의 말을 그대로 인용한 것이었다. 로사와의 결속을 과시하며 했던 말. 나는 다소간 모욕감을 누르며 글자를 쳐 내려갔다. 하나 마나 한 말들을 길게 늘어놓고 있자니 스스로 꼴이 우습기도 했지만 때론 지나치게 뚱뚱한 말풍선만이 진정성 있게 보인다는 사실을 알기에 어쩔 수 없었다. 하나하나 뜯어보면 알맹이 없는 말들이었지만 재이가 내 말을 일일이 곱씹어볼 리도 없었다. 그래도 나는 열심히 글자를 적었고 맞춤법과 띄어쓰기에도 신경 쓰려고 애썼다. 막상 전송하고 보니 엉뚱한 데 오타가 있었다. '연럭을 부탁한다.' 한 글자 때문에 마치 자다 깨서 얼기설기 기워 붙인 말들로 보였다. 짜증 나서 핸드폰을 집어 던졌다.

오랜만이었다. 그 '노트북'을 꺼낸 것은.

나는 15년 넘은 구닥다리 노트북 앞에 앉아서 손날로 목뒤를 탁탁 두드렸다. 뻐근할 때마다 습관처럼 하는 행동이었다. 마치 이제 막 사무소를 개업한 고독한 사설탐정처럼 나는 시커먼 노트북을 켜고 바탕화면이 뜨는 모습을 비장하게 바라봤다. 요즈음 쓰는 태블릿PC나 노트북처럼 빠르게 켜지지도 않았다. 인터넷 연결도 역시 더뎠다. 이 노트북을 처음 사던 날을 기억했다. 용산 전자상가에 동행했던 남자의 얼굴은 기억나지 않지만. 그는 나

더러 누나라고 불렀다. 그런 놈이 한둘은 아니었지만. 전자기기에 관해 잘난 척하는 걸 몇 시간 들어줬더니 머리가 쑤셨다. 그래도 그놈 덕에 값싸게 좋은 노트북을 살 수 있었다. 놈의 말대로 무척 인심 좋은 사장에게 구입해서 이후 10년 넘게 무상 수리를 받았다. 연구실에서 쓰는 최신형 노트북은 따로 있었지만 돈을 모아 처음 가져봤던 이 노트북을 결코 버릴 수 없었다. 스티커가 생기면 겉면에 덕지덕지 붙이는 바람에 맥락 없는 모양새가 돼버렸다. 그래도 한때 내가 진심으로 지지했던 것들의 표상이었다. 대학 상징인 꽃 모양 교표와 대학 기업화 반대 문구, 미디어 악법 반대 문구, 세월호 추모 노란 리본, 프로라이프의사회 반대 문구, 학회에서 나눠 준 이름표 등이 뒤섞여 붙어 있었다.

나는 겉면을 한번 쓰다듬어 먼지를 털고 구글 검색창에 턱수염의 이름을 넣었다. 결과가 쏟아졌다. 그는 지저분하게 여기저기 밑 닦은 휴지들을 흘리고 다니는 인간이었다. 나는 몇 시간 동안이나 턱수염에 관한 정보를 수집했다. 그에 관한 정보는 차고 넘쳤다. 단 몇 시간 만에 그의 거주지와 차종, 아내와 아이들, 양가 부모의 이름, 가장 친한 친구와 거의 날마다 가는 단골 술집과 즐겨 앉는 좌석까지 알아낼 수 있었다. 무엇보다 그와 오랜 시간 동안 원수지간으로 살고 있는 사진작가가 누군지 알아냈다. 둘은 틈만 나면 서로를 저격하느라 바빴다. 그의 원수가 누 군지 알아낸 것이 내게는 가장 큰 성과였다.

열화복제

    오랜만에 허기를 느꼈다. 내게 식사란 보통 지은이나 다른 동료와 때우는 한 끼로 끝났다. 매일 일정한 시각에 배부르게 먹으면 그만이었다. 그 시각이 정오를 조금 넘긴 시간이라 굳이 더 챙겨 먹을 까닭이 없었다. 퇴근하고서도 한참 후인 늦은 밤이 되어서야 소화가 됐고 그땐 이미 졸렸다. 아침에는 출근하기 바빠서 식사할 여유가 없었다. 언젠가 책에서 읽은 진짜 허기와 가짜 허기란 말을 떠올렸다. 배가 고파서 쓰러질 것 같을 때 느끼는 허기는 진짜 허기고 이미 배가 부른데도 공허한 마음에 뭔가 먹고 싶다면 가짜 허기라고 했다. 진짜와 가짜를 나누길 좋아하는 세상이었다. 굳이 따진다면 나는 공허함 쪽이 오히려 진짜 허기에 가까운 것이 아닐까 생각했었다. 그 책을 쓴 사람도 읽는 나도 의학적 견해를 말하는 바가 아니지 않은가.

　노트북으로 찾은 턱수염의 정보를 공책에 반듯하게 필기하고 태블릿PC로 턱수염의 각종 SNS 계정을 훑어 살피면서 나는 뭔가 먹고 싶다고 자꾸만 생각했다. 먹고 싶다, 는 말만 맴돌 뿐 정작 뭘 먹고 싶은지는 몰랐다. 유튜브에선 끝없이 먹는 영상을 추천했지만 그야말로 진짜 식사가 아닌 보여주기식 가짜 식사 장면을 보며 음식에 대한 아이디어를 떠올리기는 더 힘들었다. 한국의 MUKBANG은 불닭볶음면, 떡볶이, 순댓국, 돈가스에 이어 천엽, 생간, 등골, 지라를 먹는 모습까지 보여줬다. 검정 니트릴 장갑을 낀 미녀들은 입가에 묻히지도 않고 끊임없이 짭짭 먹었다. 가만 영상 목록을 훑고 있는데 서로 친한 연예인들이 거실에 둘러앉아 잡담하는 숏폼 영상이 제멋대로 재생됐다. 그걸 보자 비로소 내가 먹고 싶은 게 뭔지 알 것 같았다.

　까마득한 옛날로 느껴졌지만 나도 대학 새내기 무렵에는 아무하고나 친해졌고 무리 지어 몰려다닌 적이 있었다. 고시원에 살던 나는 사람들을 초대할 수 있는 번듯한 자취방이 있는 친구들이 부러웠다. 다 함께 감상할 영화를 준비했다고 말하며 노트북이나 텔레비전으로 영화를 틀어주는 친구들을 질투했다. 지금 보는 유튜브 영상

과 결코 비교할 수 없는 저화질 영상들을 당시 나는 하나
도 가질 수 없었다. 어째서 어떤 아이들은 번듯한 커튼이
달린 방에 살며 식물을 키우는지, 가스레인지로 요리를
해 먹고 식탁에 앉아 밥을 먹으며 의자에 앉아 오랫동안
화장할 수 있는지, 섬유유연제를 넣고 제대로 빨래를 해
서 좋은 향을 풍기는 옷을 입고 다니는지. 그때 내가 갖지
못한 것을 당연하게 가진 아이들을 보면 마음 한편이 자
꾸만 무너졌고 그런 마음을 들킬 바에야 무리에 끼지 않
는 편이 훨씬 좋다고 생각했다. 요즘 학생들은 더 어려울
것 같았다. SNS 따위에 연예인뿐만 아니라 낯모르는 사람
들이 어떻게 사는지 직접 재생하지 않아도 틀어 보여주는
마당에 그런 마음이 들면 어떻게 관리할 수 있을까. 한번
놀러 간 동기네 집 화장대에 단정하게 놓인 중저가 브랜
드의 화장품만 보고도 마음이 쓰렸는데.

　나는 편의점에 가서 방금 본 숏폼 영상에 나온 과자
를 골라 담았다. 평소에는 거들떠보지도 않는 것들이었다.
대학원 다닐 때나 학회 조교 노릇 할 때 어른들 취향 과자
를 예산으로 사던 기억도 지긋지긋했다. 하지만 지금만큼
은 왜 사람들이 평소에 이런 것들을 사다 먹는지 알 것 같
았다. 그게 여럿이라면 더 좋을 것 같다. 수면바지 따위를
입고 앉아 다리를 모으고 편안하게 이야기 나눌 수 있는
사람이 여럿이라면. 여러 가지 과일을 먹기 좋게 썰어 넣

은 과일 컵과 음료수도 샀다. 그것을 탁자 위에 가득 부려 놓고 나무젓가락으로 집어 먹으며 나는 다시 턱수염의 동향을 살폈다. 지긋지긋하게도 많이 올리고 자빠졌네. 더러 듣는 사람도 없는데 그런 말들을 뱉을 뻔했다. 턱수염은 하루에도 너덧 개의 게시물을 올렸다. 그의 여섯 살 난 딸아이가 유로 팝 비트에 맞춰 몸을 흔드는 릴스를 무표정한 얼굴로 봤다. 20년 전 신입생 시절에나 보던 VHS 비디오급, 아니 그보다 훨씬 더 옛날 1990년대 홈비디오가 유행하던 시절 캠코더처럼 화질이 저급했다. 아, 요즈음은 이런 게 유행이라서, 그 레트로인지 뉴트로인지. 재이야. 나는 나도 모르게 마음속으로 재이를 불렀다.

재이야, 너도 이런 걸 다 봤었니? 그래서 그렇게 화가 났던 거였구나. 턱수염이 사람들 보라고 지 어린 딸이 몸 흔들어대는 거 올리는 것도 어이없지만 이런 영상들이 말하는 바는 정확하게 하나잖아. 정상 가정을 유지하는 남자의 자부심. 나는 가정도 잃었는데, 너는 이 지랄까지 하고 살면서도 손해 보는 게 하나도 없구나, 그런 생각이 들었겠구나. 그렇네. 질투할 만해. 질투라는 건 꼭 나보다 잘난 인간한테만 하는 게 아니니까. 나보다도 한참 못한 인간이 괴로워해야 할 몫까지 내가 다 짊어지고 사는 것 같은데 급도 안 되는 인간이 낄낄거리고 처웃는 거 보면 질투 나고 괴롭지. 거기다 대고 너 그런 애 질투하면 개보다 못한 애 되는 거야, 라고 한갓지게 읊조리는 놈들이 멍청한 거야. 재이야, 알지. 다 거기까지 못 가봐서 그래. 가보지도 못한 주제에 어디다 대고 조언이야, 그렇지? 재이야, 너 참 힘들었겠다. 가만히만 있어도 불쑥 기억이 치밀어 오르면 힘들 것 같은데. 이 새끼가 감히 인터뷰에서 네 이름을 언급하기까지 했구나. 너는 혹시 무슨 반가운 소식 있나 열어봤다가 당한 거고. 그렇지?

재이야, 이 새끼 죽이고 나면 언니랑 어디 갈래.

언니랑 도쿄 여행 한번 갈래. 우리도 남들처럼 온천도 가보고 그럴까. 온센타마고나 라무네? 그런 거 손에 들고 사진도 찍고 그럴까. 유카타 같은 거 걸치고 나막신 신고 사진 찍어볼까. 유카타 맞지? 그 치렁치렁한 일본 잠옷 같은 거. 몰라, 나도. 해외까지 가기 그러면 사람 없는 비싼 호텔 같은 데 가서 하루 자고 올까. 천장에 샹들리에 달린 호텔 수영장 있던데. 리본 펄럭거리는 싸구려 콘셉트 수영복 입고 헤드업 평영이나 실컷 하고 올까. 아니면 우리 더 멀리 미주나 유럽 같은 데 가서 관광지 둘러보고 현지인이랑 대화하고 그럴래. 영어 열심히 공부하고 살았는데 도통 써먹을 일이 없는데 말이야. 아니…… 넌 다 해봤다고 그랬지……. 넌 나보다 더 멀리 가봤지. 잊어버렸네.

턱수염의 원수로 파악되는 인간은 턱수염과 같은 대

학 동기였고 비슷한 시기에 데뷔해서 커리어를 쌓은 동료인 모양이었다. 동료 중에 철천지원수가 나오기 마련이다. 턱수염은 '남부러울 것 없는 커리어를 확보한 예술가이자 셀럽, 번듯한 가장' 이미지를 유지하다가도 가끔 어느 새벽 자기도 모르게 흑화해버리는 것처럼 뜬금없이 투덜거리는 게시물을 올렸다. 나는 턱수염이 반복해서 쓰는 문구를 공책에 따라 적었다.

'그래, 네가 남나, 내가 남나 보자.'

'내 열화버전은 무시하면 그만이긴 하지.'

나는 코웃음을 쳤다. 어찌나 심하게 흥, 하고 웃었는지 탁자에 흘린 과자 부스러기가 날아가는 줄 알았다. 턱수염은 자기가 원본이고 상대가 열화복제라고 생각하는 모양이었다. 그놈이나 그놈이나 어린 여자애들 불안정한 심리를 이용해서 평생 등쳐먹고 살았겠지. 너희는 누가더 잘나고 못나고 할 것도 없는 완벽한 동류다. 못생긴 얼굴을 달고 사는 주제에 비싼 카메라 좀 들고 다닌다고 마치 미감이 남다르다는 듯 굴면서 말이야, 섹슈얼리티에도 일가견이 있다는 듯 설교질이나 했겠지. 너희는 상생이란 것도 알 턱이 없으니 꼴같잖게 경쟁하는 거 아니겠니. 나는 그들이 마치 내 앞에 무릎 꿇고 앉아 있기라도 한 듯 마음속으로 끝없이 훈계를 했다. 그러나 내게는 턱수염이 원수라고 여기는 그 상대가 필요했다.

나는 SNS뿐만 아니라 최근 몇 년간 턱수염과 그 상대가 진행한 중요 인터뷰들을 수집했다. 그러고는 둘 사이의 미묘한 긴장을 읽었다. 개인 계정에는 아무 말이나 올린다고 해도 인터뷰는 타인의 작업을 거치니 말이 조금 다듬어질 수밖에 없었는데, 그런데도 두 사람 사이의 신경전이 읽혔다. 재이를 두고는 거침없이 헛소문을 퍼뜨리면서도 자기 원수에 대해선 말조심을 하느라고 긴장이 억압된 형태로 표출되어 있다는 것도 우스웠다. 상대도 마찬가지였다. 그들은 서로 다소나마 눈치를 보고 있었다. 예술 하는 동네는 자유를 표방하는 가장 폐쇄적인 집단일 수도 있다고 들었는데, 사진계도 역시 그러한 모양이었다. 그들이 정면승부 하지 못하고 측면공격이나 일삼는 이유는 아마도 둘 다 죽지 않기 위해서 그러는 것일 터였다. 둘 다 살기 위해서가 아니라 둘 다 죽지 않기 위해서. 그렇게 비굴한 놈들은 어디에나 있다. 그렇다면 둘 다 죽든 말든 상관없을뿐더러 둘 다 죽으면 배로 신날 것 같은 나 같은 사람은 그들이 서로 죽이도록 만들면 된다. 단 한 번도 정정당당하게 붙어본 적 없는 놈들일 테니, 나는 자꾸 비장해지려는 태도를 경계하려고 했지만 어쩔 수 없이 비장해진 기분으로 주전부리를 씹어 삼켰다.

내가 비장하지 않다면 그것도 거짓말이다. 나는 당연히 언제나 비장했다. 그러니까 언제나 조금은 슬프지만 늠름한 태도를 가지려고 노력하는 사람. 누군가에게 내가 그런 사람으로 보인다면 선생님에게 배웠기 때문이다.

　　너무 지나치게 진지한 사람. 선생님보다 더 진지한 사람을 나는 보지 못했다. 학교살이 하고 나랏돈 받는 하청 일 하면서 이름난 학자와 업적 많은 연구자들을 숱하게 만나왔지만 우리 선생님을 당해낼 사람은 단 한 사람도 없었다. 만약 누가 서연화란 사람을 꽤 진지하다고 평가한다면 충청도의 영우학당에서 쓸쓸히 늙어가는 고독한 내 스승을 못 봐서 그렇고, 그를 만나본다면 왜 남의 뒤나 캐는 이런 사람이 겉모습이나마 흉내 낼 수 있었는지 짐작할 수 있을 것이다. 나는 본디 자기 아이를 홀랑 벗겨 어린이모델 대회나 내보내는 엄마 밑에서 자란 아이였다.

　　범죄소년들이 득시글대는 정글, 숨결이 천장에 곧장 닿을 것 같은 이층침대에서 내려온 나는 선생님이 데려간 영우학당의 내 방에서 지냈다. 이층침대를 벗어날 수 있다면, 그곳이 어디든 천국일 것 같았다. 선생님이 내게 안내한 곳은 상당히 안락한 천국이었다. 그는 내 방에 싱글침대와 책상을 사뒀다. 1년 후 선생님도 나도 미처 예상하지 못했던 이별을 맞았을 때, 나는 주인 없이 남겨진 침대와 책상을 생각하며 하염없이 울었다. 그것들은 여전히 내 기억에 굵은 뼈대로 남아 나를 몹시 슬프게 만든다. 성인이 되고 난 후 영우학당에 들를 때도 나는 차마 그것들을 똑바로 바라볼 수조차 없었다.

영우학당에서의 첫날 침대에 누웠을 때 나는 몸을 덜덜 떨었다. 그 시기 계절감은 오락가락했다. 어떤 날은 겨울처럼 몹시 추웠다가도 또 어떤 날은 땀이 날 만큼 덥기도 했다. 날마다 날씨가 변하는 지독한 환절기였다. 종잡을 수 없는 날씨, 겨울옷을 꺼내야 할지 여름옷을 꺼내야 할지 모를 그런 한국의 흔한 환절기 날씨에 출소한 나는 새삼 적응하기 힘들었다. 마치 오랫동안 이런 날씨를 경험해보지 못한 사람처럼. 정화여학교에서도 운동장에서 활동했으니 날씨를 경험해보지 못했다고 할 순 없다. 그런데도 마치 아예 날씨가 다른 외국에서 지내다 온 것처럼 바깥공기에 적응을 못 했다. 정화여학교의 운동장은 야외라기보다는 야외처럼 설계된 패놉티콘의 일부로 여겨졌으니까 그랬을 터였다. 내가 가진 여벌의 사복도 충분하지 않았다. 뭘 입어도 연보랏빛 체육복 같기만 했다. 어떤 스타일의 옷이 유행하는지 알 수도 없었다. 선생님이 시내에서 체육복과 잠옷을 사다 줬다. 학교에 다니지도 않으니 더욱이 어떤 옷을 입어야 할지 그땐 선생님도 나도 잘 알지 못했다.

그렇게 옷은 몸을 가리는 용도로나 여겼다. 첫날 밤 나는 몸을 떨고 있는 까닭을 알 수 없었다. 환절기라서 그런 건지, 상가 건물이라 난방이 덜 되어 추운 건지, 다시 비정한 세상 속으로 던져지고 말았다는 충격이 밀려와서 그런 건지, 아니면 결국 나를 자신의 거처로 데려온 사람을 온전히 믿을 수 없어서 떨고 있는 건지 알 수 없었다. 그중 무엇인지 모른다면 결국 그 모든 게 이유였다. 몸을 웅크리고 덜덜 떨고 있는데 선생님이 노크를 했다. 나는 기척 내지 않았다. 눈을 질끈 감고 자는 척하려 애썼다. 선생님이 문을 열고 들어왔다. 그는 말없이 두꺼운 솜이불을 툭 던지고 나갔다. 나는 얼어붙은 듯 잠시 가만히 있었다. 몸이 금세 따뜻해졌다. 선생님은 아무 기척도 내지 않는 내가 조용히 떨고 있다는 걸 알고 솜이불을 던져준 것이다.

다음 날 아침 책상에 앉은 내게 선생님은 필기구와 한자 교보재를 잔뜩 가져다주었다. 선생님이 나 때문에 돈을 너무 많이 쓴다는 생각이 들었다. 이 빚을 갚으려면 내가 뭘 해야 하는지를 생각했다. 선생님은 벼루같이 생긴 필기구 트레이나 문진처럼 언뜻 아기자기한 물건도 사다 주었다. 사실 당시의 내게 필통보다는 필기구 트레이가 필요했다. 언제나 그 책상에 앉아서만 공부했으니까.

나는 그 책상에 앉아서 선생님이 시키는 대로 공부했다. 다른 아이들처럼 정해진 시각에 등교하지 않으니 밤을 꼴딱 새워서 공부하곤 했다. 동트기 전 어둠 속에서 머릿속이 아주 환하게 밝아지며 정신이 번쩍 들곤 했다. 뒤미처 해가 뜨고 새가 우는 소리가 귀를 때릴 때까지 공부했다. 그때 손목이 시큰거릴 때까지 한자를 필사했다. 제대로 익히려고 끝없이 지우고 다시 쓰면서. 미술 실기를 준비하는 친구들이 쓸 법한 커다란 점보 지우개가 거의 손톱만 해질 때까지 썼다. 헤어지기 며칠 전 선생님은 내 지우개를 보며 슬며시 웃었다. 1년 만에 이렇게 작아지는 지우개는 처음 봤다며 킬킬대는 선생님이 야속했다. 곧 이별해야 하는데 어째서 웃음을 흘린단 말인가. 선생님은 내게 곧장 진지하게 말했다. 보통 사람들은 지우개가 이만큼 작아질 때까지 쓰지 않는다고.

"좀 버리고는 그래라. 그래야 지우개 공장집도 먹고 살지."

선생님이 내게 제일로 큰 농담을 하던 순간이 그때였다.

자주 미간을 찌푸리던 내 이마의 주름을 손가락으로 가볍게 펴주며 빙긋 웃던 때나 선생님은 조금 가벼워졌다. 선생님은 지역의 사람들을 모아 강연을 열 때나 내게 따로 지도할 때나 흑판을 이용했다. 너무 힘줘서 눌러 판서하는 바람에 백묵이 투두둑 소리를 내며 부러지는 걸 나는 자주 봤다. 백묵이 부러져도 당황하지 않고 새 백묵을 집어 들었다. 마치 궁수가 활집에서 화살을 빼 들 듯. 빠르게 총알을 장전하듯. 선생님은 가르치는 일에 관해 내게 허심탄회하게 털어놓은 적이 있다.

"연화야, 실은 나도 가르치는 일이 두렵다."

속내를 말하는 어른 앞에서 나는 당황했다.

"선생님은 이 일을 즐거워하신다고만 생각했어요."

"가르치는 일은 무서운 일이야. 위험한 일이기도 하고. 나도 내 스승에게 물려받은 일이고 또한 누군가에게 마땅히 물려줘야 하는 일이라고 생각하며 견디고 있단다."

나는 용기 내서 말했다.

"선생님, 저는 앞으로 학자가 되라는 말씀은 따를 수 있어도 가르치는 사람은 못 될 것 같아요. 그건 제게 물려주시려고 하면 안 됩니다."

"그걸 물려준다는 이야기는 아니란다. 다만…… 어쨌거나 어떤 방식으로든 후임을 만들지 않으면 안 된다는 생각으로 임해야지."

"열심히 공부하는 것으로는 안 되나요?"

"열심히 공부하는 것은 기본으로 하되, 이 일에 관한 사명감도 가져야 하는 거야. 연화 너라면, 나를 존경하는 제자와 나를 경멸하는 제자 중에 누굴 선택하겠니?"

"그야 당연히 나를 존경하는 제자를 선택해야 하는 것 아닌가요?"

"꼭 그렇지만은 않단다."

"그러면 스승을 경멸하는 제자를 선택하는 게 맞을 수도 있다는 말씀이신가요?"

"때로는 그게 맞을 수도 있단다. 스승을 존경하는 함량 미달과 스승을 우습게 보는 천재 중에 후자가 더 나을 테니까. 그럴 땐 모욕과 경멸을 견뎌야 하는 거야."

상갓집 1층 원형 테이블에 마주 앉아서 진심으로 시작되어 한담객설처럼 끝나버린 대화를 끝도 없이 나누던 그런 밤도 있었다.

◊

턱수염과 그 원수의 SNS와 인터뷰를 갈마보다가 나는 자연히 나와 로사를 머릿속에 마주 세웠다. 만약 누군가 나나 로사 둘 중 하나를 치려고 찾아본다면 우리는 어떤 모양새로 보일까. 그들처럼 같은 업계에서 일하는 동료는 아니었으니 남들에게 우스운 티가 나지야 않을 것이다. 한 달 내내 꾸준하게 턱수염에 관련해 조사하던 나는 복수의 첫걸음을 뗄 손쉬운 기회가 곧 찾아온다는 사실을 알게 됐다. 턱수염은 에세이를 출간할 예정이었다. 그리고 놀랍게도 출간 기념 북토크 사회를 맡은 사람은 원수인 그놈이었다. 도서 판매 어플에 아직 출간되지도 않은 책 홍보가 뜨르르하게 널려 있었다. 유튜브에도 '출간 예정' 프로모션 영상이 몇 개 올라왔다. 오래전 우리 선생님이 책을 냈을 때, 그땐 세상 누구도 관심을 가져주지 않았다. 이미 연구서를 몇 번 상재한 적 있었고 그런 종류의 도서는 흥행 같은 걸 기대할 수 없다는 사실을 잘 알았다. 하지만 선생님이 필생에 한 번, 처음이자 마지막이라고 말하며 용기 내서 발표한 자전 에세이까지 무시당할 거라곤 예상하지 못했다. SNS 따위는 없던 세상이라고 해도 홍보할 수 있는 기회는 당시에도 많았는데 출판사는 마치 싸구려 복사 가게처럼 책을 만들어내기만 하고 아무것도 하지 않았다. 과연 턱수염의 에세이가 선생님의 에세이보다 더 숭고한 영혼을 담고 있어서 이렇게 요란하고 법석일 리는 없었다. 턱수염이 선생님보다 더 팔릴 수 있다면 이유는 하나, 그가 그렇게 자기를 팔아보고자 하는 의지가 강한 순 장사꾼이기 때문일 것이다. 장사가 나쁘다는 건 아니지만 떴다방 같은 사기꾼이라면 이야기가 달랐다. 사기꾼들이 득세하는 세상에서 출판사 같은 오퍼상들은 그저 돈 냄새만 맡고 달려드는 모양이었다. 턱수염이 오해받을 만큼 잘나가냐고 물었을 때 재이는 막힘없이 그렇다고 대답했다. 재이의 설명을 들을 때는 미처 알지 못했는데 드디어 실감했다. 아, 너 잘나가는구나. 나는 눈을 가늘게 뜨고 속으로 말했다. 인정.

사진계 복잡한 내부 사정 따위 모르는 내가 봐도 턱수염과 그 원수는 서로 못 잡아먹어서 안달인데, 이런 사람들끼리 사이좋은 동료인 척 인터뷰를 나누고 대중 앞에서 가식적인 말을 주고받는다고 생각하니 어이가 없었다. 정치인이나 늙은 교수들 사이에선 그런 꼴을 많이 봤다. 심지어 서로 고소하고 고발하고 소송한 사이끼리 남들 앞에선 웃고 어깨동무하며 놀기도 했다. 그러니까 그깟 한 줌도 안 되는 돈이나 권력 때문에 잔머리를 굴려가며 정치질 하는 건 살아오며 나도 숱하게 봤다. 그들은 자기들이 제법 센 줄로 착각했다. 때론 적과도 동지인 척 가면 쓰고 어울려야 성공할 수 있다고 믿는 듯했다. 그러나 선생님이 내게 가르쳐준바, 인간관계는 오직 진실해야만 했다. 진실하게 사랑하고 진실하게 증오하는 것만이 전부였다. 자기들이 무슨 고대 연극배우의 재능이라도 가진 양 상황에 따라 가면을 바꿀 수 있다고 생각한다면 정말 큰 오산이었다. 물론 그따위로 살면서 영예를 누리고 가는 사람도 있을 것이다. 하지만 턱수염과 그 원수는 아니었다. 그들에겐 그런 재능이 배꼽 때만큼도 없었다. 인터뷰에서조차 못 숨기는 그들이었다.

출간 기념 북토크. 선생님에게도 기회가 있었다면 지독한 염가를 받고도 최선을 다해 가르침을 주었을 것이다. 무식자들에게 평생 다시없을 깨달음을 주고도 남았다. 그러나 턱수염은 약 150명의 인원에게 대관절 뭘 줄 수 있을까. 일정을 살펴보니 책이 출간된 다음 날, 마수걸이하듯 바로 사람을 끌어모을 양인 듯했다. 북토크 예약 페이지가 열려 있었다. 예매 가능한 티켓이 얼마 안 남았다. 3이라는 숫자가 경고하듯 눈앞에서 반짝였다. 아직 출간되지도 않았는데 하루 만에 매진되기 일보 직전이었다. 그를 실제로 만나서 뭘 얻는단 말인가. 나 같은 인간 말고는. 비웃었지만 별수 없었다. 나도 그놈 북토크 티켓을 샀다. 신용카드로 티켓값을 결제하는데 순간 모욕감이 들어 얼굴이 시뻘겋게 달아올랐다. 내가 돈을 써서 그런지 이 자가 이만한 흥행을 하고 있어선지 곧 출간될 에세이라는 물건에 또 어떤 거짓과 기만이 적시되어 있을지 알 수 없어서 그런지 정확히 알 수 없었다. 보통 이런 경우 당연히 그 모든 게 이유다.

개고생하고 개털로 살았다는 로사 생각을 했다. 재이는 자기 처지가 로사에 더욱 가깝다고 여겼다. 로사가 나타나기 전에도 재이는 종종 나와 자기 사이에 선을 그었다. 언니처럼 많이 배우지도 않았고 나는, 그런 말을 할 때가 있었다. 수영장에서 눈부시게 예쁜 모습으로 빙긋 웃으며 자기도 이 학교 여성과 친해져보고 싶었다고 말할 때의 당당함은 온데간데없었다. 그래도 괜찮았다. 그 모든 상반된 모습들은 전부 재이가 가진 거였으니까. 당연히 나는 당당한 재이가 더 좋았다. 멍청한 소리와 잘못된 판단을 일삼는 재이를 혐오할 때도 있었다. 그러나 내가 좋아하는 면만 골라 먹을 순 없었다. 사람이니까. 싫어하는 재료를 쏙쏙 골라 빼거나 불편한 페이지를 발견하면 덮어버릴 수 있는 물건은 아닌 것이다. 나는 재이 그대로를 받아들이고자 애썼다. 때론 너무 미운 내 마음과도 싸우려들면서. 그런데 재이는 그만큼 돌려주지 않았다. 내가 자기에게 준 만큼 나에게 주지 않았다. 선생님은 예전에 나더러 그런 걸 기대하지 말라고 했다. 인간들 사이에서는 권력이 생겨나기 마련이며 완벽한 교환은 일어나지 않는다고 했다. 내가 서당 아이로 살던 시절 처음 사귄 남자애에게 버림당하자 건넨 말이었다.

그 남자애도 이제는 지역을 떠났을 것이다. 도통 젊은 사람들이 남아 있지 않는 지역이니까. 성인이 된 후 나를 스쳐 간 수많은 남자 중 내가 마음을 준 놈은 없었다. 오직 그 아이에게만 나는 진심을 다했다. 손 한번 잡았을 뿐인 그 아이만 내가 '좋아한 남자'라고 할 수 있었다. 물론 그 아이도 내게 잘못을 저질렀다. 뼈아픈 배신감을 줬다. 그러나 미성년 시기에 일어난 일이었기에 용서해야 했다. 내가 그런 이유로 전과자가 되지 않은 것처럼. 그 아이도 나이 들어 나이 든 인간이 반드시 저지르고야 마는 종류의 잘못을 저지르고 있을 것이다. 여느 남자와 다름없이 세상에 유해한 존재가 되었을 것이다. 하지만 성인이 된 후의 모습은 내가 알지 못한다. 나는 그 아이의 마지막 모습을 기억한다. 마지막으로 호수에 간 날, 천변에 빙 둘러져 있는 산책길에서 고개를 숙이고 노대 바닥을 바라보며 하염없이 걸었던 날, 그 아이가 내 가슴에 꽂아 넣은 날카로운 말들을 기억한다.

"어차피 달라지는 것도 없잖아. 너랑 만난다고 해도."

무슨 뜻으로 하는 말인지 그때의 나는 몰랐다. 당연히 지금은 알고 있다. 그 나이대 남자애들이 갖고 있는 시커먼 속내를. 그 아이와 그 아이 부모가 나를 줄곧 '서당아이'라고 부르며 어떤 취급을 했는지. 지역에서만큼은 훈장님 대접받던 선생님이 데려온 아이, 서당 한구석에 거처하는 고아나 다름없는 나를 얼마나 신기해했는지, 그 호기심이 곧장 경멸로 바뀌었다는 걸 지금은 알고도 남는다. 하지만 그때의 나는 얼마나 하염없이 순진했던가. 세상에 나와서 처음 만난 또래 친구, 오랜만에 만난 보통 아이가 내게 건네는 호의와 사람을 쉽게 속이는 가을 미풍에 취해서 뭔가 달라지고 있다고 착각한 것이다. 순 계절 탓이라고도 볼 수 있었다. 그 아이가 내게 접근하던 당시

계절은 초가을이고 날씨는 너무나도 좋았다. 오후 늦게 시내 대형 서점에 가서 구석에 앉아 책을 읽다 오곤 했는데 거기서 그 아이를 만났다. 인구가 얼마 없는 지역이라 이성인 아이들이 붙어 다니면 소문도 금방 난다는 걸 몰랐다. 그 아이 부모가 서당에 들락날락거리며 선생님에게 치근대고 있다는 것도. 그 아이 엄마가 살림에 꽤 보탬이 될 만큼 후원금을 준다는 것도 나는 알 리가 없었다. 선생님은 내가 그 아이와 연락하고 만나는 동안 아무런 참견도 하지 않았다. 그 아이 엄마가 내게 '학교도 안 다니는데, 선생님 말씀 잘 듣고 올바르게 살아야지. 벌써 그 나이에 이성 교제는 안 되지' 따위의 말을 하며 모욕을 줬는데도 선생님은 아는 척하지 않았다. 내가 울고불고하며 속내를 털어놓자 선생님은 과감하게 그 집안과 관계를 끊었다. 내게 생색내지도 않았다. 그 아이 엄마가 서당에 들락거리며 나를 경멸하는 눈빛을 보내지 않도록 차단했다는 것을 깨닫고 나는 한 번 더 울었다. 나는 선생님을 돈 쓰게 만드는 애였고 그 엄마는 선생님에게 돈을 주는 사람인데 선생님은 순전히 나를 위해 유해한 인간을 끊어내버린 거였다.

서당 아이고 학교에 안 다니는 아이고 남의 신세 지는 아이라서, 출처를 모르는 아이라서 뒷담화하기 좋아하는 동네 중년들 입에 오르고, 뒷배 없는 고아 신세인 듯해 언제든 건드려도 좋을 성싶다고 여기는 남자애 눈에 들고 난 후 나는 더욱 이를 악물고 공부했다. 어쩌면 내가 더 열심히 공부할 수 있도록 선생님이 꾸며낸 계략이 아닐까, 너무 힘들 땐 그렇게 상상해보기도 했다. 가진 것이 없을 때 사람들이 얼마나 더 악랄해지는지 다시 배웠다. 내 엄마가 말한 대로 돈이 없는 게 전부가 아니었다. 사람들은 위험한 처지, 약자인 사람들을 곧장 발견해서 짓밟았다. 어쨌거나 선생님은 엄마가 아니었다. 친부모가 아니었다. 선생님이 나를 아무리 아끼고 보호하려고 해도 어쩔 수 없었다. 나는 살기 위해서 공부했다. 그러므로 로사에게 물어보고 싶었다.

너는 얼마나 노력했니?

회전교차로

선생님에게 전화해서 운전면허를 따고 차를 구입했다고 전했다. 선생님은 하하, 하고 웃었다. 선생님은 줄곧 그렇게 웃는 사람이었는데 새삼 기자들이 즐겨 쓰는 의성어 같아서 흠칫했다. 선생님은 문자 그대로 하하, 하고 웃는 사람이었다. 그는 말했다.

"연화가 운전을 하다니, 하하."

이 세상에서 내게 그런 말을 할 수 있는 사람은 오직 선생님뿐이다. 내가 왜 여태껏 운전을 못 했는지 아는 사람도 선생님밖에 없다. 선생님은 기분 좋은 듯 몇 번이고 하하, 하며 웃었다. 나도 모르게 어린아이처럼 입을 벌리며 배시시 웃었다. 선생님이 이렇게 소리 내서 몇 번이고 웃는 건 대학에 입학할 때나 박사학위를 얻게 됐다는 소식을 전했을 때밖에 보지 못한 것 같았다. 선생님에게는 그런 일로 여겨지는지도 몰랐다.

"그럼 운전자에게 필요한 물건 몇 개를 보내마."

거절할 틈도 없이 선생님은 좋은 밤 보내라는 말을 재빨리 덧붙이고 전화를 끊었다.

이틀 후 소포가 도착했다. 다양한 물건이 상자에 담겨 있었다. 에탄올 워셔액과 '문콕방지' 스펀지, 전화번호판, 방향제, 목베개, 심지어 초보운전 스티커도 있었다. 선생님에게 선물을 받은 건 오랜만이었다. 마음을 전할 땐 언제나 현금을 보내는 사람이었다. 나이 먹고 보니 선생님이 손수 골라 보낸 물건들이 생경하게 여겨졌다. 뭐랄까, 내가 알고 봐온 선생님과는 다소 다른 '세속적'인 느낌을 주는 물건들이었다. 그 어떤 현자라 할지라도 운전자라면 별수 없었다. 교통법규를 준수하며 도로의 흐름에 신경 써야 했다. 그 과정 자체가 세상의 풍속을 따르는 일이었다. 그럼에도 '액막이 명태' 같은 물건 앞에선 숨을 골라야 했다. 이런 건 세속적이라고 해야 하나, 좀 퇴행적이라고 해야 하나. 나는 불손한 생각을 접어두고 물건들을 정리했다. 액막이 명태는 보다 보니 귀여워 보였다. 아가리를 쩍 벌린 원목 명태에 명주실이 칭칭 감겨 있었다. 룸미러 앞에 걸려고 보니 명주실 뭉치 안에서 고리 하나가 툭 떨어져 나왔다. 고리에는 세로쓰기로 '무사기원'이라는 글자가 각인되어 있었다. 눈가가 시큰했다. 제품을 검색해 보니 각인 문구는 기본형이 아닌 구매자가 만드는 것이었다. 선생님이 새겨준 글자치곤 참으로 소박하다는 생각이 들었고 그래서 더 가슴이 뻐근해졌다.

어느덧 자가용을 이용해 출근한 지도 며칠이 지났다. 자동차등록증 사본을 내고, 분기별로 몇만 원씩 선결제하는 방식으로 교직원 주차등록을 했다. 인문대 앞 주차장은 무척 비좁았으나 보통 교수들은 아침에 잘 출근하지 않았으므로 자리를 선점할 수 있었다. 오후 외근을 다녀온 날, 인문대 앞 주차장에 자리가 없어서 캠퍼스를 돌며 주차 구역을 찾았다. 겨우 찾은 자리는 학생회관 앞이었다. 차를 대려고 하자 주차장 관리원이 냅다 뛰어와서 창문을 내리라고 손짓했다. 나는 창문을 내리고 외쳤다.

"이 학교 직원입니다!"

관리원은 관등성명을 대라고 하듯 어디 소속이냐고 물었다. 나는 잠시 당황했다.

"인문대 국문과 부설 고전번역원 협력기관 승정원일기번역연구소 소속입니다."

소속을 밝힐 일은 도통 없어서 내가 맞게 말하는지도 헷갈렸다. 관리원도 갸우뚱하며 모르겠다는 표정을 지었다.

"네, 교수님. 뭐 아무튼 여기 이 자리는 처장급 이상만

176

주차 가능하십니다."

　나는 대답하지 않고 차창을 올렸다. 모욕감이 목구멍 끝까지 밀려왔다. 처장급. 그 천박한 말에 피식 웃으며 핸들을 돌렸다. 하필이면 학생들의 공간인 학생회관 앞 주차장인데 직급이 높은 교수만 주차할 수 있다는 개소리를 어떻게 이해해야 할까. 나는 몰이해한 인간에게 또 교수 소리를 들었다. 그날 나는 캠퍼스를 빠져나와 집 앞에 세워두고 걸어서 다시 학교에 갔다. 엎어지면 코 닿을 거리는 아니었지만 걸어도 무방하긴 했다. 늘 걸어 다녔으니까. 그 후로 나는 주차장이 혼잡해질 시각에는 절대 학교에 차를 끌고 가지 않았다.

　막상 자가용을 구입했는데 학교 말고는 도통 가는 곳이 없어서 끌고 다닐 뿐이었다. 차를 놀릴 순 없었다. 운전 연습을 할 겸 외곽으로 나가보기도 했다. 국도와 자동차전용도로와 고속도로를 달려보며 차선을 바꾸고 나들목에 들어가거나 회전교차로를 통과하는 연습을 했다. 운전하기 위해선 전부 다 익혀둬야 하는 것들이었다. 그런데도 문득 모든 게 덧없게 느껴지기도 했다. 도심 회전교차로 같은 곳에선 제법 긴장하기도 했지만 텅 빈 회전교차로는 왠지 폐허가 되어버린 놀이공원 안에 있는 메리고라운드 같았다. 내게 그런 기억이 있었나. 섬광 기억으로 가득한 내 머릿속, 끔찍한 아상블라주가 넘쳐 악몽을 꾸

는 내게 메리고라운드에 관한 기억은 없는데. 그런데 마
치 겪어보지도 않은 시절에 노스탤지어를 느끼는 것처럼
회전교차로를 통과할 때마다 가짜 목마를 탄 어린 시절
의 내가 떠오르는 듯했다. 엄마랑 살았던 때의 기억도 대
체로 선명하지만 어떤 까닭에선지 방어적으로 지워버린
장면이었을 수도 있었다. 그런 생각이 들면 퍽 쓸쓸해졌
다. 외로움을 이기려고 일부러 블루투스 오디오로 신나는
노래를 틀었다. 신나는 노래 따위 아는 바 없어 음악 어플
큐레이션에 '신나는 노래'를 검색해서 나오는 노래를 랜덤
으로 들었다. 음악을 듣는 취미는 없지만 도로를 달리며
아무 노래나 듣고 심지어 따라 부르기까지 하는 건 나쁘
지 않았다. 마치 상황에 어울리지 않는 배경음악처럼. 나
는 본래 그런 장면을 좋아했다. 비극적인 상황에 눈치 없
이 흘러나오는 텔레비전 소리, 가령 사람을 죽이고 경찰
에게 체포되는 '마츠코'의 뒷모습과 더불어 들리는 아나
운서의 말소리, "요미우리 자이언츠의 나가시마 시게오가
은퇴……" 그리고 달콤한 느낌으로 시작되는 사랑 노래.
그렇게 인물이 처한 상황과 상관없는 생활 소음 같은 배
경음이 나오는 장면을 오래 기억했다. 신나는 노래를 들
으며 운전하는 나는 마치 그와 같았다.

  턱수염의 북토크를 하루 앞두고 장소와 시각을 체크
하며 나는 옛날 노트북으로 로사의 SNS에 접속했다.

로사의 인터넷 발자취를 찾는 건 전혀 어려운 일이 아니었다. 나는 언제나 그랬듯 금방 로사가 흘리고 다닌 것들을 주워 모았다. 지금까지 찾지 않았던 이유는 다만 아무 의미가 없는 일이라서였다. 목표가 없으면 의미도 없었다. 로사가 어떻게 살았는지 찾아내면 뭘 하나. 재이가 지껄이려고 할 때도 부러 듣지 않으려고 했는데. 그러나 턱수염의 정보를 꾸준히 검색하며 따라가다 보니 어느덧 로사에 생각이 미쳤다. 나는 주기적으로 내가 쓰는 인터넷 ID를 검색해서 흔적을 말끔하게 지웠다. 로사가 그런 걸 신경 쓸 리는 없었다. 현대인이라면 누구나 인터넷에 질질 흘리고 다니기 마련이다.

이름도 희귀하고 ID도 오래전부터 쓰던 그대로였다. 로사는 다양한 게시판에 문의와 후기를 남기고 중고 거래를 하고 심지어 이혼 상담을 했다. 업장에 손해를 미칠 만큼 악덕한 후기와 본인 개인정보가 차고 넘치게 드러나는 문의와 중고 거래, 심지어 변호사를 쓰는 비용을 아끼려고 그랬는지 자기 사연을 빨랫줄에 내다 걸어놓는 수준으로 글을 써댔다. 로사가 글이라고 쓰는 모양새를 보니 못 배운 게 티가 나서 애잔했다. '그동안 어떤 인생을 살아온 거니?'라는 말이 이런 꼴에 어울릴까. 요즘 사람들은 그런 식으로 말하는 듯했다. 인터넷 유행어를 잘 아는 지은이 자주 말하는 것이다.

검색을 통해 나는 로사가 정화여학교를 나온 후 대학에 진학해 일본어를 전공하고 외국계 회사에서 잠시 번역일을 하다가 이른 나이에 결혼해서 아들을 낳았다는 사실을 알게 되었다. 로사는 명품을 좋아해서 자주 사고팔았다. 재이 말대로 개털이 됐는지 아닌지는 알 수 없었다. 순진해빠진 재이는 로사가 지껄이는 대로만 믿었을 테니까. 재산 상황까진 알 수 없었지만 오히려 결혼 생활을 하던 때보다는 형편이 나아 보였다. 결혼 생활 중에는 남편이 돈을 족족 날려먹는 바람에 빚을 갚는 데 허덕였다고 스스로 진술했고 증명서를 첨부해 보이기까지 했으니까. 결혼 중에는 깡촌 구석에 조립주택을 지어 사는 시부모에게 얹혀살았던 모양이었다. 당시에 쓰던 SNS에는 '우리 집 마당' '전원주택' 따위의 해시태그를 달며 재력 있는 척 자랑한 듯했다. 그러나 '유책배우자'나 '법돌이' 같은 말이 난무하는 이혼 상담 카페에서 로사는 '자가가 있다고 속였는데 시골 촌구석 컨테이너박스에서 시가랑 합가함'이라는 글로 자기 처지를 요약했다. 로사의 아들은 몇 살이나 되었을까. 나는 손가락을 접어 아이의 나이를 세봤다. 중학생 정도 되었을 듯했다. 로사는 그 아이를 키우며 살고 있었다.

왜 이 동네로 이사를 왔을까. 왜 재이와 같은 카페에서 일하고 있을까. 내 질문들이 로사를 이해해보려는 노력 같기도 해서 흠칫 놀랐다. 혐오하는 인간에게 질문 따위를 던질 필요는 없다. 나는 항상 재이를 원망했다. 유책 배우자에게 위자료 받은 처지를 공유하며 그토록 쉽게 가까워진다는 이유를 나는 잘 알지 못했고, 자기가 가장 빛나던 시절을 함께한 친구를 서서히 멀리하며 다른 친구에게 넘어간다는 것도 이해하지 못했다. 나는 재이가 자기분노를 정확하게 직시하고 맞서길 바랐는데 로사 때문에다 망가져버렸다. 만나서 사과를 들으라니 그게 무슨 개소린가. 그것도 진솔한 사과? 세상만사가 진솔한 사과로 해결될 것 같았으면 자신은 왜 법의 도움을 받았나. 그것도 자기가 자식까지 낳아준 남자와 헤어지기 위해서. 진솔한 사과나 받고 용서하고 백년해로할 것이지. 나는 끝없이 로사를 비웃었다. 그러다 문득 머릿속을 스쳐 지나가는 생각에 깜짝 놀라며 자세를 고쳐 앉았다. 나는 잠깐 잊고 있었던 것이다. 로사가 어떤 이유로 소년범이 되었는지. 개전의 정 없이 같은 짓을 또 하려고 했었다는 것도. 로사는 여성을 팔아먹는 장사꾼이었다. 어린 시절의 나를 파충류 눈깔로 바라보며 표적 삼았던 것처럼 재이를 그렇게 표적 삼을 것이 분명했다. 재이는 내 말을 듣지도 않는데, 이럴 땐 도대체 어쩌란 말인가. 하늘에 고할 수도 없고 판사에 고할 수도 없다. 이런 식으로 내 선에서 합법화하며 살아갈 순 없었다. 나는 이를 북북 갈았다. 너무 화가 나면 당장 해결하지 않고는 못 견딜 것 같을 때가 있었다. 다음 날 퇴근 후 북토크에 가야 하는데 나는 분에 못 이겨 잠에 들지 못했다. 밤을 꼴딱 새우고 출근했다. 핸드폰에 북토크 티켓 바코드를 캡처해둔 상태로.

◊

오전 내내 각성 상태였다. 이럴 땐 으레 아무것도 먹지 못했다. 점심을 거르고 일하는 나를 지은이 홀낏거렸다. 고개 들어 보지 않아도 알 수 있었다. 내심 고마웠다. 하지만 부러 눈을 마주치지 않았다. 걱정해주는 기색이 고마운 것도 대화를 나누기엔 귀찮은 것도 모두 내 진심이었다. 나는 고개를 푹 숙이고 일에만 집중했다.

퇴근 시간이 다가오자 머릿속 형광등 불빛이 딸깍 꺼졌다. 오랜만에 이명이 들렸다. 전부 착각일 뿐이었지만 왼쪽 귀에서 시작된 고음이 오른쪽 귀로 통과해 나간다는 느낌이 들었다. 하지만 여전히 졸리지는 않았고 조금 어질어질할 뿐이었다.

북토크 장소는 광화문의 비즈니스호텔이었다. 내비게이션이 안내하는 대로 따라가는데, 마치 첩첩산중으로 들어가는 양 가는 길이 구불거렸다. 노인보호구역이라는 생소한 경고 문구가 떴다. 서대문을 지나 종로로 진입하는 길이었다. 와본 적이 없는 동네였다. 제법 돌아간다는 생각이 들었다. 학교 앞 터널을 통해 더 빠르게 가는 길이 있는데 웬일인지 막히는 모양이었다. 마침 퇴근 시간이기도 했다. 노인보호구역이라 속도를 낮추며 천천히 움직였다. 서울 중간에 위치했으나 마치 깊은 산속 같은 동네였다. 서울 성저십리는 본래 호랑이가 우글대는 산동네였을 터였다. 나는 늘어선 가로수를 구경하기도 하며 여유롭게 운전했다. 곧이어 닥칠 일은 조금도 예상하지 못한 채로.

다행히 행사가 시작할 때까지 시간은 넉넉하게 남아 있었다. 나는 호텔 주차장까지 고작 몇백 미터 남겨두고 불심검문을 당했다. 경찰들이 내 차를 에워쌌다. 회전교차로를 통과하는 연습을 몇 번이고 해봤는데 어이없는 실수를 했다. 광화문 한중간에 있는 회전교차로는 어렵다는 평을 익히 들어 이미 몇 번이나 연습해본 터였다. 직진해야 했는데 순간 잘못된 판단으로 핸들을 오른쪽으로 돌렸다. 맞은편에서 차들이 밀려들어왔다. 하필 광화문같이 경찰들이 널린 곳에서 역주행을 해버린 것이었다. 배운 대로 비상깜빡이를 켜고 창문을 내려 읍소하듯 손을 휘저어 댔지만 어떤 차도 내가 후진해 빠져나갈 때까지 기다려주지 않았다. 클랙슨 소리가 요란하게 울렸고 인근 경찰들이 우르르 달려왔다. 진땀 빼며 후진하는데 경찰이 소리를 질렀다. "핸들 그만 돌려요!" 연석에 몇 번이고 뒷바퀴가 긁혔다. 경찰이 차를 세우라는 수신호를 보냈다. 한 경찰이 운전면허증을 요구하며 내게 물었다.

"음주하신 거예요, 아님 초보이신 거예요?"

문득 선생님이 보내온 초보운전 스티커를 부착하지 않은 사실을 깨달았다. 후회하며 나는 거듭 죄송하다고 말했다. 경찰은 운전면허증과 나를 번갈아 보다 운전 조심하라는 말과 함께 그만 가라는 손짓을 했다. 입술을 몇 번이고 깨물어대서 저릿저릿했다. 아무리 혼잡한 길에서 역주행 실수를 했다고 해도 그렇지 경찰이 너무 많이 몰려왔다는 생각이 들었다. 며칠 전 인근에서 역주행 차량 때문에 큰 사고가 있었다는 사실은 나중에 알게 되었다. 경찰들의 얼굴이 너무 앳되어 보였다. 아카데미에서 만난 중학생들과 몇 살 차이 나지 않을 것도 같았다. 그런데도 경찰인지라 놀란 가슴이 좀처럼 진정되지 않았다. 한순간 잘못된 판단을 하면 불심검문을 당한다고 생각하니 운전하는 일이 몹시 괴로워졌다. 복수에 시간이 오래 걸린다는 것은 잘 알았지만, 고작 운전 때문에 가는 길이 무척 귀찮고 험난하다는 생각마저 들었다. 게다가 아직 시작조차 하지 않았는데.

행사장 입구에 입간판이 있었다. 굳이 턱수염의 사진을 박아놓았다. 수배전단의 몽타주 같았다. 우리 선생님이 몇 번의 출간을 할 때 아무런 행사를 하지 않아서 종이

책의 종말이 이런 건가 생각했던 지난날이 떠올랐다. 역시 내 오판일 뿐이었다. 이런 털 많은 남자들의 종이책은 여전히 잘되는 모양이었다. 사람들이 우글거렸다. 바코드를 확인하더니 커피 교환권을 줬다. 받아 들고 바닥에 붙은 화살표 스티커대로 이동하자 웬 부스가 앞을 가로막았다. 턱수염의 책을 할인 판매하는 부스였다. 학회에서 도서 판매 부스는 흔히 봤던 터라 그리 낯설지 않았다. 그러나 마치 놀이기구 출구에 기념품 가게를 배치해두는 것처럼 가는 길을 가로막고 자릿세를 받아내는 것 같은 기분이 들었다. 웃어야 할지 울어야 할지. 마치 책을 사야지만 통과시켜주겠다는 듯 양아치같이 구는 모양새는 짜증 났지만 판권에 잉크가 마르기도 전에 할인한다는 것은 웃겼다. 이건 턱수염에게 좋은 걸까, 나쁜 걸까, 내가 알 수 없는 영역의 장사치들이 하는 짓에 헷갈렸다. 나는 큰맘 먹고 턱수염의 책을 샀다. 재이에 관해 뭐라고 헛소리를 적어놨을지 모르니 할인도 하는 김에 사둬야 한다는 생각이 들었다.

뭐 대단한 책이라고 래핑 작업까지 했나 싶었다. 내 주위에 착석한 사람들은 벌써 포장을 풀어 떠들어 보고 있었다. 어쩌다 내가 여기까지 와 있나. 문득 허탈했다. 가방에 턱수염의 책을 넣고 팔짱을 끼고 앉아 잠시 졸았다.

가만히 앉아 얼마나 졸았는지, 나는 한쪽 발을 쿵 구

르며 깨어났다. 턱수염이 열심히 지껄이고 있었다. 이런 적이 한두 번은 아니었다. 나는 때로 미동도 없이 졸았다. 이럴 거면 뭣 하러 왔나 싶어서 신경질이 났다. 밤을 새우고 오는 길에 사고까지 날 뻔해선지 나는 잠시 잊고 있었던 것이다. 턱수염과 은근한 저격을 주고받는 그의 원수가 한 무대에 있다는 것을.

"작가님은 꽤 훌륭하다는 비평을 자주 받고 계신데 은근히 상복은 없으셔요."

능구렁이 같은 질문을 턱수염은 껄껄 웃으며 받아쳤다.

"그래도 자질구레한 거 여럿보다는 좋은 거 하나가 낫죠. 일관이 무관보다 낫지 않습니까?"

"저를 말씀하시는 건가요?"

둘은 그따위 말을 주고받으며 웃었고 좌중에도 웃음소리가 흘러넘쳤다. 왜 웃기지도 않은 말에 웃고들 있는지 알 수 없었다. 심지어 박수까지 쳐가면서. 이게 바로 대중이란 말인가. 나는 이토록 대중과 마음이 안 맞는단 말인가. 그러나 나는 그들을 유심히 지켜봤다. 사이좋은 척하며 긁는 소리를 주고받는 그들의 작태를. 그러다 흥미로운 광경을 포착했다. 턱수염이 자기 카메라를 들어 올리려는데 상대가 도와주겠다는 듯 손을 내밀자 그는 그의 손바닥을 자기 손등으로 휙 뿌리쳤다. 웃는 낯짝이었지만 손길은 매몰차기 그지없었다. 또한 그들의 발치를 가만히 살피다가 바닥에 놓아둔 턱수염의 책을 상대가 실수인 척 밟는 모습도 봤다. 이제 갓 중학교에 입학한 남학생들마냥, 수염이 거뭇하게 났다고 해서 성숙해진 거라곤 하나도 없고 밤마다 자위를 해서 눈빛이 혼탁한 아이들마냥 경거망동 일색이었다. 티가 안 나는 줄 알고 있는 게 가장 웃겼다.

이런 게 북토크란 것인가. 그야말로 한담설화 그 자체였다. 딴에는 교양을 곁들인 살롱 토크라고 생각하는 걸 수도 있었다. 나는 그들을 가만히 살피다가 벌떡 일어섰다. 사람이 득시글거리는 장소였지만 모두 앉은 중간에서 일어나버리자 다들 나를 주목했다. 그다지 넓지도 않은 비즈니스호텔 로비에 의자를 꾸역꾸역 붙여놓다 보니 자유롭게 들고 나기 어려운 구조였다. 아마 의도한지도 몰랐다. 내가 일어나니 턱수염과 상대가 말을 뚝 멈췄다. 마이크 잡음인지 아까부터 지속된 이명인지 알 수 없는 삐 소리가 귓가에 울렸다. 뭐든 상관없었다. 나는 사람들의 무릎을 열심히 헤치며 자리를 빠져나왔다. 나가는 내 등 뒤에 턱수염이 한마디 꽂았다.

"아이고, 화장실이 급하신가 봅니다."

좌중은 또 웃음을 터뜨렸다. 뒤이어 그는 기어이 한마디 더 붙였다. 한 10분만 더 참으시지, 나는 멈춰서 뒤돌아봤다. 무대와의 거리는 제법 멀었다. 나는 그를 쏘아 보았다. 자기가 하는 교묘한 행동은 전부 티가 안 나는 줄 착각하면서, 남이 하는 행동에는 사사건건 예민한 부류들이 그러듯 그는 움찔했다. 멀리서도 그가 어깨를 들썩이며 당황한 듯한 제스처를 취하는 모양이 보였다. 그는 아마 나라는 인간을 기억할 것이다. 자기 행사에 돈을 내고 와서 도서를 강매당한 고객 중 하나라는 사실은 잊고 행사가 끝나기도 전에 분위기를 망친 정신 나간 여자로만. 아무래도 좋았다. 일단 나는 퇴장했다.

악마의 씨

집에 돌아온 나는 샤워도 하지 않고 잠을 잤다. 오랜만에 꿈도 꾸지 않고 푹 잤다. 새벽녘에 눈을 뜨자 며칠을 통째로 잃어버린 것 같은 기분을 느꼈다. 이제 다음은 분명 미뤄둔 분노, 로사에 관한 분노가 마저 밀려올 차례였다. 화가 나서 밤을 꼬박 날려 보내면서도 출근해야 한다는 압박감에 미처 처리하지 못한 감정이었다.

부엌 조명등을 켜고 식탁에 앉아 동트는 창밖을 바라봤다. 나는 로사에 관해 다시 천천히 생각해볼 요량이었다. 남은 분노가 해일처럼 밀어닥친다면 그대로 받아 안으리라, 그런데 어쩐지 나를 잠 못 들게 했던 감정이 잘 기억나지 않았다. 턱수염의 행사장에 가서 그에게 말조차 걸지 않았는데, 객석에 마이크가 주어지는 질의응답 시간도 모른 척하고 나와버렸는데, 그 전날의 감정을 잊어버릴 만큼 짜릿함을 느꼈던 걸까. 정작 나는 아무것도 하지 않았다. 그들의 우스운 꼬락서니만 확인했을 뿐, 아직 아무것도 시작하지 않은 것이다. 로사에게도, 턱수염에게도. 복수라는 숲에서 길을 잃으면 안 된다. 어느 날 낯선 이에게 전화가 걸려 오는 상상을 했다. 모르는 전화번호가 뜨면 일에 관련한 전화이거나 광고 전화, 여론조사 전화 중 하나란 생각을 하면서 받는다. 대체로 방심하며 받는다는 거다. 내 경우엔 그랬다. 생각 없이 수락한 통화인데 문득 이런 음성이 들려오는 것이다.

"선생님, 그동안 참 재미나게 살아오셨습니다?"

혹은,

"귀하께 원망이 많은 분의 연락을 받았습니다."

생각만으로도 소름이 끼쳤다. 팔뚝을 감싸 쥐자 끈적거리는 느낌이 들었다. 샤워를 거르고 자는 동안 땀까지 흘렸더니 몸에서 곰팡이가 피는 것 같았다. 몸을 씻다 말고 나는 주저앉았다. 약에 취한 듯 몽롱했다. 눈이 자꾸만 감겼다. 분명 푹 자고 일어났는데 다시 걷잡을 수 없는 피로가 몰려왔다. 아무것도 먹지 않은 지 오래됐다. 하루를 우습게 넘긴 건 분명한데 얼마나 되었는지 짐작조차 하기 어려웠다. 수건으로 머리를 감싸고 목욕가운을 걸치고 나와 침대에 쓰러졌다. 지은에게 출근하기 어렵다는 문자를 보냈다. 눈이 감기는 와중에도 모욕감을 느꼈다. 아무것도 하지 않았는데, 턱수염의 행사장에 돈을 내고 가서 자리를 채워주고 몇만 원 하는 비싼 책을 구입했을 뿐인데, 뭘 잘했다고 내 일을 작파하고 쓰러지는 걸까. 나는 다시 잠들었다. 지은이 보내는 답장 알림 소리가 꿈결에 울리는 듯했다.

오후에 일어난 나는 쉰내를 풍기는 수건과 머리카락을 드라이기로 말리고 옛날 노트북으로 유튜브에 접속했다. 어찌나 수리를 잘해놓았는지 이 고릿적 노트북은 유튜브 영상도 무리 없이 재생했다. 오래전에 가입해둔 다섯 개의 구글 계정이 있었다. 그중 몇 개는 잠시 만난 사람들 명의로 가입한 것이었다. 불법도 탈법도 아니었다. 그래도 일단 내 아이디로 로그인을 했다. 아무 영상에도 반응하지 않은 계정이었다. 구독 목록을 보니 내 의사와 관계없이 가입된 상업 채널들이 있었다. 벌레 잡듯 보이는 족족 지웠다.

나는 로사의 SNS를 보고 그녀가 유튜브 채널을 운영한다는 사실을 알게 되었다. 모르려야 모를 수가 없었다. 끊임없이 홍보하고 접속을 유도하려고 애를 쓰고 있었으므로. 로사와 턱수염에겐 공통점이 있었다. 나서기를 좋아하는 점은 물론이거니와 나로선 그 정체를 알 수 없는 뭔가 추저분한 것을 팔아보려고 용을 쓰고 있었다. 턱수

　　　　　악마의 씨

염이 찍는 인물 사진을 보면 욕이 나왔다. 내가 사진에 관해 잘 알아야만 평가할 수 있는 작품이 아니었다. 또한 단지 그가 언제나 '지나치게' 젊은 여성의 육체에 집중하는 작가여서 그런 것만이 아니다. 그는 박격포 같은 카메라를 들고 공격하고 있었다. 나는 당연히 아주 오래전 어린 나를 학대하며 찍던 막돼먹은 놈들을 떠올렸고, 재이에게 말하진 않았으나 그녀가 겪은 촬영장에서의 모멸감과 분연히 말하고 싶은 감정을 능히 짐작하고도 남았다.

로사는 어떤가. 턱수염이 팔고 있는 것이 타인의 육체를 탈취하는 손기술 속임수라면 로사는 여전히 믿을 건 자기 몸뚱이 하나라는 기세였다. 채널명도 과연 그녀다웠다. 〈로즈마리의 베이비 : 언니가 들려주는 오싹한 이야기〉가 그것이었다. 내가 알기로 '로즈마리의 베이비'는 1968년 영화 〈악마의 씨〉의 원제다. 더욱 노골적인 국내 번역 때문에 영화를 안다면 '로즈마리의 베이비'가 '악마의 씨'라는 걸 모를 리는 없다. 자기 자신을 '악마의 씨'라고 소개하고 있다면 지나치게 솔직하다 못해 호방하기까지 한 터라 웃음이 날 지경이었다. 들여다보니 로사는 본명을 그대로 활동명으로 쓰고 있었고 그녀가 구독자들을 부르는 애칭은 '베이비'였다. 어디서부터 어디까지 지적해야 할지. 이야기를 들려준다는 포맷에 걸맞게 방구석에 앉아서 끝없이 지껄이는 게 전부였다. 나는 아무 영상이나 켜서 웃고 지껄이는 로사를 가만히 바라봤다. 중단 발에 뿔테안경을 쓰고 빨간 니트를 입은 로사가 누리끼 리한 조명등 아래에서 낄낄거렸다. 연관된 영상으로 뜨 는 '호러' '공포' '으스스' '미스터리'란 이름을 달고 있는 다 른 영상 제작자들은 검정과 빨강의 색감을 배치하고 직관 적으로 무서운 것을 떠올릴 만한 이미지들을 사용하며 부 러 스모키메이크업과 고스룩을 연출하는 것이 보통이었 다. 그게 일반적인 '무서운 이야기'를 하는 토크쇼 채널의 모양새였다. 그러나 로사는 사뭇 달랐다. 노란 조명등은 차분하고 환한 이미지를 주었다. 섬네일이나 배경에 다른 제작자들이 흔히 사용하는 핏방울이나 거미줄, 해골 따위 의 이미지도 없었다. 그저 노란 조명등이 켜진 텅 빈 방과 로사, 마이크가 전부였다. 효과음이나 배경음악도 없었다. 속삭이거나 높낮이를 조절하며 드라마틱하게 말하지도 않았다. 로사는 그저 있는 그대로 말하고 있었다. 옛날 정 화여학교 이층침대에서 그랬듯.

"그거 아나? 귀신한테 저도 모르게 집을 알려줄 수도 있다는 거."

로사는 그때처럼 억세 보이려고 일부러 어설프게 동 남 방언을 섞어 쓰지도 않았다. 안경을 잠깐 벗는데 조금 도 늙지 않은 듯 그대로여서 잠시 놀라긴 했지만, 얼굴 골격이 우락부락한 데다 찢어진 눈이 주는 특유의 인상

악마의 씨

이 어릴 때부터 워낙 강해서 그러려니 했다. 그녀의 손마디에 눈길이 갔다. 손가락 마디가 눈에 띄게 울퉁불퉁했다. 원래 저랬는지 나이 들어 저렇게 되었는지 알 수 없었다. 로사는 굳이 세 보이려고 애쓰지 않아도 충분히 거칠어 보였다. 어릴 적엔 로사도 나름대로 몸집을 부풀렸던 것이다. 타고나길 거칠어 보이는 인상인데도 딴에는 십대 소녀였으니까. 가만가만 이야기하는데도 무서운 이야기의 화자로 충분했다. 오히려 파충류 눈이 혐오감을 줄까봐 그랬는지 뿔테안경으로 인상을 가린 듯 보였다. 스모키메이크업으로 인상을 강하게 만드는 다른 영상 제작자들을 가뿐히 압도하는 지점이었다.

내가 재생한 영상 제목은 '아들내미가 학교에서 체육복 잃어버렸을 때'였다. 대충 훑었지만 제목은 대체로 평범해 보였다. 길고양이가 미용실 앞에서 누워 있다가. 아리수 담은 텀블러 잃어버렸다가 다시 찾은 썰. 오싹한 이야기라는 제목이 아니라면 언뜻 무슨 이야기를 하는지 짐작할 수 없는 제목들이었다. 그런 면에서 유튜브 장삿속도 글러먹은 것 같았다. 나는 로사가 귀신 타령을 누구보다 즐겨 한다는 걸 알았고 그녀 자신도 존재만으로 오싹하고도 남는 인간이라는 걸 잘 알았지만 지나가는 사람들에게도 그래 보이리란 확신은 들지 않았다. 남들이라고 빤해 보이는 연출로 시선을 사로잡는 게 아닐 텐데. 구독자 수를 확인했다. 1.5만 명. 의외였다. 생각보다 많았다. 아니, 상당히 많은 숫자였다. 채널 성공 기준을 정확히는 몰랐지만 1만 5천 명이라는 사람 머릿수는 결코 적은 숫자는 아니었다. 영상 조회 수도 심상치 않았다. 댓글창을 훑어봤다. 사람들은 로사를 주로 '언니'라고만 불렀고 죄다 무섭다, 오싹하다, 잠을 못 자겠다, 고양이가 무서워진다, 수돗물 못 먹겠다 등 영상 의도에 맞는 댓글 일색이었다. 의외로 로사의 채널은 어느 정도 그럭저럭 굴러가는 구멍가게 정도로는 보였다.

　댓글을 찬찬히 살피다가 눈에 걸리는 말이 있어 화면을 찍어두었다. 언뜻 이해가 되지 않는 말이었다. '라이브 때 본 분들 다시 보고 싶어요. 저도 예약 가능한가 싶기도 하고.' 아무래도 로사가 실시간으로 방송을 하는 모양이었고, 그럴 땐 로사만 출연하는 것이 아닌 듯싶었다. 라이브를 알림 설정해두고 채널을 닫았다. 아직 아무것도 예상하지 못했다.

◇

　언제나 학생들의 옷차림을 보며 계절을 실감했다. 인문대 앞 흡연 구역에서 담배를 피울 때나 도서관이나 카페에 가려고 캠퍼스를 가로질러 걸어갈 때, 종종거리는 학생들을 가만 살피는 것은 내 오래된 버릇이었다. 처음에는 언니들이었다. 그들은 이내 친구들이 되었다가 동생들이었다가 제자들이었다가 후배들이 된 생동하는 젊은 여성들이었다. 그 어떤 미디어에서도 이만큼 실감 나게 보여줄 순 없었다. 책장이 넘어가듯 캠퍼스 풍경은 빠르게 휙휙 넘어갔다. 나도 저 풍경에 속할 순 없을까 시기할 때도 있었지만 대체로 나는 일렁이는 정념 없이 가만히 바라만 봤다. 그들의 무사와 안녕을 기원하면서. 그렇게 오랫동안 나는 이 학교 여성들이 걷는 풍경을 차곡차곡 머릿속에 담았다. 어느덧 가을이 깊어져 찬 이슬이 맺히는 계절이었다. 이맘때쯤 학생들은 슬슬 두꺼운 외투를 걸쳤다. 카디건이나 트렌치코트 같은 다소 가벼운 외투에서 두꺼운 토퍼나 패딩조끼, 울코트, 무스탕 같은 무거운 옷들로 넘어가는 시기였다. 얇은 스카프를 두르는 학생도 있었다. 물론 나의 옷차림도 바뀌었다. 더위나 추위에 그다지 민감하게 반응하는 편은 아니어서 아무거나 걸치면 된다고 생각했지만 남들 눈에 띄지 않으려고 애쓰는 차림이라는 것도 옷차림이긴 했다. 무엇보다 '계절에 맞는 옷차림'이라는 걸 중요하게 생각하려고 했다. 재이와 웃고 떠들며 유쾌하게 만나던 시절 그녀는 내게 자주 말했다.

"언니, 제발 양말 좀 신어……."

그러니까 별나 보이지 않으려고, 모자라 보이지 않으

려고 나름대로 무던히 애쓰는데도 나는 맨발로 다녀서 재이의 타박을 사곤 했다. 여름이건 겨울이건 양말을 신으면 답답해서 견딜 수 없었다. 스타킹 따위는 대학원 때까진 열심히 챙겨 신었지만 언젠가부터 신지 않았다. 서랍에는 십몇 년 전에 사둔 압박스타킹 몇 켤레가 꾸러미로 방치돼 있었다. 와이어가 있는 브래지어, 같잖은 리본이 달린 고무줄팬티, 아랫배를 옥죄는 거들 같은 것처럼 앞으론 절대 착용할 일 없는 물건이었다. 그래도 새것이라 버릴 순 없었다.

발가락을 보이지 않으려고 애써볼 뿐이었다. 발등을 덮는 로퍼를 신고 출근했고 연구실에서는 앞코가 막힌 슬리퍼를 신었다. 재이를 만나러 갈 때는 편한 슬리퍼를 신었다. 재이는 혀를 차며 내려다보곤 했다. 한겨울에 파랗게 질린 발가락을 보며 재이는 고개를 절레절레 저었다.

"언니가 좀 아픈 사람 같을 때도 있어."

누군가에게는 상처가 될 수도 있을 것 같은 말이었다. 하지만 나는 아무래도 좋았다. 그런 것도 아픈 거라면, 내가 아픈 사람이 아닐 까닭도 없었으니까. 재이는 1년에 두 번 열리는 큰 패션쇼에서는 실제의 계절과 전혀 맞지 않는 계절감을 주는 옷을 입는다고 했다. 봄, 여름 패션쇼는 가을에 열리고 가을, 겨울 패션쇼는 봄에 열리기 때문이었다. 패션계는 한발 빠르게 준비해야 하는 이유에서라고 했다. 재이의 말을 떠올리며 초여름에 우리 학교에서 열렸던 대형 패션쇼의 모델들은 어떤 계절감을 주는 옷을 입었을까, 생각해봤다. 그때가 초여름이었나, 이미 제법 무더운 날씨였던 것 같은데, 기말고사가 끝나서 사실상 방학이 시작되는 시기, 학생들이 없는 즈음이었다. 커다란 로마자가 새겨진 장막이 펄럭이는 캠퍼스 복합단지를 바라보다 가려움이 올라오는 팔뚝을 탁 쳤던 순간이 생각났다. 맨살에 부딪는 손바닥이 끈적끈적했던 촉각, 철썩하는 소리 혹은 모양이 덩어리진 채로 기억났다. 그러니까 나는 그때를 무더운 여름 날씨로 기억하는 것이다. 더운 날엔 로퍼 뒤를 꺾어 신는다.

재이는 일생일대의 기회를 놓쳐버린 적이 있었다. 그러니까 이젠 정확히 기억나지 않지만, 런던이거나 밀라노이거나 파리이거나 뉴욕 중 한 군데였을 도시의 패션쇼에 참여할 수 있는 기회였다. 재이는 짐짓 가볍게 말했다. 그럴 수 있었다고. 그런데 갑자기 해고됐다고. 그때가 바로 전남편과 그 부정한 연인과 함께 김밥 도시락을 들고 산을 다니던 시기였다고. 행복하지 않았다고. 이쪽 일은 그렇게 갑자기 취소되고 그래. 재이는 자기도 노동자라는 의식 따위 없는 편이었기에 해고라는 표현을 잘 쓰지 않았다. 없던 일이 됐다거나 흐지부지됐다거나 하는 말로 자주 돌려 표현했다.

이혼한 후 재이는 한국인 여성 모델을 선호하는 말레이시아 기획사와 전속계약을 했다. E6 같은 예술흥행비자를 발급받아서 몇 년간 체류하며 활동하기로 했다. 그러나 별안간 비자 발급도 '없던 일'이 되었고 관광비자로 단기 체류하는 양 출입국을 반복하며 일하라는 통보를 받았다. 재이는 두 번 정도 출입국을 반복하며 일하다가 그다음부턴 입국 거부를 당했다. 면세쇼핑백에 'illegal'이라는 이라는 딱지가 붙은 채로 한나절 공항 구석에서 대기하고 있었다고 했다. 그 모습을 상상하는 나조차 모욕감이 드는데 재이는 한바탕 재미난 일화를 말해주듯 호쾌하게 웃었다. 그 상황을 '격리'라고 표현하지 않고 '대기'라고 표현하는 것도 재이라는 사람의 기질이었다. 공항 직원이 눈치 보며 'illegal' 딱지를 주섬주섬 붙이던 모습, 아이스커피 한 잔을 사다 주던 모습, 귀국 조치되어 비행기를 타러 가는데 쭈뼛쭈뼛 따라오는 모습 같은 걸 재이는 웃으며 묘사했다. 자꾸 웃었기 때문에 당사자도 아닌 내가 분노할 수도 없었고 그런 티를 내서도 안 됐다. 본인이 그저 웃긴 일화로 기억하고 표현하는데 맞장구치며 들어주는 것밖에는 별수 없었다. 겸연쩍게 면세쇼핑백을 들고 한국으로 다시 돌아왔을 재이, 비행기 안에서 딱지를 떼어내기 위해 손톱을 세우며 끙끙거리고 애썼을 모습을 생각하면 그만 억장이 무너지던 나였지만. 내가 겪은 일도 아니고 그

악마의 씨

녀가 겪은 일에 내 일처럼 분노하는 것은 당사자가 아닌 이상 지나친 푼수같이 보일 수도 있으니까. 그러나 나는 매번 티를 내고야 말았을 것이다. 그런 걸 재이는 불편해했으니까. 언제나.

세계 4대 패션쇼의 중요한 브랜드 모델로 설 수 있는 기회를 놓치지 않았다면, 슈퍼모델로 자리 잡을 수 있었다면 비수기에 육체노동 하고 살지 않을 수 있었을지 나는 늘 궁금했다. 그렇게 중요한 기회를 놓쳐버린 데 자기 잘못도 있는 건지. 만약 자기 잘못이 있다면 조금 수습할 기회가 아직 남아 있는지. 하지만 그럴 리는 없었다. 흥행업 특성상 자기 잘못이라는 건 없다. 재이가 말하듯 갑자기 없어져버릴 수도 있는 일이라면 천운에 맡기는 수밖에 없을 것이다. 그저 그런 일이 자기에게 일어나지 않기만을 물 떠놓고 기도하면서. 그저 기도하면서. 그러나 정말 누구의 탓도 없는 걸까. 하필 그 시기에 일어났다면 전 남편과 그 애인의 잘못이 있다고 말할 순 없는 걸까. 나는 재이에게 그런 기회가 다시 올 수 없다는 걸 알았다. 이제 재이는 너무 나이가 많았다.

이혼하고 나서도 한동안 재이에게는 일이 많이 들어왔다. 강남에서 거처를 옮기고 나를 만나고 난 후에도 재이는 활발하게 활동했다. 이름 석 자를 들으면 누구나 깜짝 놀랄 만한 디자이너의 쇼에 섰고 나는 객석에서 그 모습을 지켜봤다. 피날레에 디자이너는 양옆에 모델을 세웠다. 재이는 디자이너의 왼쪽, 객석에서 바라볼 적엔 오른쪽에 섰다. 나는 마침 오른쪽 객석에 앉아서 그 모습을 또렷하게 지켜봤다. 폭죽이 터졌고 디자이너는 재이의 팔을 번쩍 들었다. 양쪽에 선 모델들의 팔을 치켜들며 벅찬 표정으로 디자이너는 말했다.

"여기 계신 모델들은 저를 빛내주시는 국내 최고의 슈퍼모델들입니다."

동요하지 않으려 애쓰는 재이의 얼굴을 나는 사진 찍어 박제하듯 또렷하게 기억하려고 똑바로 바라봤다. 재이는 아주 가볍게 슬며시 미소 지었다. 그리고 나는 인문대 앞 흡연 구역에 앉아서 줄담배를 피우며 로사가 실시간 라이브 방송을 하는 동안 지나간 채팅 메시지를 곱씹고 있었다. '아마 스폰 연결해주는 듯.' 나는 그 메시지를 핸드폰으로 찍어두었다. 예약 가능한가 싶기도 하고, 란 언뜻 보면 평범한 말이 나를 그토록 오래 사로잡은 까닭을 알 것 같았다. 아무래도 그 말은 정말로 이상한 말이었고, 라이브 방송까지 보고 나니 섬찟한 말이었다. 차림차림이 단순한 편이었던 유튜브 영상들과는 다소 다르게 라이브는 화려한 느낌을 주었다. 로사는 나이에도 계절에도 알맞지 않은 노출이 심한 옷을 입고 있었고, 배경은 느끼한 음악이 흘러나오는 술집이었다. 로사 말고도 다양한 여성과 남성들이 등장했다. 모두 로사의 카메라에 대고 알은척을 해왔지만 얼굴을 드러내는 사람은 없었다. 로사는 무슨 친구 무슨 친구, 하며 장황하게 소개했고, 끝도 없이 잡담을 늘어놓았다. 오래 알고 지낸 친구라고 하기도 했고 소개받아 알게 된 지 얼마 안 된 친구라고 하기도 했다. 그들의 실루엣만 봐도 명품 일색이었다. 예약이 가능하냐고 넌지시 문의하는 사람은 배경으로 등장하는 술집에 방문하는 걸 예약하고 싶은 건지, 로사가 말끝마다 운운하는 '파티'에 초대되고 싶다는 건지 궁금했다. 알고 싶은 마음이 괴로웠다. 여러 여성이 로사의 곁을 오가는 와중에 나는 재이를 발견할까 봐 두려웠다. 재이라면 얼굴이 나오지 않아도 단번에 알아볼 수 있었다. 나는 몹시 고통스러웠지만 재이의 흔적을 내내 찾고 있었다. 로사가 지껄이는 소리가 잡음처럼 의미 없이 울렸다. 만약 스폰 운운하는 채팅 메시지와 재이가 조금이라도 연관되어 있다면 그때 나는 어떤 행동을 취해야 하는지 알 수 없었다. 턱수염을 죽이는 일보다 더 심각한 일이었다. 만약 그렇다면 내게, 로사를 정말로 죽이지 않을 방법이 없었다.

여학교의 비밀 : 호수

카메라를 바라보며 웃음 짓던 로사를 떠올렸다. 앉은 자리에서 담배를 반 갑이나 피웠다. 평소 지니고 다니는 재떨이용 틴케이스가 가득 차서 더 이상 담배를 피울 수 없었다. 자리를 더 오래 비워서는 안 된다. 일어서자마자 옷에서 담배 냄새가 훅 풍겼다. 섬유에서 풍기는 담배 냄새가 역겹게 느껴졌다. 남들에게는 더욱 역겹게 느껴지리라. 나는 풀고 있던 머리카락을 단단히 묶고 파우치에 넣어둔 섬유탈취제를 꺼내 옷에다 마구 뿌렸다.

연구실에 돌아가자 웬일로 동료들이 내게 은근히 웃어 보였다. 마치 나만 모르는 즐거운 일이 있다는 듯. 항상 커다란 텀블러를 들고 다니는 연구원과 그와 짝꿍처럼 붙어 다니는 깡마른 연구원, 그 두 남성을 나는 뚱뚱이와 홀쭉이라고 마음속으로 부른다. 기골이 장대하고 살집이 두둑한 뚱뚱이와 왜소한 데다 어깨까지 굽어 늘 시무룩해 보이는 홀쭉이가 내게 밝은 낯으로 말을 걸었다.

"선생님, 오늘은 뭘 하실 겁니까?"

이 인간들이 오늘따라 왜 친한 척이지, 생각했다. 나는 대답하지 않고 슬쩍 웃어 보였다. 뭘 하긴. 집에 가서 옛날 노트북을 켜야 한다. 그리고 로사의 영상을 다시금 확인해야 했다. 실시간 라이브 방송은 따로 녹화해두었다. 로사는 내키는 대로 카메라를 켜고 아무 때나 방송하는 모양이었다. 실시간 방송을 편집해 올려두는 유튜버들도 있는 모양이던데, 로사의 채널에선 찾을 수 없었다. 그래서 나는 핸드폰으로 로사의 방송을 녹화하고 채팅 메시지도 따로 찍어두었다. 라이브 방송을 하면 알림이 오도록 설정해두었지만 근무 중에 볼 순 없었다. 술집에서 방송하는 꼬락서니를 보자니 주로 늦은 밤에 카메라를 켜는 듯싶었지만 아무것도 예상할 수 없었다. 내가 기어이 '스폰'이라는 단어를 목격하고 혹시 재이가 연루되었을까, 영상에서 재이의 흔적을 찾아낼까 싶어 전전긍긍하게 되리라는 것도 예상하지 못했던 것처럼.

내가 대답하지 않자 뚱뚱이가 재차 물었다.

"오늘 좋은 일 없으십니까?"

"아쉽게도 없네요."

나는 억지로 웃어 보였다. 돌아서는 내 등 뒤에서 뚱뚱이와 홀쭉이가 합창하듯 말했다.

"선생님 생일인데 아무 일도 없으십니까?"

나는 그들을 차례로 보며 말했다.

"제 생일 아닙니다만."

그들은 당황한 듯 일제히 눈이 휘둥그레졌다. 나는 괜찮습니다, 헷갈리셔도, 하며 덤덤하게 말하고서 내 자리에 앉았다. 언제부터 생일을 챙겼다고. 나는 그들과 사적으로 만난 적도 없다. 그나마 날마다 함께 식사하며 잡담을 나누는 지은과도 좀처럼 사적으로 만나지 않았다. 나와 그들의 대화를 물끄러미 지켜보던 지은이 고개를 좌우로 작게 흔들었다. 그나마 내가 어떤 기질을 지녔는지 아주 조금 아는 사람이 지은이었지만 그녀도 결코 아무것도 알지 못한다.

생일. 언제나 재이는 생일 같은 것도 잘 챙기라고 말했다. 태어난 김에 살고 있는데 뭣 하러 그런 걸 챙기느냐고 반문하면 아직도 방황하는 사춘기 여학생이냐고 비아냥댔다. 재이를 떠올리는 나는 마치 그녀를 추모하는 듯했다. 이건 살아 있는 사람과의 기억이 아니라 죽은 사람과의 기억이라는 생각이 들었다. 그러나 재이는 죽지 않았고, 나는 재이를 다시 살게 하기 위해, 제대로 살게 하기 위해 이렇게 날마다 로사와 턱수염에 몰두하는 것이다.

모니터에 뜬 재이의 메신저 프로필을 봤다. 구경하고 싶어도 좀처럼 프로필 사진을 바꿔놓는 법이 없었다. 몇 년간 재이의 프로필은 한결같았다. 혀를 비죽 내민 하얀 진돗개 사진이었다. 재이는 나와 멀어지기 전까지는 이 메신저 쇼핑몰을 이용해 나에게 매년 생일 선물을 보냈다. 재이가 선물로 준 것들 중 무엇도 허투루 방치하지 않았다. 화장품이나 고급 섬유유연제, 내 돈을 주고 절대 사지 않을 값비싼 치약 같은 소모품은 동날 때까지 알뜰하게 썼다. 오래 간직할 물건은 말할 것도 없었다. 재이가 일본 출장을 다녀오며 사다 준 순면 손수건은 해질까 봐 함부로 쓰지 못하고 식탁 한구석에 펼쳐두었다. 재이가 나를 멀리하고 모진 말을 할 때도 나는 그것을 치워버릴 생각 따위 절대로 하지 않았다. 마치 원래부터 그 자리에 있었던 것처럼 박제돼 있었다.

　언제나 내가 그녀와의 관계에서 약자라고 생각했지만, 물건으로 마음을 표현하는 일은 나보다 재이가 훨씬 더 적극적이었다. 재이는 나보다 더 많은 물건을 써봤으니까. 종종 유명 브랜드에서 협찬 물건을 보내오기도 했다. 재이는 개인 SNS를 통해 홍보를 마친 물건들을 나중에 중고로 팔았다. 팔리지 않는 물건은 나에게 나눠 주기도 했다. 그런고로 나는 재이에게 꽤 많은 물건을 건네받기도 했던 것이다. 집 안 구석구석에 재이의 손길이 닿은 흔적이 있었다. 언젠가부터 그것들에 눈길이 닿으면 마음 깊숙한 곳이 아팠다. 지독한 슬픔이라고 생각했다가 그저 조금 불편할 뿐이라고 결론 내렸다. 재이와의 관계가 회복되면 전부 다 없어져버릴 감정들이었다.

로사가 올려둔 영상들 중 가장 높은 조회 수를 기록한 영상의 제목은 '흑마술의 희생자, 여학교의 비밀'이었다. 왜 나는 너의 이야기를 이미 들은 것만 같을까. 너의 스토리텔링뿐만 아니라 너의 어조와 어감마저도 짐작할 수 있을 것 같다. 하지만 나는 결국 그것을 재생해봐야만 했다. 도대체 어떤 말을 늘어놓았기에 이토록 높은 조회 수를 기록하고 있는지, 턱수염의 행사장에 득시글거리는 인간들을 이해할 수 없듯이 로사의 이야기를 재미있다고 듣는 인간들을 이해할 수 없겠지만 확인해볼 필요가 있었다.

로사는 주광색 조명등 아래서 덤덤하게 반말로 지껄였다.

"언니는 말이다. 결국 그 학교에서 도망 나올 수 있을까, 아직도 그렇게 생각한다. 지금부터 들려줄 이야기를 베이비들이 믿지 않아도 좋아. 그래도 말이야. 그런 일이라는 게 있었어. 믿기지 않는 일일 뿐이야. 세상에는 생각보다 믿기지 않는 일이 많이 일어난다."

나는 나중에서야 로사가 제목을 달아 올려둔 영상들

도 실시간 라이브 방송을 축약한 편집본이라는 걸 알았
다. 로사는 말하면서 실시간 채팅을 보내는 구독자들과
대화하는 모양이었다. 채팅 메시지의 내용은 보이지 않았
지만 누군가와 대화를 나누듯 로사는 고개를 끄덕이거나
눈짓을 보내며 말을 이어갔다. 옛날 옛적 정화여학교에서
아무도 대꾸해주지 않았을 때, 저 미친년이 또 헛짓거리
한다고 시끄럽다고 면박당할 때 기죽지 않으려고 애쓰며
말을 이어가던 로사는 자기를 환대하는 사람들 사이에서
는 놀랍게도 빛이 났다.

　　나는 로사에게 빛이 난다고 느끼는 나 자신에게 조금
혐오감을 느꼈다.

　　"그 학교에서는 모두가 똑같은 옷을 입었어. 이게 1·4
후퇴 때 얘기라서 베이비들 너희는 잘 실감이 안 날 수도
있다. 뭐 아무튼, 나 때는 그랬단 이야기야. 기숙사인데, 교
복뿐만 아니라 우린 잘 때도 똑같은 옷을 입었어. 상상이
가니? 하얀 잠옷. 요루면이라고 목욕가운 재질로 얇은데
레이스가 잔뜩 달린 그게 우리 잠옷이었어. 어, 그래, 그런
거야, 맞아, 그 영화에 나오는 것 같은 옷."

　　로사가 말하는 '그 영화'가 뭔지 알 수 없었다.

　　"무슨 학교냐고? 그게 이제 이야기의 핵심이다. 나는
원래 고전무용을 했었어. 지금이야 뭐, 이런저런 일 겪고
다 포기했지만. 원래 국악고를 가려고 준비 중이었는데

어느 날 어떤 할매가 딱 와서 사사받으라고 그러더라고. 알고 보니 인간문화재인 거야. 고전무용으로. 이왕직 아악부라고 일제강점기 때 만든 왕실음악원이 있는데, 그때부터 전해 내려오는 궁중무라는 걸 전승하는 사람이었어. 나랑 내 부모는 그걸 딱 믿었지. 믿을 수밖에 없었어. 왜냐하면 정말로 인간문화재였으니까. 믿을 수밖에. 그런데 그 마귀할멈이 알고 보니 다른 속셈이 있었던 거야. 전국에서 무용하는 난다 긴다 하는 여자애들 싹 모아두고. 나는 그 할매가 운전하는 지프 타고 갈 때부터 불길했어. 뒷좌석에 앉았는데 차체가 덜컹덜컹, 오프로드로만 가는데 기분이 싸한 거라."

로사는 정화여학교를 모티브로 한 이상한 이야기를 지어내고 있었다. 나는 로사가 말하는 '베이비'들 중 누구도 영화 〈서스페리아〉를 본 사람이 없는지 의문스러웠다. 로사가 묘사하는 외딴 무용학교는 〈서스페리아〉의 배경을 참고한 것이 분명했다. 로사가 유튜브 채널명으로 쓰고 있는 〈악마의 씨〉나 〈서스페리아〉나 옛날 영화였지만 호러 관련해서는 고전이었다. 그러나 정화여학교를 모른다면 언뜻 비슷하게 느껴진다고 해서 거짓말을 하는 것까지 짐작하기 어려울 수도 있었다.

로사는 차마 상상할 수도 없었던 방식의 스토리텔링을 이어나갔다.

내가 만들었던 '논술 시험 보고 입학하는 대안학교'보다 훨씬 구체적인 방식으로 그녀는 소년원을 재구성하는 중이었다. 나는 어안이 벙벙한 채로 로사의 이야기에 빠져들었다. 전부 거짓인 줄 이미 알고 있었지만. 로사가 달아둔 자막을 나는 맥없이 읽었다. 'りおうしき.' 굳이 자막으로 달아둘 필요가 없는 말이었다. 이야기와 아무런 상관도 없었다. 이왕직(李王職). 실용 일본어를 전공한 로사는 조선 왕실을 격하한 기관의 이름을 맥락 없이 히라가나로 영상에 갖다 붙였다. 그저 흑마술 여학교라는 가상의 공간을 그럴듯하게 만들기 위해서.

◇

로사가 원래 가려고 했었다는 국립국악고등학교는 본래 '이왕직 아악부'가 전신이라고 학교 연혁에서 밝히고 있었다. 누구나 인터넷에 검색하면 손쉽게 찾아볼 수 있는 정보였다. 그러므로 이왕직 아악부의 궁중무를 전승하는 적통이며 인간문화재라면 그 인물이 직접 운영하는 무용학교에 진학하는 것도 이치에 맞아 보였다. 하지만 나는 알고 있었다. 전부 거짓말이라는 걸.

로사는 나처럼 중학교 3학년 때 정화여학교에 들어왔기 때문이다.

그해는 '새천년'이라고 불리던 해였다. 중학생들에게까지 곧장 핸드폰 대중화가 이뤄졌다는 사실을 출소하고 나서야 알았다. 너무 많은 것이 바뀌어 있었다. PC통신 같은 폐쇄적인 경로가 아닌 초고속인터넷을 사용하는 시대가 되었다는 것도 나중에서야 알았다. 로사나 내가 정화여학교에 있었던 기간에 너무 많은 신문물이 등장했고 그녀도 나처럼 세상이 뒤집혔다고 느꼈을 것이다. 그렇다면 그만큼 우리가 유배된 시간이 한결 더 어두컴컴하게 느껴졌을 것이다. 마치 지금 로사가 말하는 것처럼.

"한참을 달려서 도착한 학교. 산골짜기였어. 하지만 이상하지. 어둑어둑해진 터라 음침해 보였지만 거긴 시골이 아니었어. 뭐랄까, 읍내라고 하기에는 훨씬 휘황찬란한 도시 풍경이 나타나기도 하는 거야. 우리나라 지방 소도시들 풍경은 대개 비슷하지. 못생긴 철근 콘크리트 건물에 원색에 촌스러운 간판, 유명한 프랜차이즈보다는 그 지역에서만 유명한 가게들이 늘어선 모습, 대체로 건물은 낮고, 그런데 가로등 불빛이 환하고 네온사인이 빛나니까 되게 중심 도시 같은 느낌. 그런 모습과 사람은커녕 비둘기 한 마리도 안 살 것 같은 시골 풍경이 번갈아 나타나는 거야. 농사짓는 동네와 나이트클럽이 걸어 다닐 수 있는 거리에 모두 존재하는 거지. 그래서 결국 도착한 곳은 산골짜기였지만 그곳은 도시 한가운데였어. 그리고…… 아

주 까만 밤이었지만 난데없이 나타나는 커다란 호수가 있
었고. 한강만큼은 아니겠지만 무척 큰 호수였어. 낮에는
오리배가 다녔을 거야. 나는 학교에 갇혀 있느라 그 모습
을 본 적은 없지만."

　나도 모르게 눈을 질끈 감고 말았다. 로사가 말하는
도시와 차를 타고 가면서 본 풍경은 영우학당과 선생님이
있는 그곳의 풍경과 흡사했다. 로사는 계속 '우리나라 지
방 소도시들은 다 비슷하다'는 단서를 달았고, 그런 말에
끊임없이 호응하는 사람들이 있었던 모양인지 고개를 연
신 끄덕여대기도 했지만, 그러니까 로사가 말하는 동네는
평범하기 그지없는 동네여서 내가 머물렀던 곳과 영 상관
없을 수도 있었지만.

　선생님은 오프로드로 달리지 않았고 운전이 거칠지
도 않았다. 선생님은 항상 조심스럽게 브레이크를 밟았고
나는 급제동을 걸었다는 사실도 미처 느끼지 못했다. 클
랙슨을 신경질적으로 누르는 모습도 기억에 없다. 영우학
당에 가던 길에서 나는 거친 노면을 느끼지도 않았고 무
엇보다 뒷좌석에 앉지도 않았고 새까만 밤에 도착하지도
않았다. 그렇지만 재이에게 내가 충청도의 대안학교를 나
왔다고 거짓말을 할 때, 정화여학교와 영우학당을 뒤섞어
서 묘사한 것만은 부인할 수 없는 사실이다. 지금 로사도
정화여학교만을 두고 이야기하는 것이 아니라, 내가 알

수 없는 다른 학교, 어떤 유사 학교의 배경을 뒤섞고 있었다. 분명 〈서스페리아〉를 모티브 삼고 있다는 사실을 알면서도, 로사나 나나 어릴 적부터 고전 영화를 보던 아이라서 알아들을 수 있는 바로 그 내용이라는 것을 알면서도, 나는 혼란함을 느끼고 있었다.

"마귀할멈은 우리에게 계속 가스라이팅을 했어. 그러니까 너희는 최고의 수재이며, 그렇기 때문에 자기 말을 따라야 한다고 말이야. 이 땅에 마지막으로 존재했던 왕실의 무용을 물려받을 후계자들이란 말을 하면서. 우린 기상나팔 소리를 들으며 일어나서 아침으론 사과 한 알을 먹고, 점심과 저녁에는 검은깨가 뿌려진 쌀밥 반 공기와 토마토를 먹었어. 가운데 빨간 우메보시가 들어 있는 밥. 뭔지 알아? 그래, 일장기처럼 생긴 밥. 이상했지. 가끔 특식으로 나오는 장국도, 절임반찬도, 달걀말이도, 얇은 고기를 오크라에 둘둘 말아 구운 반찬이나 카레나 오므라이스나 전부 일본식이었어. 지금은 너희도 유튜브 영상 조금만 뒤져봐도 일본 가정식 메뉴를 볼 수 있겠지만, 그때 나에겐 모든 게 생소했어. 하다못해 생수 대신 먹는 차가운 우롱차마저도. 그래, 토마토를 반찬으로 먹는 것도 일본 가정식 스타일이야. 무엇보다 날마다 먹는 우메보시 들어 있는 밥. 우린 주로 그것만 먹었던 거야. 영양실조? 어차피 무용하는 아이들은 미성년 때부터 굶어버릇해. 그러나 우린 끼니를 거르지 않았어. 식사도 그렇지만 모든 일을 같은 시각에 규칙적으로 수행해야 했어. 기상과 취침은 물론이거니와 연습도. 우린 그렇게 서서히 마귀할멈에 길들여져갔지. 같은 옷을 입고 소지품마저 이름이 오버로크로 새겨진 똑같은 물건들을 갖고서. 그러니까 마치 우린 모두 마담 한의 아이들이다, 라는 것처럼. 아, 마귀할멈을 우린 마담 한이라고 불렀어."

로사는 막힘없이 술술 말을 이어나갔다. 머릿속에 로사가 말하는 여학교의 분위기와 일사불란하게 움직이는 여학생들의 모습이 그려졌다. 이건 전부 거짓말이다. 〈서스페리아〉를 레퍼런스로 만든 모든 호러 영화 속 여학교의 흔하디흔한 정취일 뿐이다. 그러나 오히려 그런 장면들을 이미 봤기에 내 머릿속에선 더욱 구체적으로 장소와 상황이 펼쳐졌고 로사의 말에 빠져들었다. 가랑비에 옷 젖듯 정말이지 부지불식간에.

"마담 한은 일주일에 세 번씩 아침 조회를 했어. 언제나 스테인리스강 회초리를 들고 다녔지. 정말 너무 소름 끼치는 거야. 나무로 만든 회초리랑은 느낌이 아예 달라. 그렇다고 선생들이 들고 다니는 북채가 좀 덜 무섭냐 하면, 그것도 아니야. 그걸로 뻔질나게 두들겨 맞았으니까. 그곳에서 지내는 시간 동안 입었던 풀치마들을 생각하면 지금도 머리가 아파. 그리고 아직도 그 삼박자 춤가락이 눈에 선하고 선생들이 두드리던 북소리가 둥둥 울리는 것 같아. 이쯤에서 재미있는 걸 말해줄게. 학생은 서른 명이었어. 선생은 다섯 명. 학생 대비 선생 수는 나쁘지 않은 편이지. 그런데 그 다섯 명이 모두 성씨가 같았어. 마담 한과 같은 한씨. 이상하지? 한국에서 흔한 성씨라곤 김이박, 더해봐야 김이박최정강 정도일 거야. 교장을 포함한 직원 전부가 같은 성인데, 그다지 흔해빠진 성씨도 아니라는 게 늘 의심스러운 거야. 그래, 이건 뭔가 이상하다고 생각했지. 아, 지금 계속 같은 질문 올리는 베이비가 있어서 이건 대답하고 지나갈게. 조선 왕실의 궁중무를 전승한다는데 음식은 일본식이다. 이상하다. 맞아. 그게 정말 그 학교의 이상한 점이었어. 심지어 우린 영어보다 일본어를 더 열심히 공부해야 했어. 무용 말고 맞아가며 공부한 건 일본어밖에 없어. 그래서 나는 지금도 일본어를 해. 맞아가며 배운 기억은 잊히지 않더라. 무용은 뭐, 몸을 놀리고 방치하면 끝장이지만 일본어는 까먹지도 못해. 그러니까, 나도 이상하다고. 인간문화재 맞느냐고? 놀랍게도 맞아. 나중에 자격 박탈됐지만. 그 이야기는 더 자세하게 해줄게. 기다려, 재촉하지 말고. 한씨 성을 가진 인간문화재가 안 나온다, 자격 박탈된 사람은 더욱 몇 없는데 안 나온다, 의혹 제기하는 댓글들이 보이네. 그래, 그 이야기도 곧 해줄 거야. 차분히 기다려주겠니?"

여학교의 비밀 : 호수

나는 로사의 기세에 완전히 눌려버렸다. 쏟아지는 메시지에도 조금도 당황하지 않고 피식피식 웃음을 흘리며 말하는 태도에 놀라고 말았다. 만약 나였다면 '이상하다'거나 '앞뒤가 안 맞는다'거나 '찾아봐도 없다'는 말들을 들으면서 이야기를 이어나갈 수 있었을까? 아니, 나는 절대 그럴 수 없었다. 조선이 국가가 맞느냐는 질문에도 나는 진땀을 흘렸다. 그것도 야릇한 낌새를 흘리는 중학생 소년 하나 다루지 못해서 연신 땀을 닦아내고 다시는 미성년 학생들을 모아놓고 강연하지 않겠다고 다짐까지 했었다. 그러나 로사는 훨씬 더 무질서한 불특정 다수를 능수능란하게 다루고 있었다. 교수법을 수강하고 강단에 몇 학기나 서본 나보다 훨씬 더 능숙한 뿜으로. 시간강사를 할 때 받은 악성 강의평가가 떠올랐다. '전달력이 없는 연구자에게 교수의 자질이 있다고 생각하지 않습니다. 교수는 전부 책상물림이라고 하더라도 최소한의 전달력을 갖추셨으면 좋겠습니다.' 바로 지금 내 눈앞을 지나가는 듯한 문장이었다. 이런 생각을 하는 찰나 영상 속 로사가 지껄였다.

"모든 게 잘못된 학교에서 이치를 따진다는 것 자체가 말이 안 된다는 생각이 들지 않니? 궁중무 계승자가 민족주의자일 거라는 생각도 제법 순진한 거야. 마담 한이라는 호칭은 어떻고? 얻어맞으면서 배운 일본어라 나도 치가 떨린다. 다행히 한자는 전부 잊어버렸어. 일본어는 배우기 쉬운데, 한자를 외우는 게 고역이었거든. 일본 가면 한자 모르면 까막눈이다. 그런데 뭐, 요즘은 번역기 돌리면 그만이고 그렇지? 말만 잘하면 되니까. 제일 괴로운 게 한자였는데 가장 쓸모가 없는 거였다고 생각해."

영상 속 로사는 카메라를 똑바로 바라봤다. 아득한 시차를 넘어 영상을 보는 나와 그녀의 눈이 마주쳤다.

◊

너희가 그렇게 좋아하는 Y2K. 그게 바로 나 때야. 베이비들이 아무리 흉내 내려 애써도 원본은 못 따라가. 난 그 시절을 살았거든. 마담 한이 체포되고 나서 우리 학교 아이들은 모두 풀려났고, 나를 데리러 온 아빠 차를 타고 나오니까 세상이 바뀌어 있었어. 교복 입은 학생들도 핸드폰을 들고 돌아다니더라. 물론 그 전에도 핸드폰 쓰는 아이들이 있었지. 그런데 그렇게 개나 소나 다 들고 다니진 않았어. 또 문제 제기하지 마라. 내 경험을 이야기하는 거야. 나도 아빠를 졸라서 당장 핸드폰을 샀어. 그 어떤 대단한 스마트폰도 처음 산 핸드폰이 내게 선사한 놀라움을 주지 못했지. 그땐 기술보다는 디자인으로 승부를 보던 시절이라 마치 작품처럼 아름다웠고. 솔직히 지금 나오는 스마트폰? 그때에 비하면 고철 덩어리 같아 보일 뿐이지. 한번 검색해봐봐. 뭐, 꼰대라고? 그래, 인정한다. 그때 아빠가 사준 첫 핸드폰을 대학교 졸업할 때까지 썼어. 닳을세라 아껴가면서.

그리고 나는 마담 한의 무용학교에서 몰래 핸드폰을 썼다고 맞아 죽은 친구를 내내 잊을 수가 없었단다.

선생들 사이에도 언제나 묘한 긴장감이 있었지. 어렸지만 나는 알 수 있었어. 전부 같은 성을 가진 그 선생들, 사촌이거나 오촌이거나 육촌일 수도 있는 그 인간들은 틈만 나면 서로를 등쳐먹으려고 한다는 것을. 웃으면서 맞담배를 피우고 있어도 느껴지는 싸한 분위기가 있어. 심지어 마치 경쟁하듯 칭찬하는데 칭찬을 가장한 조롱, 가끔은 비난같이 보이기도 하는 거. 한배에서 나온 개새끼들이어도 똑같구나 생각했지. 왜 그런 줄 알아? 그들이 전부 같은 일을 해서 그래. 모두 무용이란 걸 하잖아. 같은 일을 하는 인간들끼리 어떻게 맘씨 좋게 서로 응원하고 칭찬하고 격려를 하겠어. 내심 저놈도 사는데 나도 살자. 저놈보다는 내가 낫다. 이러고 버티는 거지. 전부 마담 한의 아랫놈들이고 죄다 실패자였지만. 심지어 모두 한국무용을 전공한 것도 아니고 누군 발레, 누군 현대무용 그랬지. 전공 말아먹고 수상한 학교에서 애들이나 개 패듯이 패는 실패자 연합이지만 그들은 절대 연대하는 사이가 아니었어. 이 실패자들은 전부 배배 꼬여서 자기들 인생 안 풀린 걸 갇혀 있는 우리에게 쏟아냈지.

여전히 선생이라고 불러주고 싶지도 않은 그 실패자들 중 하나가 친구의 머리채를 잡고 끌고 나가던 순간을 나는 잊을 수가 없는 거야. 그때 친구가 손에 꼭 쥐고 있던 핸드폰도. 짙은 자줏빛, 와인색이라고 해야 하나, 동그란 모양이었어. 마치 콤팩트파우더처럼. 작은 모조 다이아몬드 하나가 보석처럼 박혀 있고. 그래, 맞아, 그거야. 드라마폰. 이름은 잊고 있었는데 들으니까 단번에 기억나네. 아, 나 지금 약간 눈물이 나려고 하는데 이해해줘. 그게 핸드폰인지도 몰랐어, 처음에는. 사제 물건을 썼다고 혼나는 건가 생각했어. 맨날 연습을 했지만 공연할 일이라곤 없던 우리는 좀처럼 화장할 일도 없었으니까 사제 화장품을 소지하고 있어서 얻어맞는 건가 싶었던 거야. 화장품이 아니라 꼭 화장품처럼 생긴 핸드폰이었는데 뭐가 됐든 우리에겐 사제를 소유할 자격이 없었어. 알고 보니 그 친구는 입교할 때 몰래 짐에 꽁꽁 숨겨서 들어왔더라고. 게다가 핸드폰이었으니, 오죽했겠어. 외부와 연락을 할 수도 있었다는 건데. 와이파이? 그때 그런 거 없었어. 기지국이 멀지 않았지만 통신이 안 됐던 걸로 아는데 특정한 구역에서는 가끔 터지기도 했던 모양이야. 그래서 그 친구가 외부와 무슨 연락을 했는지 어떤 문자 내용이 들켰는지 그런 건 알려진 바가 없어.

무용 선생이라는 말도 민망하게 살이 뒤룩뒤룩 찐 그 미친 실패한 발레리나가 친구를 질질 끌고 나갔는데 돌아오지 않았어. 우리는 날마다 맞고 살았지만 모두 보는 앞에서 맞았는데 보이지 않는 곳에서 맞았다면 얼마나 심하게 다쳤을지 너무 불안했어. 그날 밤, 나는 도통 잠에 들지 못했어. 귓가에 친구가 속삭이는 것 같았어. 다시 말할게. 친구가 속삭였어. 바로 옆에서. 절대로 사람이 있을 수가 없는 공간에서. 나와 벽 틈에서. 친구가 내 귀에 대고 속삭였어. 날 찾으러 와줘. 나는 몸이 뻣뻣하게 굳어 한동안 가만히 있다가 겨우 고개를 돌려 봤어. 친구가 이층침대에 서 있었어. 천장까지 겨우 내 팔 길이만 한 공간에 똑바로 서 있었어. 그때 나는 인정할 수밖에 없었지. 이 친구가 죽어서 내게 왔구나. 나는 귀신을 보는 사람이었으니까. 원래부터. 아주 어렸을 적부터.

그렇게 나는 사다리를 타고 내려가서 나무문을 열고 복도를 달려갔어. 복도가 너무 길었고, 어디가 어디인지 좀처럼 분간할 수가 없었어. 애초에 그 학교는 그따위로 설계된 거야. 혼자서는 결코 내가 어디에 있는지, 어디를 향해 가는지 알 수 없도록. 진실을 알아내거나 실체를 보고자 달려가는 사람을 구덩이에 빠뜨리는 방식으로, 반드시 구덩이에 빠져 기어 나오지 못하거나 된통 쓴맛을 맛

보고 다시는 뭘 알아내려는 생각조차 못 하게 하려는 것처럼. 마치 이 세상과 똑같은 방식으로 설계한 거지. 항상 단체로 열 맞춰 이동했던 길들인데 난생처음 온 것처럼 전부 낯설기만 했어. 교실과 교실 사이, 중앙계단, 운동장으로 나가는 지름길인 서문, 모든 공간에 못 보던 격벽이 둘러쳐진 듯했어. 나는 다리에 힘이 풀려 그만 주저앉고 말았어. 문득 중앙현관 가운데 커다란 거울 앞에. 잠옷 바람으로 주저앉은 나를 그대로, 아니 조금 홀쭉하게 비추는 거울에서 소리가 났어. 마치 친구가 거울 뒤에서 말하는 것 같았지. '수영장으로 가.'

그런데 수영장이라니, 학교에 수영장이 있었나, 나는 그곳에 가본 적도 없었고 이야기를 들어본 적도 없었어. 하지만 그때부터 희한하게 다리가 저절로 움직였고 마치 그 친구가 나를 부축하고 등 떠밀어 데려가듯 나는 어느덧 수영장에 도착했어. 실내 수영장. 처음 보는 장소였어. 나는 계속 그 친구에게 떠밀려 수영장 사다리를 타고 내려갔고 눈을 뜨고 헤엄쳤어. 찾아야 하니까. 그게 무엇이든. 의외로 물이 깨끗해서 전방 시야가 말끔하게 확보됐어. 그리고 파란 물에 대비되는 빨간 피가 흘러나오는 친구의 사체를 봤어. 그때.

나는 시체가 있는 물에서 수영하는 내 몸에 세균이 번식할까 봐 무섭다는 생각을 했어. 그 생각을 하자마자 냅다 물에서 빠져나왔어. 친구도 더는 나를 잡지 않았어. 마치 내 마음을 이해해주는 것처럼. 물을 뚝뚝 흘리며 방에 돌아왔고 밤새 울었어. 그리고 다짐했어. 나는 내 방식대로 진실을 찾고 내 방식대로 복수하리라고.

내 방식이 무엇이었냐 하면, 소문을 내는 거였어. 여태껏 사정이 생겨서 학교를 떠난다고 했던 애들은 살해당한 것이라고. 내가 알고 있는 죽음은 단 한 건이었지만, 나는 일부러 과장해서 소문냈어. 전부 끌려가서 죽었다고. 우리도 어떻게든 탈출해야 한다고. 단 하루 만에 모두가 알게 됐어. 그리고 나는 시간이 내 편이라는 걸 짐작했지. 마침 다음 날, 운동장으로 기어들어오는 픽업트럭 한 대가 있었어. 우리 모두에게 익숙한 빨간 픽업트럭이었지. 그는 한 교수라고 불리던 인간이야. 마담 한처럼 소름 끼치는 면상을 한 남자였어. 그는 예고도 없이 찾아와서 우리를 전부 모아놓고 특강이란 걸 했어. 허리를 꼿꼿하게 펴고 앉아 그가 지껄이는 맥락 없는 말들을 들어야 했지만 내용을 숙지하는 아이는 하나도 없었어. 말 같지도 않은 말을 길게 늘어놓는다고 생각하며 조용히 하품할 뿐이었지.

하지만 그날 우리는 일제히 한 교수의 말을 경청했어.

확실한 한 건의 죽음과 미루어 짐작할 수 있는 여러 건의 죽음을 증명하는 말을 그 멍청한 노인네가 웃으며 지껄였기 때문이야. 그때 나는 흑마술을 처음 듣게 돼. 사람을 죽일 수 있는 마술. 둔기나 도검으로 죽이는 게 아니라, 생각만으로 사람을 죽인다는 거 말이야. 우리는 그걸 배워야 한다고 말이야······. 나쁜 놈을 그렇게 생각만으로 조용히 죽이는 거라고. 그는 그런 말을 들려주고 있었어. 경찰과 판사는 물론 흥신소도 믿지 마라. 네 편이라고 혓바닥 놀리는, 너를 사랑한다고 말하는 사람을 믿지 마라. 유사시 누구보다 빠르게 너의 뒤통수를 치고 갈 놈이 바로 그놈이란다. 오로지 자기 자신만 믿어야 한다. 진실을 알아낼 수 있는 힘도 악을 처단할 수 있는 힘도 오직 너의 내면에서 나오는 거다. 그런데 우린 모두 갸우뚱했지. 이건 무슨 도덕 강의인가? 너희가 죽인 사람은 악이 아니라 내 친구잖아.

◊

　"너무나도 젊었던, 어렸던 그 친구의 명복을 빌면서."
　그녀의 마지막 말이었다. 로사는 씩 웃었다. 마치 한숨 섞인 미소를 짓는 듯했지만 자기 이야기에 흥이 겨운 사람의 모습일 뿐이었다. 다소 장황하게 늘어놓던 전개와는 다르게 결말은 몇 마디로 축약했다. 특강이 끝난 후 로사는 홀로 한 교수에게 찾아가 대뜸 왜 비밀을 숨기고 있느냐고 따졌다. 한 교수는 로사를 자기 픽업트럭 조수석에 태워 정처 없이 국도를 뱅뱅 돌면서 말해주었다. 자기들이 어떤 역사적 사명으로 무용학교를 세웠는지. 종국에 학생들이 올리게 될 공연이 이 나라 역사에 남게 될 얼마나 중요한 공연인지. '정권을 바꿀 수도 있어.' 로사는 그걸 무슨 대단한 비밀이자 정보인 양 지껄이는 모습에 혀를 찼다고 했다. 자기들이 뭔가 잃어버렸거나 되찾아야 한다고 확신하는 인간들. 그 잃어버린 무언가가 애초부터 자기 소유라고 믿는 나르시시즘에 코웃음을 쳤다고. 로사의 입에서 '나르시시즘'이란 말이 나올 때 나는 조금 놀랐다. 어쨌거나 로사는 한 교수를 살살 달래 원하는 답을 얻어냈다. 그는 끝내 학교에서 살인이 일어났다는 사실은 부정했지만 자기 일가가 어떤 목적으로 무용학교를 운영하고 있는지, 그리고 공연을 올리는 까닭에 관해서는 술술 털어놓았다. 내 머릿속에는 해 질 녘 국도를 배회하는 빨간 픽업트럭 안, 단둘이 탄 늙은 남성과 여학생의 모습이 불길하게 떠올랐다. 마치 뒷좌석에 앉은 듯 상상 속에서 나는 나란히 앉은 둘의 뒤통수를 바라보고 있었다. 그건 마치 로사가 정화여학교에서 들려준 어린 시절 '아저씨들과의 일화'와 다소 흡사한 이야기였다.

　다른 시청자들에겐 어떻게 받아들여질지 모르겠으나 내겐 늙은 남성을 갖고 놀 수 있다고 생각하는, 예나 지금이나 정도에 지나친 섹슈얼리티 과시로 들렸다. 로사는 한 교수와의 대화를 통해 교장 마담 한은 한씨 일가 사람이 아니며, 실은 금치산자가 된 실제 인간문화재를 대신하는 인간일 뿐이라는 사실을 눈치챘다. '정권을 바꾼다' 따위보다 그쪽이 훨씬 더 값어치 있는 정보였다. 마담 한도 촉망받던 무용 수재였으나 없는 집안 여식이라 미군 부대 클럽을 전전하며 춤을 췄고 그러다 사학을 운영하는 한씨 일가의 눈에 들었다. 마담 한은 정확히 알 수 없는 이유로 경찰에 체포되었고 갇혀 있던 무용학교 아이들은 풀려난다…… 뒤돌아본 학교는 폐허였고 폐허의 본질은 한 교수가 말한 흑마술, 어떤 인간들에게 원한을 품고 계속 저주와 가해를 일삼던 한씨 일가가 저질러온 죄를 대속한 여학생들의 눈물이라고 생각한다…….

로사가 사이코드라마에 관심이 있었나. 아니면 문학에 각별한 취향이 있었든가.

댓글을 살펴봤다. 추천을 많이 받은 인기 댓글은 마치 한 편의 극을 본 것 같다, 언니는 어떻게 살아남은 거냐, 언니는 어떤 인생을 살아온 거냐, 뭘 해도 될 사람 등 넋 나간 듯한 칭찬 일색이었다. 최신 댓글을 봤다.

미친년이 개소리만 줄줄 늘어놓고 자빠졌네 말이면 단 줄 아나 쌉소리는 어지간히 호러 영상인데 무섭지도 않고 애매하게 자꾸 추측하게 만들고 자꾸 생각하게 만들

여학교의 비밀 : 호수

고 고민하게 만들고 그딴 건 호러가 아님

　나는 깊은 한숨을 쉬었다. 문득 '서스페리아'의 말뜻이 한숨이라는 게 생각났다. 서스페리아는 '한숨의 마녀'를 이중으로 뜻한다. 자꾸 생각하게 만들고 고민하게 만드는 건 호러가 아니다. 로사 영상에 달린 악플에 나도 동의하는 바였다. 오히려 정말 무서운 이야기는 다른 영상에 있을 수도 있는데, 그럼에도 불구하고 가장 조회 수와 추천 수가 높은 영상이 바로 이 흑마술 여학교 영상이었다. 아마도 제목에 이끌려 들어온 사람들이 많은 것 같았고 어떤 알고리즘이 이 영상을 특별히 띄웠을 수도 있었다. 이 영상이 기록한 특별히 높은 조회 수에 비해 구독자 수가 현저히 낮은 것으로 보아 로사를 인기 유튜버라고 볼 순 없다고 결론을 내렸다. 이건 말 그대로 미끼에 불과할 수도 있었다.

　이제 내게 남은 길은 명확하게 두 갈래였다. 나는 갈림길에 서서 한쪽만을 선택하지 않을 것이다. 나는 두 갈래 길을 모두 갈 것이다. 턱수염과 로사. 턱수염이 더는 함부로 재이에 관해 떠들지 못하도록 만들어야 했고, 로사를 둘러싼 '스폰' 의혹이 해소되어야 했다. 로사는 그다음에 어떻게 처분할지 결정할 것이다. 나는 그 둘을 모두 인간 취급 하지 않았다.

　SNS라는 것이 발달하고 일반인들까지 모두 자기를

전시하는 세상이 오리라고 그 누가 예상했을까. 매체 이론에 밝은 사람들은 일찍이 예감했을지도 모른다. 자기 삶을 원하는 형태로 편집해서 공감각적 수단을 활용해 특정한 이미지를 만드는 것. 자신의 인간상을 자기가 추구하는 대로 보이도록 애쓰는 것. 자기 삶이라는 극장의 수행성. 덕분에 나 같은 고독한 탐정들의 조사는 한결 쉬워졌다. 그들이 보이고자 하는 모습에 그들이 원하는 것도 있기 때문이다. 예전에 누군가 그랬다. 진실은 그가 할 수 있는 것이고 허위는 그가 원하는 것이라고. 나는 그가 할 수 있는 것과 그가 원하는 것 모두 그 자신이라고 생각한다. 이런 생각을 끝없이 머릿속으로 굴리면서 턱수염이 속한 업계, 특히 자기들이 아름다움을 표현하는 일에 능하다고 자부하는 업계 특성을 파악했다. 예술 하는 인간들의 자의식이 대단하다는 이야기는 익히 들어왔으나 막상 살펴보니 과연 가관이었다. 급기야 이제는 작가와 모델의 경계도 무너져버린 듯했다. 턱수염은 언젠가부터 자꾸 자기 초상을 올렸다. 카메라를 들고 눈살을 찌푸린 자기 초상이 감히 아름다움의 영역을 넘볼 수 있다고 생각한 걸까. 가정을 꾸려나가는 가부장의 자신감이 겨우 유지해온 작가의 정체성까지 잠식해버린 걸까. 턱수염만 그런 건 아니고 사진 쪽 인간들 대부분 그러는 것으로 보아 일종의 문화나 놀이로 자리 잡은 것 같았다. 카메라 밖, 프

여학교의 비밀 : 호수

레임 바깥으로 저리 꺼져야 할 얼굴들이 너무 많이 전시
되어 있었다. 마치 북토크에서 그랬듯 서로 먹이는 듯 아
닌 듯 뜻 모를 알맹이 없는 칭찬 비슷한 것을 주고받으면
서. 턱수염의 SNS 못지않게 나는 그 원수의 SNS도 꼼꼼하
게 살폈다. 답은 거기에 있을 거라는 강한 예감이 들었다.

암실

    턱수염의 원수를 사람들은 킴이라고 불렀다. 누구는 무교동이라고도 불렀다. 합쳐서 무교동 킴이라고 부르는 사람도 있었다. 분명 턱수염의 북토크에 참여하면서 그의 활동명을 본 기억이 있는데 좀처럼 기억나지 않았다. 내게는 턱수염이나 킴이나 무슨 이름으로 활동하는지 따위는 중요하지 않았다. 턱수염에게는 윤재이도 데뷔 초 청바지를 입은 익명의 소녀에 가까울 것이다. 내게도 그들은 복수의 대상인 생물학적 남성 존재들일 뿐이었다.

    내가 알기로 무교동에서는 좀처럼 주택가를 구경하기 어렵다. 서울 중심가인 그곳을 떠올려보면 오래된 도심 특유의 사이버펑크 스타일 뒷골목 풍경만 생각날 뿐이었다. 다닥다닥 붙은 노포에 들락거리는 각양각색의 외지인들. 그 누구도 정주하지 않는 동네. 무교동을 별칭으로 전유할 수 있다고 믿는 것을 보면 이자도 나르시시즘이 만만찮은 모양이었다. 그 역시 커다란 카메라를 들고 있는 자기 초상을 한 번씩 올렸다. 그의 주된 SNS 계정은 무슨무슨 화보집에 간여했고 인터뷰에 참여했고 초청장을 받았고 컬래버레이션을 한다는 홍보 일색을 전시하는 용도로 쓰였다. 배우자나 자녀가 있는지는 언뜻 확인할 수 없었다. 프로필에는 '개인적인 메시지를 받지 않습니다. 소속사를 통해 제안 주세요'라고 적혀 있었다. 이젠 이런 놈에게도 소속사라는 것이 있는 세상이 왔나, 나는 잠시 탄식했다. 작가인 주제에 모델의 영역을 넘본다는 생각이 들 때처럼. 어쨌든 그가 표방하는 것은 '공적인' 자기 PR 계정이었고, 마치 일 애기를 하던 중에 환기라도 하는 듯, 한 번씩 사생활을 들춰 보이는 것이 그의 SNS 활동 방식이었다. 그가 올리는 게시물 모두에 턱수염은 '좋아요'를 눌렀다. 마치 그럴 의무라도 있다는 것처럼.

킴도 턱수염의 게시물에 '좋아요'로 꼬박꼬박 화답했다. 함께 참여한 행사나 전시에는 서로를 태그하기도 했다. 그런 허술한 가면으로 그들이 서로에게 갖고 있는 적대감이 가려질 수 있으리라 믿는다면 우스울 뿐이라고 생각하던 나를 비웃는 댓글이 넘쳤다. '형님들 여전하십니다' '최애 형님들의 조합' 따위의 그 댓글들. 마치 로사를 찬양하는 댓글들을 볼 때처럼 먹먹한 기분이 들었다. 서연화, 세상은 이렇게 굴러가고 있다. 네가 연구실에 처박혀 조선 시대 문건을 눈 빠지게 들여다보고 한자를 해독하는 동안 현대사회는 바로 이런 자들이 주름잡고 있었던 거란다. 마치 내게 누군가 준엄한 꾸짖음을 내리는 듯했다. 그들을 추수하는 여론 따위는 탐내본 적도 없고 기왕에 내 영역도 아니었으므로 상관할 바는 아니었다. 나는 킴의 계정에서 의미심장한 문구를 볼 때마다 노트에 옮겨 적었다. 혹여 삭제할까 싶어 핸드폰 카메라로 찍어두는 것은 물론이었다.

킴에게는 비밀 계정이 따로 있었다. 익명으로 만들었지만 비공개는 아니었고 찾는 것도 어렵지 않았다. 그곳에서 그는 훨씬 솔직했다. 어찌나 정직하고 쾌활한지 잠깐 호감이 갈 뻔했다. 그는 괴상한 B컷 사진들과 함께 긴 글을 올렸다. 함께 작업하는 동료들에 대한 악감과 험담으로 가득했다. 이런 감정들을 누르고 어떻게 업계에서 버티고 있나 의아해지기까지 했다. 그가 생각할 때 자기 업계 인간들은 전부 머저리였고 소위 잘나가는 인간들은 단지 운이 좋았을 뿐이었다. 업계 자체가 하나의 카르텔이었고 그는 자기와 턱수염이 졸업한 학교의 교수진을 중심으로 구성된 그 카르텔을 '나라 망치는 집단'이라고 표현했다. 그 자신도 업계에서 잘된 편으로 보였지만 자기

만큼은 남들과 다소 다르다고 여기는 모양이었다. 그의 무의식을 추적해보자면 '업계 문법을 아주 오랫동안 익혔기 때문에 벗어나도 별수 없다고 여기고 인내하며 애쓰고 있지만, 단단히 잘못된 동네라는 것을 알고 있는 거의 유일한 탕아'가 그 자신이었다. 하지만 그의 말에 따르자면 본인은 예술고등학교 시절부터 너무나 오랫동안 업계에 발을 담그고 있고 작가라는 자기 직업은 버릴 수도 없는 천직이기 때문에 뒤에서 욕이나 할 뿐이었다. 업계를 그토록 증오하면서도 그는 자기 일을 '물려받았다'고 표현했다. 그가 사흘돌이로 비아냥대는 그 선생들, 선배들로부터. 양반집 얼자 정신과 비슷하다고 해야 하나, 내 눈에는 그렇게 보였다. 19세기 말 사라져가는 파리의 거리 풍경을 세피아 톤으로 촬영한 외젠 아제의 사진들을 올리며 그는 자신의 고독을 표현했다.

그는 그곳에서 턱수염을 '에디'라는 자기만의 기호로 불렀다. 에디에 관한 그의 집착은 남달랐다. 그랬기에 홍보 위주의 계정에도 찔끔거리며 그런 감정을 노출했으리라. 그건 '에디' 역시 마찬가지였다. 에디, 턱수염이 그를 자기 열화복제라고 생각하듯 킴도 마찬가지였다. 그들 모두 결국 둘 중 하나만 업계에 남으리라고 생각하는 것은 분명해 보였다.

킴의 비밀 계정을 정독하며 알게 된 중요한 정보는

그가 자꾸 턱수염의 어린 시절을 언급한다는 것이었다. 작가로서의 턱수염에 관해서도 경멸을 내비쳤지만 그보다는 가끔 먼 옛날 청소년기의 턱수염에 관해서 은근하게 암시하는 바가 있었다. 그들은 대학뿐만 아니라 고등학교도 같은 곳을 나왔다. 킴이 카르텔이라고 표현하는 사진계 대부들이 운영하는 학교이기도 했다. 사진과가 있는 예술고등학교는 전국에 단 하나뿐이었다. 오래된 글들부터 찬찬히 훑어보자니 킴은 턱수염과 동갑이긴 했지만 빠른년생으로 고등학교는 한 학년 선배였다. 그런데도 대학 동기라는 걸 보면 아마도 킴이 재수를 한 모양이었다. 나는 점점 킴의 심정이 이해가 됐다. 똥군기를 잡았을 예고 시절 한 학년 후배와 대학 동기가 된 걸로도 모자라 이만큼 나이를 먹고도 라이벌이니 최애의 조합이니 세간에서 묶어 부른다면 심사가 뒤틀리고도 남을 듯했다.

에디, 나는 늘 말했잖아.

내가 많은 걸 바라는 게 아니라고. 나는 말이야. 항상 최소한의 존중, 그것만을 바랐어. 아주 기본적인 예의. 형으로서가 아니라 친구로서, 동료로서, 인간으로서 말이야. 그것이 그렇게 어려운 일이었나. 나는 아직도 너를 지켜주고 있는데.

그러나 이처럼 킴의 글들은 대개 지나치게 감상적이었고 기괴하게 비틀린 채로 굳어진 신념과 열등감이 마구 뒤섞여 있어서 읽기가 어려웠다. 턱수염에 대한 애증을 표현할 때 특히 그의 기묘한 감상성은 지나치게 과장된 구석이 있었다. 처음에 나는 그것을 소년 시절부터 오래 묵혀온 철없는 경쟁심 때문이라고 생각했다가 이내 일종의 가면이라는 것을 깨달았다. '에디'를 부를 때 그는 다른 선배나 동료를 욕할 때와는 다르게 차분해졌지만 도리어 유난히 위협적이었다. 그런 은근한 광기는 공식 계정의 '좋아요'와는 비교도 안 되는 종류의 단단한 철가면일 듯했다. 비로소 어느 늦은 밤, 나는 킴이 에디의 무엇을 지켜주고 있다는 건지 깨달았다. 그가 반복해서 올리는 푸른 풀, 〈푸르디푸른 풀〉 사진을 이미지 검색해보니 그것은 미국에서 대마초 합법화 운동을 하는 사진작가가 찍은 사진이었다. 킴은 'whatever you call it'이라는 캡션을 달아둔 적도 있었다. '뭐라고 부르든.' 나는 마침내 킴이 쥐고 있는 무기가 무엇인지 알아냈다. 그 푸른 풀이라면 무엇을 의미하는지 나도 알았다. 그리고 킴이 거의 종교적 방언에 가깝게 주저리주저리 위협적인 말을 지껄이고 있는데도 턱수염이 별다른 조치를 취하지 않는 까닭에 대해서도 알 것 같았다.

　나는 예전에 만들어둔 익명 SNS 계정에 접속했다. 오래전에 쓰던 전화번호로 가입해둔 계정이었다. 그 전화번호는 더 이상 내 소유가 아니었지만 여전히 별다른 인증 절차를 거치지 않고 접속할 수 있었다. 나는 닉네임을 'Grass'로, 프로필을 'Grass is greener by Eddie'로 바꾸었다. 프로필 사진은 외젠 아제의 파리 뒷골목 사진으로 해뒀다. 그리고 게시물을 두 개 작성했다. '에디 혹은 에드워드의 해시브라우니는 언제 구워졌을까.' '○○예고 암실에서였을까.' 그리고 해시태그에 킴의 최근 작품명을 달았다. 게시물을 작성한 지 이틀 후, 익명 계정으로부터 메시지가 왔다. 킴이었다.

◊

'우리 일'은 핼리혜성이 다시 오는 2061년 이후에도 끝나지 않을 일이다. 지금으로부터 40여 년 후까지. 한문 번역 AI 기술이 상용화되면 좀 더 앞당겨질 수 있으리란 예측은 10년 전에도 있었다. 그저 조금 시간을 단축할 수 있을 뿐이었다.《승정원일기》번역은 나의 온 생애를 걸어야 하는 사명을 받은 일이었다. 나는 그렇게 키워졌다. 너무나도 진지했던 나의 스승으로부터. 그렇다면 킴과 에디에게도 사진은 그와 같은 일이었을까. 찰나의 순간이었지만 19세기 말 파리 풍경 사진을 보면서 나는 내가 해독해야 하는 옛 문건들을 떠올렸다. 킴이 울분에 차서 욕하곤 하는 이 나라 사진 카르텔, 삿되기 그지없을수록 이름

을 떨치고 출세한다는 업계 유력자들에게 그들도 배웠을
까. 후임을 키우지 않으면 죽는다는 마음으로 임해야 한
다고. 어린 시절부터. 예술고등학교라는 사립학교 혹은 대
안학교이거나 소년원이거나 서당에서. 무엇이든 간에 어
떤 사육 농장에서. 그러니까.

　이게 문제다. 내가 이런 식으로 너무 쉽게 감정이입
을 해버린다는 거. 로사에게도 턱수염에게도. 나는 그들이
나와 더 닮았다고 느끼곤 했다. 재이보다는 그들의 어린
시절에 쉬이 공감하려고 했다. 한 번도 본 적 없는 ○○예
고 암실을 떠올린 것도 그런 까닭에서였다. 내게 메시지
를 보내온 킴은 유독 그 문구에 소름이 끼쳤다고 했다. 나
중에 알게 된 사실이다.

　킴이 내게 보내온 메시지에는 지극한 불안과 출처를
알 수 없는 인간에 대한 경멸의 감정이 고스란히 노출돼
있었다. 그가 끼적이는 대부분의 글들이 그렇듯.

　—안녕하십니까, 선생님. 제 작품에 관한 평을 검색
하다가 선생님의 계정을 발견하게 되었습니다. 거두절미
하고 여쭤보겠습니다. 해시태그에 제 작품명을 달아두시
긴 했지만 현재의 작업과는 무관한 저의 출신 학교인 ○○
예고 암실을 언급하신 것으로 보아 분명 다른 내심의 의
도를 갖고 계신 듯합니다. 제가 최근에 ○○예고 학과장
일을 그만둔 것과 관련해 혹여 무슨 제보를 받은 사실이

있으십니까? 학교 내부 사정을 외부에 소명하는 일이 적절치 않아 사직을 하면서 관계자들과는 모두 대화를 끝낸 터라 선생님 계정의 암시적인 메시지들이 저에게는 무척 부적절하게 여겨질 뿐입니다. 오해가 있을 만한 이야기는 내부에서 전부 소명하였고 비밀 유지 서약도 마쳤습니다. 이 부적절한 위협은 위법적으로 느껴지기도 합니다. 어떠한 의도로 ○○예고 사건과 저의 작품을 묶어 언급하시는지 궁금합니다.

그는 거두절미라는 말의 뜻을 잘 모르는 것 같기도 했다. 메시지를 받은 나는 잠시 멍하니 있다가 헛웃음을 지었다. 너무 어이가 없을 땐 헛웃음조차 큰 소리로 나올 때가 있다. ○○예고 사건이라니. 나는 당연히 그따위 사건에 관해선 알지도 못했다. 그가 그 학교 학과장이었다가 그만두었다는 사실도 알 바 아니었다. 나의 목표는 턱수염이지 메시지를 보내서 묻지도 않은 사정을 줄줄 늘어놓는 킴이 아니었다. 그는 내가 일부러 적어둔 에디, 그라스, 해시브라우니 따위에 대해서는 묻지 않았다. 아마도 킴이란 자는 ○○예고에서 뭔가 큰일을 치른 후 교직을 잃은 것 같았고 그 사실에 온통 사로잡혀 벌벌 떨고 있는 것이 분명했다. 내 관심사는 아니었지만 다소 흥미로웠다. 나는 킴에게 답신을 보냈다.

──저는 작가님의 작업에 관심을 갖고 보는 사람일

뿐입니다. 익명의 블로그에서 ○○예고 암실이란 언급을 보았을 뿐이지, 작가님이 그 학교 출신인지 혹은 재직하셨는지에 관해서는 전혀 알지 못했습니다. 다만 익명의 블로그를 운영하는 그 사람이 작가님과 같은 학교 출신인 다른 작가님인 것 같다는 느낌을 받았습니다. 그저 제 생각일 뿐입니다. 암실의 추억을 이야기한다는 느낌을 받았을 뿐이지만 그 작가로 추정되는 사람이 어떤 사건을 굳이 암시하려고 했을 수도 있겠네요. 저도 외젠 아제 좋아합니다, 작가님.

그에게 답신 메시지를 쓰고 전송을 누를 때 나는 지나치게 흥분해 있었다. 별달리 재미난 것도 없는 내 일상에 드물게 강렬한 스릴을 맛본 순간이었다. 턱수염과 킴이라는 두 남성, 무거운 카메라를 들고 다니며 으스대는 두 추한 남성들 사이에 복잡한 비밀이 얽혀 있고 그들은 언제든 자기가 죽기 싫어서 남을 죽이려고 드는 인간이라는 걸 눈으로 확인하는 순간이 나쁘지 않았다. 그들은 평생 모를 것이다. 남을 살리기 위해서 자기가 죽을 수도 있는 우정도 있다는 걸. 에디, 그라스, 해시브라우니, 대놓고 턱수염의 대마초 의혹을 언급하는데도 킴이란 자는 자기 얘기만 하고 있었다. 혹시 누구에게 들었느냐, 내심의 의도가 무엇이냐, 자빠진 강아지가 앙알대듯 징징거리면서 자기 약점을 줄줄 노출하고 있었다. 이런 사람을 우리

사회에선 매우 천진난만하고 티 없이 해맑다고 표현하기도 했다. 그는 내게 보낸 메시지에서 딴에는 몹시 불안하다는 감정을 숨기지 않았지만 그가 조금 부러웠다. 이렇게 순진한 사람을 보면 나는 일단 질투했다. 킴은 내가 메시지를 보내자마자 바로 읽었다. '암실의 추억을 이야기하는 척하면서 ○○예고 사건을 흘리는 익명의 블로그를 운영하는 사람이 있고 그는 아마도 턱수염으로 추정된다'는 내 말을 킴이 못 알아들을 리는 없었다. 그가 아무리 천진난만하다고 해도 그 정도 말을 해석하지 못할 리는 없었다. 그는 나로선 알지도 못하는 ○○예고 사건을 너무 두려워하는 나머지 자기 입으로 떠들고 있었다. 정작 본인이야말로 꾸준히 뭔가를 암시했고 뭔가를 흘려놓고 그것에 관해선 뒷전이었다.

전송 버튼을 누르자마자 메시지를 읽은 킴은 한동안 답이 없었다. 나는 메시지 창을 몇 번씩 새로고침 하며 기다리다가 그대로 잠들었다. 흰 티셔츠에 청바지를 입은 재이가 얼핏 보였다. 옷을 제대로 입고 있어서 다행이다. 꿈에서 나는 생각했다. 재이야, 미안해. 나도 모르게 말했다. 마치 먼 옛날의 촬영장에서 벌거벗은 채 턱수염과 마주 앉아 컵라면을 먹던 재이가 그런 상황에 처하게 된 것이 내 잘못이기라도 하다는 듯이. 재이를 촬영하는 남자들, 미간을 찌푸린 놈들의 모습을 나는 멀찌감치 서서 바라보고 있다. 주먹을 불끈 쥐고 벽에 기대서 사진을 찍는 재이를, 가슴과 엉덩이가 한 컷에 담길 수 있게 포즈를 잡는 재이를 나는 그보다 더 멀찌감치 서서 바라본다. 재이에게 어떤 자세를 취하게 하는 남자들, 그저 키가 크거나 작거나 살쪘거나 말랐거나 털이 많거나 그렇지 않을 뿐인 존재들을. 그러나 재이와 마주 앉아 컵라면을 먹는 인간은 턱수염이라는 특정한 존재여야 하는데, 어느덧 그 얼굴은 킴이었다. 나는 식은땀을 흘리며 잠에서 깼다. 베갯잇이 땀으로 흥건하게 젖어 있었다. 땀을 흘리며 깨어나는 일이 빈번해지니 조금 무서웠다. 덤덤하게 자기 병을 이야기하던 선생님이 생각나곤 했다. 내게도 문득 귓속으로 죽음이 육박하는 날이 찾아올 것이다. 학계 특성상 젊은 사람들보다 나이 든 사람들을 많이 만나왔다. 연구하고 강의하며 신경 곤두선 나날을 보내다가 큰 병을 치른 사람을 여럿 봤다. 큰 병이 나를 비껴가리라고 자신할 순 없었다. 그게 언제가 됐든 언젠가 죽게 되더라도 후회 없이 살았다고 말할 수 있을까.

아니, 이미 그럴 순 없다. 나는 선생님처럼 덤덤하게 늙어갈 순 없었다. 선생님은 길 위의 현자였다. 제도권 바깥에 있었을 뿐이지 정직한 학자였다. 나도 연구에는 한 점 부끄러움이 없었다. 정직하지 않으면 도전조차 할 수 없는 일이었으니까. 그러나 인생은 아무리 살아도 초년생의 얼룩을 지울 수 없었다. 이 피 묻은 인생을 아무리 빨아 써도 자국을 말끔하게 없앨 순 없었다. 그 증거가 로사였고 로사가 갖고 노는 재이였고 재이를 괴롭히는 턱수염이었다. 고시원 컴퓨터실에서 대학 합격 소식을 확인했던 옛날의 순간을 떠올리며 나는 다시 잠에 들었다. 여명에 깼다 다시 까무룩 잠에 들어버린 탓인지 출근 시각을 지나 눈을 떴다. 머리카락을 질끈 묶고 출근했다. 가는 길에 킴에게 새로운 메시지가 오지 않았는지 확인했다. 그는 아무것도 보내오지 않았다.

그날 가장 늦게 연구실에 출근한 내가 맞이한 풍경은 황량하기 그지없었다. 마치 부도난 회사 같았다. 앉아 있는 사람은 아무도 없었다. 모두가 만원 지하철에서처럼 서 있었다. 영문도 모르고 자리로 가는 내게 지은이 다가와 손을 잡으며 말했다.

"선생님, 우리 연구실 없어질 것 같아요. 이번 달에요."

영우학당

이 싸움이 끝나지 않았다는 것을 왜 몰랐을까. 오래
전 나의 천국이었던 영우학당을 떠나야 할 때 했던 생각
이다. 선생님이 사준 책상과 침대는 아직까지도 거기 그
대로 있다. 그 방을 다시 들어가볼 엄두조차 나지 않았지
만 내가 떠난 방은 언제든 돌아오라는 듯 그대로였다. 선
생님은 내게 종국엔 영우학당조차 아예 잊어버려야 한다
고 말했지만 마치 본가를 떠나 독립했거나 세상을 떠난
자녀의 거처를 보존하듯 내 방을 간수하고 있었다. 내 엄
마였다면 결코 하지 않았을 나란 인간에 대한 존중의 표
현이었다.

일찍이 정화여학교에 있을 때부터, 내가 너를 찾을
순 있어도 너는 나를 찾을 수 없다, 는 엄중한 경고를 보

내던 엄마는 결국 영우학당에 있는 나를 찾아내고 말았
다. 언제나 그랬듯 직접 찾아온 적은 한 번도 없었고 메일
을 보내서 경고했다. 엄마는 선생님을 '그 여자' 혹은 '그
년'이라고 불렀다. 엄마 같은 여자가 선생님을 그따위로
표현한다는 데에 나는 깊은 모욕감을 느꼈다. 선생님을
만나고 그와 함께 지내면서 엄마에 대한 혐오감은 더할
나위 없이 깊어지기만 했다. 성인 여성이라고는 내 엄마
같은 인간만 있는 줄 알았던 나였기 때문에, 나의 새로운
보호자이자 스승을 곁에서 살필수록 과거의 엄마에 대한
기억은 거듭 아연실색할 일뿐이었다. 엄마는 그런 내 마
음을 알아채기라도 한 것처럼 메일에 저주의 언사를 퍼부
었다. 너를 데려갔다는 년이 나보다 얼마나 잘난 년이기
에, 엄마의 그 말에 나는 폭발하고 말았다. 나는 책상에 앉
아 소리를 질렀다. 단조의 길고 긴 고함을 들은 선생님이
방문을 두드렸다. 나는 엄마에게 처음으로 답신을 작성하
고 있었다. 그럼 엄마가 나를 데려가줄 건가요? 한마디를
써놓고선 머리를 감싸 쥔 채 소리를 지를 뿐이었다. 선생
님은 문을 벌컥 열었다. 선생님은 한 팔로 나를 안으며 모
니터를 확인했다. 그때 정신이 퍼뜩 들었다. 모니터에는
내 말 한마디만 적혀 있었다.

　　— 그럼 엄마가 나를 데려가줄 건가요?

　　선생님은 모니터를 한참 바라봤다. 나는 선생님이 무

슨 생각을 하는지 알 수 없었다. 천하의 배은망덕한 아이라고 생각하는 걸까, 역시 머리 검은 짐승은 거두는 게 아니라고 생각하는 걸까. 나는 선생님에게 말할 수 없었다. 오해라고. 나는 결코 내 엄마 같은 여자에게 돌아가고 싶지 않다고. 엄마가 자꾸 선생님을 모욕해서 너무 화가 나서 소리를 지른 거라고. 나는 아무 말도 하지 못하고 울기만 했다. 엄마가 선생님을 고소할 거라고 하면서 미성년자 약취유인, 실종아동법 위반 같은 말을 들먹이고 있는 메일을 차마 보여줄 수 없었다. 법을 들먹이면 나는 꼼짝없이 무력해졌다. 그건 이만큼 오랜 시간이 지나, 나 하나만큼은 충분히 부양할 수 있는 성인이 된 지금도 마찬가지다. 턱수염을 염탐하고 로사를 염탐하고 킴을 염탐하고 마음만 먹으면 재이의 전남편과 그 부정한 상대를 염탐할 수 있으며 또한 마음만 먹으면 그들 모두를 죽여버릴 수 있다고 생각하는 지금도 역시 그렇다. 회전교차로에서 핸들을 한번 잘못 꺾었을 때 달려오는 새파랗게 어린 경찰들을 보고도 심장이 덜컥 내려앉는 나였다. 엄마는 내가 영우학당을 떠나고 나서도 기어이 메일을 한 번 더 보내서 경고했다.

　—연화야, 너무 잃을 게 많은 삶을 살면 안 돼. 그러면 결국 잃을 게 생기거든.

　나는 당신의 '잃을 것'이었나. 나를 잃어버렸다는 상

실감에, 어쩌면 너무 지나친 죄책감에 이런 말을 지껄이는 건가, 생각해본 적도 있었다. 내가 소리를 지른 날 선생님은 차분하게 나를 진정시키고선 말했다. 언제든 떠나도 좋다고. 이제 연화는 영우학당을 떠나 어디에서든 공부할 수 있다고. 나를 버렸던 남자애와 그 부모를 포함해서 서당에 드나드는 동네 사람들이 수군대는 것도 미안했다고. 선생님은 급기야 자기 생각이 너무 짧았을지도 모른다고 말했다. 그 말을 들은 나는 더 이상 영우학당에 머무를 수 없다고 생각했다.

십대 시절 나는 서울에 있는 대학에 가면 선생님과 떨어질 수밖에 없다고 예상했으면서도 고작 1년 만에 갑자기 짐을 싸서 떠나게 될 줄은 몰랐다. 연구실도 마찬가지였다. 정권이 바뀌고 정부 부처 실력자들이 누구 입맛대로 바뀐다 한들 우리 일만큼 중요한 사업이 하루아침에 없어질 줄이라고는 예상하지 못했다. 누군가 지나가며, 정권이 바뀌어서 국학 연구에 차질이 빚어질 거라고 말했을 때 나는 그가 지나치게 정치에 몰입하고 있다고 생각했다. 자기 연구에 최선을 다해야지 정세에 너무 신경을 쓰는 게 못났다고 여겼다. 연구실 사람들 모두가 자리에 앉지도 못하고 애면글면하고 있을 때 나는 회의용 중앙 테이블 의자에 보란 듯 앉았다. 모두가 다가와 빙 둘러앉았다. 뚱뚱이가 얼굴이 시뻘게질 때까지 마른세수를 하며 말했다.

"솔직히 저는 급여 안 받아도 일할 수 있습니다."

아니, 나는 그렇지는 않았다.

"그런데 사무실 운영예산조차 없앤다니, 대학 본부와
도 이미 얘기가 끝난 모양입니다. 벌써 다른 용도로 쓸 계
획이 있더라고요."

"그럼 우리 일은요?"

나는 고개도 들지 않고 말했다.

"우리 일은 이제 AI에게 시킨답니까?"

"모르겠습니다. 이보전진을 위한 일보후퇴를 해야 하
는 건지."

"해외에 수출하는 사극 드라마에 갖다 쓸 때도 참고
하면서 이제 우리가 필요가 없답니까? 여기 계신 선생님
들 포함해도 국내 인력 몇 안 되는데."

지은이 또 내 손을 잡았다.

"우리 말고도 국학 연구 없어진 데 너무 많아요. 모두
이렇게 갑자기 통보를 받았는지 모르겠지만 확실히 이게
한 다리만 건너도 남 일로 보게 되는 터라 내 일이 되고
보니 실감이 안 나네요. 일단 방법을 찾아봐야죠."

뚱뚱이는 언제나 그렇듯 커피 자국이 번진 커다란 텀
블러를 들고 있었고 그 옆에 앉은 홀쭉이는 손때가 탄 작
은 다이어리를 빼앗기지 않으려는 듯 꼭 쥐고 있었다. 너

무 어이가 없어서 머리가 어질어질했다. 오래전 영우학당
을 떠나던 날, 짐이 하도 없어서 용달트럭조차 부를 필요
가 없다고 웃으며 말하던 선생님이 떠올랐다. 나는 정화
여학교에서 나와 영우학당에 갈 때처럼 선생님 차를 타고
서울에 갔다. 고시원 앞에서 선생님은 내 짐을 내려줬다.
고작 상자 세 개였다. 선생님은 하얀 봉투를 내 주머니에
찔러줬다. 대학에 갈 때까지 월세와 생활비는 계좌이체
해줄 테니 걱정 말고, 이 돈은 꼭 네가 쓰고 싶은 데 써라.
어디에 쓸지 너의 자유다. 그러나 조건이 있다. 반드시 너
는 내 후배가 되어야 한다. 너는 우리 일을 물려받아야 한
다. 물론 선생님은 이 모든 말을 농담처럼 건넸다. 짐짓 가
벼운 듯 웃으며. 뚱뚱이와 홀쭉이, 지은 그리고 몇 명의 연
구원 얼굴을 나는 차례로 봤다. 나는 선생님이 아니었다
면 여기 오지 않았을 것이다. 다른 사람들은 왜 여기 왔을
까. 우린 왜 이 일을 선택했으며, 지금 이 순간 곧장 짐을
싸서 떠나야 하는 처지가 되고 말았을까 생각했다.

　　너무 많은 걸 갖지 말라고 하던 엄마의 저주가 자꾸
머릿속에 맴돌아서 나는 침대에 누운 채 미친 듯이 웃었
다. 그렇게 크게 오래 웃어본 건 정말 오랜만이었다. 나는
자꾸 소리 내서 웃었다. 엄마, 내가 밟아 죽인 아저씨, 촬
영장에서의 그 서늘한 눈빛들, 재이, 로사, 턱수염, 킴 그
리고 나와 아무런 상관도 없는 턱수염의 여섯 살 난 딸까

지 많은 사람의 얼굴이 머릿속을 스쳤다. 제발 다들 죽어
버리면 안 돼? 그러다 문득 나는 선생님을 떠올렸다. 급제
동을 건 것처럼 웃음과 생각이 멈췄다. 연화야, 너는 우리
일을 해야 한다. 마치 사극의 등장인물처럼 진지하게 말
하는 사람. 아무 연고도 없는 나를 데려다 먹이고 재워준
사람. 지우개 공장집도 먹고살아야 하니까 학용품을 너무
아껴 쓰지 말라고 말하던 사람. 연화가 운전을 하다니, 하
고 좋아하던 음성이 떠오르는 순간 나는 곧장 차 키를 챙
겨 주차장으로 갔다. 다음 날도 출근해야 했지만 아무래
도 좋았다. 모두 이해할 것이다. 이해를 안 하면 또 어떻
고. 내비게이션에 영우학당의 주소를 찍고 출발했다. 밤의
고속도로는 지나치게 고요했고 나는 단 한 번도 밟아본
적 없는 속도로 달렸다. 마치 잠깐 날아가는 듯한 순간이
반복됐다. 나는 윤재이에게 전화 걸어줘, 하고 핸드폰에
음성명령을 내렸다. 자동차 블루투스로 통화가 연결됐다.

"언니, 오랜만이네?"

재이가 말끝을 올렸다.

◊

아무 일도 없었다는 듯이 오랜만이야, 무슨 일 있어?
하고 묻는 재이. 마치 우리 사이에 아무 일도 일어나지 않

은 듯, 유쾌하게 잡담을 나누는 관계라도 된다는 듯. 나는 너 때문에 이렇게 오랫동안 애끓었는데. 나는 이를 악물었다. 전화를 걸어놓고 말이 없자 재이는 재차 물었다.

"언니, 언니? 무슨 일이야?"

나는 눈에 힘을 주며 쏘아보듯 전방을 주시했다. 오랜만에 입을 연다는 느낌이 들었다.

"턱수염은 어떻게 됐어?"

"턱수염이 누구지?"

재이는 내게 되물었다. 나는 고함을 칠 뻔했다. 재이는 곧장 아아, 하며 말했다.

"아, 걔. 나락 갔어."

재이의 웃음소리가 날카롭게 울렸다. 새된 그 웃음소리가 거슬려 블루투스 오디오 볼륨을 줄였다. 워낙 빠른 속도로 달리고 있었기 때문에 단순한 버튼 조작에도 차량이 가볍게 휘청이는 것처럼 느껴졌다.

"무슨 나락?"

"자기 친구랑 서로 저격하면서 멸망전 치르는 중이야."

멸망전을 치른다, 나는 속으로 그 말을 한번 되뇌어봤다. 나락, 이라는 말도 곱씹어봤다. 그렇다면 내가 원하는 대로 된 것이었다. 킴은 나와 메시지를 주고받은 지 하루 만에 뭔가 작정하고 큰일을 벌인 듯했다. 재이는 그들의 SNS를 들여다보는 중이라고 했다. 그런데 왜 나더러 무슨 일이 있냐고 묻는 건지, 턱수염이 누구냐고 엉뚱한 말을 하는 건지. 나는 차분한 음성을 내려고 애쓰며 말했다.

"그런 일이 있으면 알려줘야지. 얼마나 기다렸는지 알잖아."

"언니가 기다렸다고? 이 새끼들 멸망전을?"

"몰라서 묻고 있는 거니, 재이야? 턱수염을 어떻게 칠지 너랑 나랑 오랫동안 상의했잖아."

"그랬었나. 내가 고발하는 건 없던 일로 됐고. 다른 모델들도 고민 중이었는데 알아서 이렇게 되네. 지금 자기네 고등학교 대학교 때 있었던 일들 서로 풀면서 난리 중이야. 너무 뭐가 많아서 따라가기도 힘들어. 둘 다 말하길 자기들은 더 이상 잃을 게 없대. 흥, 지들이 언제부터."

재이가 흥, 하고 코웃음 치는 소리가 귓가를 때리듯 날카로웠다.

"뭐, 마약 얘기 하고 그래?"

"어휴, 뭐가 너무 많아서 요약하기도 정신없다. 언니가 들어가서 봐봐. 그런데 언니, 왜 이렇게 시끄러워? 밖이야?"

어느덧 마지막 휴게소를 향해 달리고 있었다. 터널이 끝없이 이어졌다. 졸음운전을 방지하려는 것인지 터널 안

은 화려한 네온사인이 번쩍였고 종종 음성 안내가 흘러나
왔다. 안전운전. 안전운전. 마치 카세트테이프가 늘어지는
것처럼 기묘한 소리로 들렸다.

"운전 중이야."

"언니가 운전을 해? 언제부터?"

나는 더 참지 못하고 재이에게 쏘아붙였다.

"야, 윤재이. 너 똑바로 말해. 로사랑 뭔 짓거리 하고
다녀?"

"뭔 짓거리라니 뭔 소리야, 언니."

"로사 년이 어떤 년인지 네가 알아? 그년은 포주야.
너한테 스폰인지 나발인지 소개하려고 했지? 이미 다 알
아봤으니까 바른대로 말해."

"언니, 지금 이상한 소리 하고 있는데 일단 진정 좀
해."

"그년이 말 안 했지? 중학생 때 또래 애들 성매매 알
선하고 다녀서 소년원 간 거. 말했을 리가 없지. 걔랑 나랑
거기서 만난 거야. 소년원에서."

"언니, 알겠어. 알겠는데 진정 좀 해⋯⋯. 나 그거 알
아, 소년원. 안 지 한참 됐어."

핸들을 쥔 손이 바들바들 떨렸다.

"씨발, 이 배은망덕한 년아. 여태 알고도 모른 척한
거야?"

　　　　　영우학당

"아니, 언니, 뭐가 배은망덕이란 거야. 언니, 소년원 학교라면서. 학교. 언니가 대안학교 나왔다고 했잖아. 그게 그 얘기였구나 한 거야, 나는."

"그걸 나한테 직접 들어야지, 왜 로사한테 들어?"

"언니는 말을 안 했고 로사 언니는 말을 했어. 단지 그런 차이야."

"잘 들어. 넌 정말 나한테 미안해해야 해. 내가 얼마나 널 생각하고 위했는데. 고작 포주 년이랑 어울리려고 이따위로 날 배신해? 걔가 너한테 뭔데? 우리가 알고 지낸 10년의 시간이 너한텐 그렇게 우스워?"

"그래서 말하고 싶은 게 뭐야, 언니. 유치하게 걔가 나보다 더 좋으냐고 묻고 싶은 거야?"

"뭐, 유치해? 너나 로사 년이나 비슷한 과다. 그러니까 이혼이나 당했지. 스폰이나 다니고."

재이는 한동안 침묵하다가 더듬거리며 말했다.

"……무슨 말인지는 모르겠는데 스폰 같은 거 없어. 그리고 스폰인지 뭔지 하면 좀 어때, 언니……. 그것도 먹고살아보겠다고 그러는 건데……. 그런데 나는 그런 거 안 해, 언니……. 그리고 로사 언니는 자기가 어릴 적에 잘못했다고 그랬어. 자기 범죄자였다고 솔직하게 말했어. 언니는 반성하지도 않잖아……. 이만할게. 이제 나한테 연락하지 않았으면 좋겠다."

고속도로가 끝나고 시내에 접어들었는데 나는 여전히 속도를 줄이지 않았고 문득 신호에 멈춰 선 트럭을 발견하고서야 브레이크를 밟았다. 다행히 트럭 뒷면에 부딪히기 직전에 차를 멈춰 세웠다. 나는 숨을 골랐다. 얼굴이 하도 뜨겁게 달아오른 나머지 풍선처럼 부풀어버린 것 같았다. 허둥지둥하며 핸들을 돌리다 상향등을 켰다. 어떻게 꺼야 하는지 알 수 없었다. 영우학당까지 1킬로미터를 상향등을 켠 채 운전했다. 마주 오는 차들이 요란하게 경적을 울렸다. 바로 이거였구나. 파주 자유로를 운전하던 엄마의 심정이. 영우학당이라고 한자로 적힌 소박한 입간판이 보였다. 마치 거지꼴로 낙향한 것 같은 기분이 들었다. 웬일인지 선생님이 문 앞에 서 있었다. 내가 올 줄 이미 알고 있었다는 듯. 절대로 그럴 리는 없겠지만. 선생님은 앞치마를 매고 담배를 피우고 있었다. 나는 오래전 선생님에게 담배를 배웠다. 내 스승은 나에게 많은 것을 가르쳐주었다. 그중엔 담배도 있었다. 자꾸 선생님의 담배를 훔쳐 피우니까 한 갑 사주면서 연기를 들이마시는 방법까지 가르쳐주었다. 중독이 아름다워 보이겠지만 결국 알게 될 것이라고, 얼마나 끔찍하게 무서운 것인지. 조용히 경고하면서.

상향등을 켜고 들어오는 차를 보며 선생님은 눈을 휘둥그레 떴다. 이 강렬한 인공조명을 피하지 않고 마주 보는 사람. 늙고 병들었는데도. 나는 시동을 끄고 울면서 차에서 내렸다. 선생님은 내게 천천히 다가왔다.

"연화야, 왜 울고 있니?"

나는 무릎이 풀썩 꺾여 그만 주저앉아버리고 말았다.

무슨 말부터 꺼내야 할지 몰라 주저했지만, 나는 결국 모든 이야기를 털어놓았다. 재이란 아이가 있었고, 그보다 훨씬 오래전에 로사란 아이가 있었다. 선생님은 호응하며 내 말을 들어주었다. 턱수염과 킴에 관해선 이야기하지 않았다. 그들은 비중이 없는 엑스트라일 뿐이었으니까. 대신 나는 재이와 로사에 대한 내 감정을 이야기했다. 나는 정말로 재이가 로사에게 이용당해서 스폰 같은 것을 할까 봐 너무 무서웠다고. 그런 생각을 하면 로사가 끔찍하게 혐오스러웠다고. 재이를 함부로 찍어대는 남자들과 옷과 장신구를 구경하겠다고 거침없이 만져대는 여자들만 생각해도 죽이고 싶었는데 '그런 것'을 하게 되면 참을 수 없을 것 같았다고. 로사는 어릴 적 정화여학교에서 내게 '그런 것'을 제안했었다고. 너 같은 얼굴을 아저씨들이 좋아할 것 같다고. 그게 바로 '그런 것'을 시키려는 게 아니었겠느냐고. 선생님은 고개를 끄덕이며 듣다가 낮은 목소리로 말했다.

"연화가 참 오랫동안 고생이 많았다. 그런데 그런 것을 너무 두려워하고 경멸하는 것만이 능사는 아니란다."

"선생님, 저는 이제 어떻게 해야 할까요?"

"어떻게 하긴. 언제나와 같이 치열하게 다시 살아야지."

"결국 그 말을 하고야 말았어요, 재이에게. 그러니까 이혼이나 당한다고."

"너무 지나친 죄책감도 그르다. 모든 것을 비겨 없앨 수 있는 건 아니란다. 그 말을 한 죄는 네 죄가 아니라고 생각해라. 재이라는 친구 역시 네 것이 아니다."

선생님이 내게 전달하고 싶은 말은 그것이었는지도 몰랐다.

모두 다 네 것이 아니다.

나는 연구실이 없어졌다는 이야기는 차마 하지 못했다. 우리 일이 이만큼 벼랑 끝에 섰다는 이야기는 할 수 없었다. 영우학당을 떠나게 된 일에 대해서도. 엄마가 선생님을 고소하겠다고 별러서 처음으로 답신을 적으려던 것뿐이고 그때 선생님을 떠나고 싶지 않았다고. 지역에 있는 대학을 가도 좋으니 선생님과 더 오래 함께 살고 싶었다고. 서당에 들락거리는 동네 어른이란 인간들이 나를 고아 취급 하고 본데없는 아이 취급 해도 상관없었다고. 어린 내겐 이곳이 처음 환대받은 천국이었다고. 나는 그 모든 말을 삼켰다.

나는 아주 오랜만에 옛날 내 방 침대에서 꿈도 없는

깊은 잠을 잤다. 선생님은 새로운 솜이불을 꺼내주었다. 환절기를 지나 제법 추운 날씨였지만 나는 몸을 떨지 않았다. 오랫동안 잠을 자고 일어난 나는 침대와 마주한 커다란 창으로 쏟아져 들어오는 햇빛에 눈을 찡그렸다. 오래전 내가 살 적에는 커튼이 있었다. 그것도 선생님이 손수 달아준 것이었다. 고시원으로 옮겨 액자보다 작은 창문을 보며 한숨을 쉬던 생각이 났다. SNS에 알림이 하나와 있었다. 킴이었다. ○○예고 암실이라니, 뭘 알고 떠드는 것이냐. 소름 끼친다. 누가 당신에게 이런 짓을 시킨 것이냐. 나는 그의 지나친 정념을 목격하는 일이 상당히 피곤했다. 재이가 말한 멸망전이란 것도 구경하지 않을 것이다. 킴과 대화한바, 묻지도 않은 자기 치부를 줄줄 꺼내는 것으로 봐서는 아마 상당히 볼만한 싸움이겠지만. 늘 자기가 가진 것만큼 잃게 되어 있다고는 해도, 굳이 자기가 가진 한 줌만 한 재산조차 말아먹고야 마는 인간들이 있는데 그들이 바로 그런 부류이지 않을까. 이런 생각을 하다가 엄마의 말을 나도 모르게 인용했나 싶어서 조금 놀랐다.

당장 이번 달에 혹은 이번 주에 문을 닫는다고 해도 출근해야 했다. 나는 선생님이 차려준 이른 점심을 먹고 차를 몰아 그대로 연구실에 출근했다. 집에 누워 있다 말고 갑자기 나간 차림 그대로라서 다소 민망하긴 했으나 흉흉한 연구실 분위기에 신경 쓰거나 눈치 주는 사람은 아무도 없었다. 추운 날씨였고 맨발이었다. 언제나 그랬듯이.

재이가 명치끝에 걸려 있었다. 토할 것 같았다. 나는 계속 선생님 말을 생각하려고 애썼다. 재이는 네 것이 아니다. 미안한 마음일랑 접어버려라. 그것 역시 그르다. 너의 잘못이다. 나의 잘못이라는 걸 인정하면 모든 게 괜찮아질 때가 있었다. 나는 재이에게 영영 꺼내서는 안 되는 말을 해버렸고, 명백한 잘못을 해버렸으니 그만 재이를 잊어야 했다.

산책

　며칠에 걸쳐서 연구실을 정리했다. 겹겹이 쌓인 책들을 들어내다 보면 심심찮게 벌레가 나왔다. 세필 실오라기처럼 가느다란 다리로 후다닥 내빼는 미물을 번번이 티슈로 때려잡았다. 그러면서 가려움에 시달려 약을 사 먹던 여름날을 자주 떠올렸다. 나는 더럽다고 생각했던 것 같다. 나를 둘러싼 모든 것이. 나의 과거뿐만 아니라 어쩌면 내가 그토록 집착하는 재이까지도. 그러나 그 마음까지 굳이 들여다보고 싶지 않았다. 지은이 말했던 대로 오랫동안 연구실을 청소하지 않았고 우리가 보는 오래된 종이책들은 더러워지기 십상이다. 공공 서고의 귀중한 고서들은 살균 처리를 해서 보관하지만 우리 각각은 책을 무심하게 방치해두기 마련이었다. 나는 바로 그런 이유로 때론 도서관에 있는 책도 손대기를 꺼렸다. 여러 사람의 손을 거친다고 생각하면 공중화장실처럼 불결하게 여겨질 때도 있었다. 내 서가에 방치해둔 책도 그에 못지않게 더러울지도 모른다고, 나는 연구실을 정리하며 생각했다. 드라마의 엑스트라 조연들처럼 지은이, 뚱뚱이와 홀쭉이가 그리고 그들을 포함해서 내가 존경을 다해 선생님이라고 불렀던 사람들이 눈앞을 오갔다. 빠르게 감아 재생하는 영상처럼 그들의 모습이 뭉개진 채로 지나갔다. 이 순간들을 잊으려면 얼마나 걸릴까. 어쩌면 영영 잊지 못할지도 모른다.

연구실을 나오기 하루 전, 흡연 구역에서 담배를 피우는데 눈발이 날렸다. 지나치게 때 이른 눈이라는 판단에 순간 헛것을 봤다는 생각이 들었다. 눈발은 점점 거세졌다. 어지간해서는 추위를 타지 않는 발에 오싹할 정도로 한기가 들었다. 나는 발을 내려다봤다. 언제나 그랬듯 맨발에 슬리퍼를 신은 채였다. 나는 담배를 비벼 끄고 후다닥 건물 안으로 들어갔다. 먼 옛날, 아마도 신입생 시절에 처음 함박눈이 쌓인 교정 풍경을 넋을 잃고 바라보던 생각이 났다. 복도 가장 큰 창문에 달라붙은 아이들이 디지털카메라로 사진을 찍던 모습도. 이제 나는 이 교정에서 쫓겨난다는 실감이 났다. 담쟁이넝쿨을 바라보며 얼마나 더 오래 이 풍경을 보게 될까, 생각하던 게 무색했다.

연구원도 강사도 아니라면 도서관도 이용할 수 없다. 캠퍼스 복합단지의 소극장과 카페, 식당만 그저 손님으로 드나들 수 있을 뿐이다. 거기 드나드는 외부인들처럼, 연인을 만나러 왔다는 핑계로 뻔뻔하게 여학교에 발을 들인 젊은 남자들처럼. 그들과 다를 바 없어지는 것이다. 생각에 잠겨 나는 한동안 우두커니 차가운 복도에 서 있었다.

애정을 갖고 바라보던 풍경들을 천천히 죽이는 나와 다르게 지은은 날마다 새로운 일자리를 알아보았고 그 사실을 감추지도 않았다. 그런 지은이 부럽기도 했고 기특하기도 했다. 지은은 어느 날 밤늦게 내게 전화를 걸었다. 그런 적은 처음이었다. 깊이 잠긴 목소리로 지은은 중얼거렸다. 죄송합니다. 이런 말도 안 되는 시각에.

"선생님…… 저는 평생 뭐랑 싸워본 적이 없어요. 학생들이 학교를 대상으로 싸울 때도 언제나 냉소하는 편이었죠. 제가 학생일 때나 선생일 때나. 그게 뭐 가당키나 한 싸움인가요. 학교를 이기는 학생을 본 적이 없는데……. 그런데 우리는 적이 누군지도 모르잖아요. 우선 이 학교는 당연히 아니고……."

나는 그녀의 말을 끝까지 들어주었다. 옛날 노트북 겉면에 가장 처음으로 붙였던 스티커는 학교 상징인 꽃 모양 교표였다. 정말이지 돌림노래 같은 이야기였다. 지은이 말하기 전에도 내게 누군가 그렇게 말했다. 학교를 이기는 학생을 본 적은 없다고. 어쩌면 먼 옛날 소년 시절에 들었던 이야기였는지도 몰랐다. 그러나 분명한 것은 지은이 말한 대로 우리는 우리의 적이 누군지 몰랐다.

연구실을 나오기 하루 전 나는 별안간 뒷산에 올랐다. 그토록 오래 교정에 머무르면서도 후문에 면한 건물과 연결되는 뒷산이 있다는 사실을 몰랐다. 기왕에 알았더라면 마을버스를 타고 사찰이 있는 산에 가지도 않았을 것이다. 나는 언제 다시 돌아올지 모르는 교정의 덱을 밟아 둘레길에 올랐다. 고전 아카데미 언덕길과도 비교되지 않을 만큼 야트막한 진입로였다. 산을 좋아하는 사람들은 이런 길을 걷는 것을 두고 결코 등산이라고 표현하지 않는다. 그렇다고는 해도 맨발에 운동화만 신은 모양새가 멋쩍기는 했다. 둘레길 덱은 마치 영우학당이 있던 그 도시의 커다란 호수에 있는 산책길 노대를 닮았다. 사람이 빠져 죽을 수도 있을 것 같은 커다란 호수. 나는 매끈하게 깔린 바닥을 보며 천천히 걸었다. 비록 이 동네에 수십 년 살았던 사람에게조차 쉬이 발견되지 않는 작디작은 뒷산이라고 해도 어엿한 산이기는 했다. 내내 평지만 걸었는데 어느덧 동네 전경이 내려다보였다. 낡고 오래된 인문대, 신입생들이 가장 드나들기 꺼린다는 건물, 한때 나의 전부였던 곳, 내 삶의 터전. 날마다 산에 오른 적이 있다던 재이가 김밥을 싸는 모습이 눈앞에 그려지는 듯했다. "까치밥이라고 알아, 언니?" 나는 마치 옛날의 재이가 되어 비참함을 느끼듯 눈을 질끈 감았다. 재이에게 상처 준 그 어떤 인간들보다 내가 낫다고 자부할 순 없었다. 재이의 마음을 모두 이해한다는 착각과 내가 가해자라는 분명한 자각이 동시에 든다는 것이 아찔할 정도로 괴로웠다. 나는 재이도 잊어야 한다. 다른 것들을 잊었던 것처럼. 다짐하려는데, 순간 누군가 나를 툭 밀었다.

"언니, 웬일이야?"

재이였다.

나는 헛웃음을 지으며 재이에게 물었다.

"너는 왜 산에 있어?"

"나는 매일 산에 와."

"뭐 좋은 기억이 있다고? 언제부터?"

"또 함부로 이야기하면서 날 상처 주네."

나는 고개를 떨구고 말았다. 인간의 비장한 다짐이라는 건 이토록 쉽게 허물어지고 만다. 나는 재이를 잊기는커녕 그녀를 비웃는 것조차 그만두지 못했다.

작은 산인데도 전망대가 있었다. 재이와 나는 전망대 벤치에 나란히 앉았다. 재이는 내게 뭔가를 내밀었다. 작은 커피우유였다. 나는 그것을 받아 들었다. 재이를 기다리던 나날과 더 이상 그녀를 기다리지 않겠다고 다짐하던 나날이 빠르게 머릿속을 스쳤다. 전부 다 아무것도 아닌

게 될 수 있을까. 재이가 내미는 호의에 눈물이 날 것 같았다. 나는 커피우유를 한참 매만지기만 했다.

"연락하지 말라고 한다고 또 연락 안 한다. 언니는."

"그럼 내가 너한테 어떻게 연락을 하니? 그런 말까지 했는데."

"나도 로사가 어쩌고 하면서 지랄했잖아."

"로사? 너 걔랑 어그러졌어?"

"말을 재수 없게 하잖아. 걔가 워낙에."

재이는 호탕하게 웃었다. 재이의 눈가에 주름이 깊었다.

"로사가 어떤 앤지는 아는 거지?"

"알아, 언니."

"어디까지 알아? 걔가 사람 소개하는 것도⋯⋯."

"언니, 나 걔 뭐 하고 다니는지 대충 알아. 걱정하지 마. 나도 이 업계에서 버티면서 정말 더러운 꼴 많이 본 사람이잖아. 스폰이니 뭐니 하면서 접근하는 사람들, 아저씨들, 나 정말 많이 만나봤어. 처음 본 건 고등학생일 때야, 심지어."

"그래, 그렇다고 그게 아무것도 아닌 일이 되는 건 아니잖아."

"나는 그런 거 하는 친구들도 많이 봤는데, 뭐 내 알 바는 아니지만 그렇다고 너무 욕하고 미워할 필요도 없다고 생각해. 중요한 건 나는 안 한다는 거야."

그 말을 하는 재이를 나는 물끄러미 바라봤다. 미8군 운운하며 호되게 반대하는 할머니에게 욕을 먹으면서도 그 어린 나이에 자기 힘으로 기획사를 찾아가서 평가받고 데뷔한 모델. 그게 바로 재이였다. 턱수염과 그런 유의 남자들의 희롱을 참고 버티다 무너지기도 했지만, 재이는 누구보다 자기 일을 사랑했다. 그게 바로 재이라는 모델이자 인간이었다. 나는 재이에게 단 한 번도 내 입으로 나도 모델 비슷한 것을 했노라고 털어놓지 않았지만, 내심 자꾸만 그렇게 생각했는지도 몰랐다. 나를 살려준 내 기억, 학대받던 촬영장의 풍경, 내 엄마를 포함해서 전부 다 빌어먹을 소아성애자들이라고, 그래서 비록 미친 방식으로나마 정당방위한 거라고 생각하면서, 그러니까 나는 너보다 먼저 겪어봤다고. 만약 내가 그때 촬영장을 벗어나지 않았다면 계속 엄마의 학대 속에서 살았을 거라고. 옷을 몇 벌이나 갈아입히고 빨간 립스틱을 문지르는 끔찍한 세상에서. 그러나 나와 재이는 달랐다. 그녀와 내가 다르다는 사실이 가장 중요했다.

"언니, 뭘 그렇게 걱정해. 아무것도 걱정하지 마. 내 생각 너무 많이 하지도 말고. 나는 그냥 이런 사람이야. 알 잖아. 난 언니처럼 똑똑하지가 않아서."

"너는 내가 소년원 다녀온 걸 알고도 그런 말을 하니."

"소년원 좀 다녀오면 어때. 도대체 그게 언제 적이야. 호랑이 담배 씹던 시절이다."

"재이야, 나…… 그때 정말 너무 죽이고 싶었어. 카메라 든 새끼들 전부. 내가 하고 싶어서 한 게 아니야, 나는. 너와는 달라. 난 엄마가 레이스 달린 치마 입히고 입술에 립스틱 발라줄 때마다 내가 변태들한테 잘 보이려고 꾸며진 아이가 된 것 같았어. 어린이모델이 아니라 나는 마치 그런 애가 된 것 같았어."

"그래서 나한테 얘기 안 했구나. 어린이모델 한 거."

"알고 있었어?"

"언니 책상에서 봤었어. 노트에 있는 사진."

"넌 그동안 나를 어떻게 생각한 거야? 어린이모델 한 것도 숨기고 소년원 다녀온 것도 숨기고. 아주 음침한 인간이라고 생각했겠네."

재이는 가볍게 미소 지었다. 하늘이 마치 푸른 물감을 들이부은 듯 파랬고 구름 한 점 없었다. 정말로 너는 즐거웠던 적이 단 한 번도 없었니, 그것도 다 너 잘되라고 그런 건데, 절규하는 엄마의 음성이 생각나는데 나는 처음으로 피식 웃고 말았다. 옷을 열 벌이나 갈아입던 날, 왼쪽 어깨를 보여줘, 라고 지껄이는 사진작가에게 엿이나 먹으라고 소리쳤었다. 엄마는 이를 북북 갈며 운전했고 집에 들어가자마자 내 머리칼을 휘어잡고 장롱으로 패대

기쳤다. 세상에 이런 폭력은 또 없을 것 같았다. 나는 엄마에게 소리쳤었다. 엄마가 이상한 여자라고. 자기 딸을 팔아먹는 여자는 흔하지 않다고. 엄마는 포주라고. 엄마는 포주라는 단어에 정말로 이성을 잃고 말았다. 당당하게 말하는 나의 기세에 눌린 엄마는 더 이상 나를 때리지도 못하고 자기 가슴만 쳤다. 미혼모 소리 들어가며, 목숨 걸고 태워 다니며 뒷바라지했더니…… 엄마의 빤한 신세타령을 들으며 나는 생각했다.

그래, 솔직히 즐거웠던 적도 있었지. 예쁜 아이라는 말 들으면 좋을 때도 있었지. 내가 보통 아이들과는 다르다고 생각하며 뿌듯하기도 했지. 그렇지만 결국 내가 선택한 게 아니었잖아요, 엄마. 연예인 비슷한 것을 하고 싶다고 평생 갈망한 엄마의 꿈을 내게 투사하고, 그렇게 나를 비참하게 만들었잖아요.

엄마가 얼마나 철없던 여자였는지를 생각하면 웃음이 났다. 비로소 내가 그 철없던 여자 나이에 가까워지고 나서야 가볍게나마 웃을 수 있는 것 같았다. 나는 재이에게 그 이야기를 하는 대신 물었다.

"요즘 어린아이들은 어때? 데뷔가 가장 이른 축은 몇 살이나 돼?"

"정말 이르면 열세 살 정도."

나는 어안이 벙벙해 재이를 바라봤다.

"그건 어린이 아니야?"

"어린이 맞는데, 하는 일은 같지."

"그렇게 어려도 괜찮은 거야?"

"언니, 걔네들이 얼마나 이 일을 원하는지 보면 깜짝 놀랄걸. 그래, 많이 어리긴 하지. 아직 팔뚝에 결핵 백신 주사 자국도 아물지 않은 애들인데 슬립 입고 사진 찍는 걸 보면 참."

"비스킷 모양 주사 자국이 있다고?"

"그래, 그게 요즘은 젊음의 상징이야."

나는 고개를 절레절레 저었다. 재이는 내게 물었다.

"내가 언니를 어떻게 생각했느냐고? 말해줄까?"

재이는 떠보듯 은근하게 말했지만 기분 나쁘지 않았다.

"뭔데?"

"양말 안 신고 다니는 사람이라고 생각했지."

나는 내 발을 내려다봤다. 운동화를 신었지만 여전히 맨발이었다.

"우리 서연화 고생 많았다. 그렇지? 하기도 싫은 모델 일 하느라고. 언니가 하는 일을 내가 억지로 해야 한다고 생각하면 얼마나 싫을지 나는 상상도 잘 안 된다. 아마 나더러 그 한자 해독하라고 하면 나는 매일같이 변기 붙들고 토할 거야. 이제 그만 잊어버려. 어렸을 때 일들은. 사

진도 다 찢어버리고. 그리고 언니, 이제 양말 좀 신고 다
녀……. 남 걱정 그만하고. 나 봐봐. 얼마나 야무지게 신었
는지."

　재이는 자기가 신은 두터운 장목 양말을 가리키며 으
스댔다.

　우리는 한참 나란히 앉아 캠퍼스 전경과 인근 아파
트, 시내 일부를 내려다봤다. 이제 머릿속에 재이가 산에
있는 풍경은 전남편과 그의 부정한 상대에게 김밥을 싸다
주는 모습이 아닌, 나에게 면박을 주는 모습으로 기억될
것이다. 그런 생각을 하니 아무래도 좋았다.

　앞으로 어떻게 된다고 해도 좋을 것 같았다.

씐 것과 쓰는 것

박인성(문학평론가)

적은 누구인가 : 양쪽의 적을 마주 보는 야누스

뻔한 시작이지만 제목에서부터 이야기해보자. 이 소설의
제목은 왜 '호수와 암실'일까? 두 장소는 과거에 있는 곳
들이며, 현재의 이야기에서는 중요한 역할을 하지 않는다.
그러나 이 소설의 진정한 갈등은 과거에서 비롯되며, 현
재에 지속되는 과거의 힘을 재현하고 있다. 우선 호수는
연화가 과거 영우학당이 있던 지역에 존재했으며 로사가
만들어낸 과거 이야기에도 공통적으로 등장한다. 또한 암
실은 턱수염과 킴이 감추고자 하는 과거 학창 시절 비밀
스러운 기억의 공간이기도 하다. 호수와 암실의 공통점은
바라보는 사람이 파악하기 힘든 비밀을 품고 있고 그것을

쉽게 드러내지 않는다는 점이다. 하지만 호수는 그것을 바라보는 사람을 비추는 반면, 암실은 무엇도 비출 수 없는 폐쇄적인 공간이다. 여기에 첫 번째 갈림길이 있다.

『호수와 암실』의 주인공 서연화의 적대자 역시 크게 두 그룹이며 직접적인 과거의 지인인 로사 그리고 턱수염과 킴으로 구성되는 예술계의 남성 그룹이다. 암실을 공유하는 남성들은 그 폐쇄적인 비밀을 공유할 뿐 아니라 서로를 무너뜨릴지도 모르는 남성적 권위를 함께 지탱하는 공범자기도 하다. 그들은 업계의 권력자며, 지극히 남성중심적인 업계 관행을 통해서 자신들의 지위와 권위를 쌓아 올려 여기까지 왔다. 턱수염과 킴은 서로를 무시하면서도 일종의 라이벌 의식을 가지고 있는데, 그러한 남성동성사회(homosociality)의 연결이란 구조적으로 서로를 의존하는 것이다.[1]

더 나아가 남성적 라이벌 구도의 문제는 언제나 그

1 "남성지배사회에서는 남성의 (동성애를 포함한) 동성사회적인 욕망과 가부장제의 힘을 유지 양도하는 구조와의 사이에 언제나 특수한 관계가 잠재적인 힘을 가지는 독특한 공생관계가 존재한다고 말이다. 시대에 의해 그 관계는 이데올로기상에서는 호모포비아로서 혹은 동성애로서 나타나는 것이며, 그렇지 않다면 이러한 두 가지가 심하게 서로 반발하면서도 강렬하게 구조화되어 의존하면서 나타나는 것이다." Eve Kosofsky Sedgwick, *Between Men English Literature and Male Homosocial Desire*, Columbia University Press, 1985, p. 25.

사이에 도구처럼 활용되는 여성적 매개를 필요로 한다는 사실이다.[2] 턱수염에게 있어서 아무렇지도 않은 촬영 대상에 불과한 재이는 그들의 소유물이나 공공재에 가까운 존재처럼 여겨지며, 이는 킴의 역할과도 크게 다르지 않다. "재이에게 어떤 자세를 취하게 하는 남자들, (……) 그러나 재이와 마주 앉아 컵라면을 먹는 인간은 턱수염이라는 특정한 존재여야 하는데, 어느덧 그 얼굴은 킴이었다."(240쪽) 물론 이것은 연화의 꿈속 장면에 불과하지만, 그들이 공범이면서 적대자라는 관계를 구축하기 위해서 요구되는 여성적 도구에 대한 핵심적인 인식이기도 하다. 재이는 그러한 업계 관행이라는 이름으로 자행된 남성적 구조 내부에서 소외된 여성으로서, 연화는 재이를 대신해 턱수염과 킴 사이의 남성적 연대를 와해하는 방식으로 복수를 수행한다.

이처럼 연화의 첫 번째 대결 의식은 남성동성사회성의 구조에 사로잡혀 있는 남성들을 향해 있다. 하지만 두 번째 대결 의식은 더 강렬하고 두려우며 복잡한 것이

---

2   "레비스트로스가 말하는 전형적 남성이란 리처드 클라인이 설명하는 프로이트의 '동성애자'와 마찬가지로 진정한 상대가 되는 남성과의 '관계를 연결하는 파이프'로서 여성을 이용하는 것이다." Claude Lévi-Strauss, *The Elementary Strucures of Kinship*(Boston Beacon, 1969), p. 115; quoted in Rubin, "Traffic." p. 174; Eve Kosofsky Sedgwick, *op. cit.*, p. 25 재인용.

다. 여성이면서 동시에 남성적 구조에 얼마든지 스스로를 참여시킬 수 있으며, 남성과의 연결을 위해서 여성을 도구로 활용할 수도 있는 여성과의 대결이기 때문이다. 로사가 그런 존재다. 턱수염과 킴이 과거의 암실을 공유하는 사이기 때문에, 그 암실 속 비밀로 인해서 결속되어 있고 같은 이유로 와해될 수 있는 존재라면, 로사는 연화처럼 과거의 기억 속에 호수를 가지고 있지만 그 호수 안의 기억은 공유할 수는 없는 존재다. 연화와 로사는 어려서부터 고전 영화를 좋아했다는 점, 정화여학교 출신이라는 점 등 모종의 공통점이 많은 인물들이지만 연대할 수는 없는 여성들이기 때문이다.

호수가 근처에 있는 학교의 기억 또한 완전히 다른 방식으로 구성된다. 연화에게 있어서 영우학당은 정화여학교에서 나온 이후 연화를 구원하는 선생님이 있었던 장소지만, 로사의 이야기 속 국립국악고등학교는 영화 〈서스페리아〉(1977)를 모티브 삼은 기이하고 공포스러운 오컬트적 비밀의 공간에 불과하다. 이러한 공통점 이상의 차이점이 재이를 가운데 두고 연화와 로사 사이의 불가피한 대결을 낳는다. 연화와 로사는 정화여학교에서는 둘 모두 범죄자로서 인생의 밑바닥에서 삶을 다시 시작해야 했지만, 연화는 영우학당에서 선생님을 만나 자신의 이름대로 연꽃과 같이 진흙 위로 새롭게 필 수 있는 기회를 얻었다. 반면에 로사의 이야기에서 국립국악고등학교의 비밀스러운 이야기는 한 교수와 로사 사이의 모종의 암묵적 합의로 마무리된다.

로사는 자신의 이야기를 "어떤 인간들에게 원한을 품고 계속 저주와 가해를 일삼던 한씨 일가가 저질러온 죄를 대속한 여학생들의 눈물"(225쪽)이라고 의미화했지만, 이 이야기에서 강조되는 것은 희생된 여자아이들보다도 살아남은 자신이다. 따라서 허구적인 이야기에 불과하다고 할지라도 로사와 교장 마담 한이 아니라 한 교수라는 남성과의 대화로 마무리되는 것은 상징적이다. "그건 마치 로사가 정화여학교에서 들려준 어린 시절 '아저씨들과의 일화'와 다소 흡사한 이야기였다. 다른 시청자들에겐 어떻게 받아들여질지 모르겠으나 내겐 늙은 남성을 갖고 놀 수 있다고 생각하는, 예나 지금이나 정도에 지나친 섹슈얼리티 과시로 들렸다."(224~225쪽) 로사는 가부장적이며 권력적인 남성적 구조로부터 살아남았으며, 그들과 동등하거나 우월한 여성으로서의 자신이 가진 예외성에 심취해 있다.

호수와 암실로부터 이어지는 과거의 궤적은 현재로 모여들며 이 소설 특유의 복잡한 갈등을 그린다. 따라서 소설의 대결 의식 역시 이중의 궤적을 그린다. 외부 세계에서는 로사이자 턱수염이며, 내부 세계에서는 결국 나 자신을 향해 있기 때문이다. 로사와의 대결은 그저 남성적 구조에 편승하는 여성과의 대결이 아니라 애써 잊고 살아왔던 자신의 과거 그리고 은연중에 노출되는 로사와의 공통점으로부터의 극복이기도 하다. 연화는 과격해지고 때로는 저열해지며 자신이 마주 보는 심연에 맞닿아 있다. 그렇기에 연화는 암실과 같은 남성적인 세계를 자멸하도록 하는 것 이외에도 자신의 여성적 세계에 내밀하게 자리 잡은 내부의 모순, 어쩌면 자신의 호수에도 가라앉아 있을지 모르는 이름 모를 시체의 진실과도 대결해야한다. 경멸하는 로사의 세계를 탐색하면서도, 가까스로 자신을 바로잡으며 재이에게 다가서야 하는 이유다.

연화가 단순히 재이와의 연대와 연결을 통해서 로사가 지닌 위험성을 극복하는 것만으로는 부족하다. 이 이야기가 단순히 '여적여' 서사에 대한 대항서사로서 '여돕여' 서사를 구축하는 단순한 논리를 따르는 소설은 아니기 때문이다.[3] 오히려 더욱 정확한 적을 파악하기 위하여

---

3 이번 작품 『호수와 암실』은 단편소설 「천사가 날 대신해」(김명순·박민정, 『천사가 날 대신해』, 작가정신, 2024)의 연속선상에 있는 작품으로 나는 「천사가 날 대신해」에 대한 해설에서 이 소설을 '여적여' 서사에 대한 대항서사로서 활용되는 '여돕여' 서사의 단순성을 넘어서서 더욱 입체적인 자기 내면과의 싸움으로 발전하고 있음을 언급한 바 있다. 『호수와 암실』은 더욱 복잡한 대결에 대한 참여적 서사로 읽힌다. '나-재이-로사'의 입체적인 여성 삼각 구도 내부의 투쟁뿐만 아니라 「천사

남성과 여성, 그 구조적 연결성을 가로지르는 갈등을 그리고 있다. 소설의 결말부에 이르러 연구실의 동료인 지은이 자신의 무기력한 저항에 대하여 인식하는 문제의식과도 공명한다. "그런데 우리는 적이 누군지도 모르잖아요."(260쪽) 따라서 연화의 이야기는 길고 어두운 과거의 터널을 통과한다. 과거는 오랜 세월 연구실에서 좀먹은 책들 사이사이에 파고든 벌레처럼 들추면 들출수록 고개를 내밀며 온몸을 타고 기어오르기 마련이다. 로사는 분명 연화가 마주하기조차 두려운 과거에서 온 존재이며, 최악의 분신(double)이다.

남성과 여성 그리고 외부 세계와 내면에 이르기까지, 이 소설에서의 갈등은 언제나 두 개의 축을 포기하지 않고 기꺼이 감당하는 방식으로 예민하지만 섬세하게 나아간다. 물론 박민정의 소설에는 과거와 미래 양쪽을 동시에 바라보는 야누스적인 마주 보기 또한 존재한다.[4] 이는

가 날 대신해」에서는 소외되어 있었던 남성적 연대에 대한 구체적인 대결까지를 포함한다.

4   박인성, "과거는 주로 자기 연민과 노스탤지어에 빠지기 쉽고, 반대로 미래는 그러한 과거를 편의적으로 착취할 따름이다. 두 얼굴이 한 개인의 현재를 파편화된 방식으로 갈라놓을 때, 우리는 무엇 하나 제대로 잊을 수도 기억할 수도 없는 상호 파괴 속에서만 우리 삶의 시간을 허구의 타자처럼 대할 따름이다."「소설의 원점, 혹은 클래식-퓨처리즘」,『문장웹진』2024년 4월호. URL : https://munjang.or.kr/board.es?mid=a20104000000&bid=0004&list_no=101012&act=view

현재의 적들과의 마주 보기에서도 적용할 수 있다.『호수와 암실』에서 적대는 양쪽으로 존재하며, 이는 마주 보는 주체의 분열까지도 강요한다. 연화는 지극히 분열적인 존재이며, 이러한 자기 분열은 고통스러운 것이지만 동시에 자신을 이해하기 위해서 삶을 바라보는 초점을 언제나 이중으로 유지하는 것이다. 아프거나, 미치거나, 여성적 주체로서의 분열은 현기증 나는 공포를 동반한다. 따라서 로사가 묘사한 오컬트적인 과거의 이야기보다도 연화가 감당해야 하는 현실의 적대가 더 강력한 공포를 묘사한다. 그것은 프로이트적인 의미에서의 언캐니(uncanny)[5]이다.

언캐니한 유령들 : 모욕감과 귀신 들림

연화에게 과거는 정화여학교와 영우학당 사이의 불안정한 결합으로 이루어져 있다. 선생님에 대한 기억만큼이나 로사의 기억이 강렬한 이유기도 하다. 과거는 편의적으로 좋은 측면만을 기억할 수 없다. 연화에게 있어서 로사는

---

5   지그문트 프로이트, 「두려운 낯섦」, 『예술, 문학, 정신분석』, 정장진 옮김, 열린책들, 1996.

떼어내고 싶어도 떼어지지 않는 지긋지긋한 과거이며, 모르는 척하고 싶지만 제거할 수 없는 얼룩과도 같다. 재이를 통해서 로사의 존재가 암시될 때, 연화는 애써 외면했던 로사와의 접점은 물론이고 자신이 재이에게 에둘러 말했던 과거의 진실들이 폭로되는 것을 두려워한다. 이처럼 잊고 살았지만 회피할 수 없게끔 현재로 되돌아오는 과거의 잔재를 프로이트는 '언캐니'라고 불렀다. 다르게 표현한다면 '억압된 것의 회귀'이며, 무의식의 귀환이기도 하다. 더 나아가 "언캐니는 아마도 가장 확고한 그러나 가장 낮은 주체적 경험이며, 가장 강하거나 가장 약한 자전적 '사건'이다."[6]

연화는 모욕감으로 가득했던 어린이모델 시절의 기억만큼이나 충동적으로 영화를 모방하여 차를 운전했다가 사람을 치어 죽인 기억, 그리고 소년원학교였던 정화여학교에서의 기억으로부터 끊임없이 멀어지기 위해 노력하며 살아왔다. 연화에게 발전이란 과거의 자신과 결별하고, 그때의 기억에서 멀어지는 것이다. 과거에 대한 망각과 미래에 대한 종결 없는 전망이야말로 연화가 정화여학교에서 영우학당을 거쳐 비로소 도달한 대학에서의 삶이다. 상아탑이 되어버린 가르침과 배움의 전당에서, 마치

---

6   Nicholas Royle, *The Uncanny*, Manchester University Press, 2003, p. 16.

시간의 흐름으로부터 격리되어 살아갈 수 있으리라는 막연한 기대야말로 연화에게는 그 모든 과거로부터 멀어지는 가장 강력한 보증이기도 하다.

하지만 대학 수영장에서 만난 재이와의 만남에서 시작된 과거와의 공명 현상은 어린이모델 시절의 기억으로 이어졌으며, 더 나아가 로사에 대한 환기를 통해서 더 어두운 과거를 끄집어 올렸다. 과거는 지울 수 없는 무의식이며, 언제든지 발밑에서 풍겨오는 곰팡내 같은 것이다. 받아들여야 하지만 동시에 저항할 수 없을 때, 연화는 모욕감을 느낀다. 그리고 연화에게 있어서 모욕감이란 결국 과거의 자신과 결별할 수 없음을 인식하는 순간이면서, 한갓되고 피상적인 현재의 언어가 과거를 손쉽게 대체하는 침범의 순간들이기도 하다. 연화는 자신의 과거를 두려워하고 벗어나고 싶어 하는 반면, 현재의 얄팍한 순간으로 도피하기보다는 더 압도적인 시간의 무게로 도피하길 선택했다.

연화가 영우학당에서의 가르침을 통해서, 결국 한문을 연구하는 대학에 설치된 고전번역원 협력기관에서 《승정원일기》를 번역하는 일에 업을 두고 있는 것도 마찬가지다. 대학이라는 공간에서도 가장 오래되고 격리되어 있는 공간에서 좀처럼 끝이 다가오지 않을 것 같은 시간에 스스로를 숨기는 것이다. 하지만 "'우리 일'은 핼리혜성이 다시 오는 2061년 이후에도 끝나지 않을 일"(235쪽)이라는 말이 무색하게 연구는 종료되고 연구실은 폐쇄되기로 결정된다. 긴 시간이 가진 무게가 현실의 삿되고 한갓된 논리에 의해 보존되지 못하는 순간에도 연화는 모욕감을 느낀다. 캠퍼스 복합단지에서 명품 브랜드의 패션쇼가 열린다는 소식도 마찬가지다. 외부에서 내부로 들어오는 이질적인 감각에 대하여 저항하지 못하고 오염되는 순간, 우리는 그 무언가에 씌는 경험을 한다.

무엇보다도 우리가 저항할 수 없을 만큼 취약한 순간에 외부의 구조적인 논리가 우리의 내면을 손쉽게 점령한다는 사실을 강조해야 한다. 따를 의지도 없고 동의하지도 않는 외부의 논리가 우리 내면을 손쉽게 점령할 수 있도록 우리를 취약하고 유순하게 만드는 것이 바로 구조와 권위의 힘이며, 남성적인 제도에 의한 포괄적인 폭력이기도 하다. 턱수염과 킴이 그토록 가지고 싶어 하는 업계의 허명 역시 결국엔 제도적인 방식으로 그 안에 있는 사람들에게 자신의 목소리를 빙의시키는 것, 취약함을 빌미로 누군가의 내면으로 손쉽게 밀고 들어가 그 사람을 점령지로, 식민지로 만드는 힘이기 때문이다. 그것이 턱수염이 과거 재이에게 했던 짓이고, 현재 로사가 재이에게 하고 있는 행위기도 하다.

연화는 누구나가 그렇게 취약한 순간에 마치 귀신에

들린 듯이 씐다는 사실을 안다. 연화 자신은 어린 시절 자신이 보았던 영화에 씐 것이고, 로사 역시 자신의 나르시시즘적인 환상에 열렬하게 씌었으며, 재이 역시 일정 기간 로사의 삿된 말들에 씌었다. 따라서 모욕감은 중요하다. 지금 불쑥 자신의 내면으로 침범하여 멋대로 휘젓고 다니는 다른 힘에 대하여 저항하지 못하는 순간의 모욕감을 체감할 수 없다면, 우리는 자신이 귀신 들린지도 모른 채 살아가는 유순한 신체로서 끊임없이 누군가의 목소리에 씐 상태를 반복하게 될 것이다. 턱수염과 킴, 로사는 물론이고 오늘날 우리를 사로잡는 지배적인 목소리는 도처에 널려 있다. 우리는 언제나 귀신과 공존하는 중이다.

『호수와 암실』에서는 실로 다양하게 연화가 모욕감과 혐오감을 느끼는 장면이 등장한다. 이러한 즉각적인 감수성은 연화가 주말 고전 아카데미 강연에서 중학생들을 가르치는 장면에서 중요하게 다뤄진다. 연화가 "가장 경계하는 건 발전 없는 나"(137쪽)이며, 그것은 과거로부터 벗어날 수 있는 충분한 준비가 되어 있지 않은 순간에 대한 경계기도 하다. 고전 아카데미에서 《승정원일기》에 대한 한자 기록을 가르치는 과정에서 조선은 국가가 아니라 수주대토(守株待兎)가 아닌지를 묻는 학생의 질문에, 연화는 연신 식은땀을 흘린다. "발전을 모르는 어리석은 자"(139쪽)에 대한 연화의 강박이 곧 학생의 목소리로 되돌아온 것이기도 하다. 연화는 단순히 타인의 말에 씐 것이 아니라 자신을 둘러싼 상상적인 목소리들에 씐었다.

이러한 의미에서 우리는 결국 우리 내면에 침투한 끔찍한 목소리와 언어에 언제든지 사로잡히거나 씐 수 있다. 호러 장르를 시각성이 아니라 청각성의 장르라고 규정해야 하는 이유는 우리를 놀라게 하는 공포보다도 진정한 형태의 공포는 언캐니한 효과기 때문이다. 귀는 내 것 아닌 것이 내 안에서 나와 겹쳐지게 만드는 신체 기관이며, 수용적이지만 반응할 수는 없는 기관이다. 귀는 조작적으로 열거나 닫을 수 없다. 그리고 귀를 통해 우리를 사로잡은 목소리의 의미는 사후적으로만 발생한다. 따라서 귀는 언제나 언캐니하다.[7] 데리다는 '귀에 관한 과학'인 'otologie'와 '자서전'인 'autobiographie'를 결합하여 합성어 'otobiographie'의 개념을 만들어냈다.[8] 이것은 유령으로서의 존재론이다.

말하는 자는 언제나 귀신 들린 채로 말하고 있다는 언캐니 미학의 존재론이라고도 할 수 있다. 모종의 목소리가 유령처럼 존재를 사로잡는 순간을 상기하게 된다. 나를 불안하게 만들고 모욕감을 주는 것은 주로 목소리

---

7   Nicolas Rolye, *op. cit.*, p. 64.
8   Jacques Derrida, *The Ear of the Others*, Schocken Books, 1985, pp. 1~38.

로, 결국 귀를 통해서 현재에 개입한다. 로사가 그처럼 자신의 방송 채널을 만들어서 쉴 새 없이 떠드는 이유는 그 또한 자신이 사로잡은 귀신 같은 목소리를 통해서 말하는 것이며 그 목소리로 다시 다른 사람들을 사로잡기 위해서다. 이 무자각한 악의야말로 로사가 남성적인 제도와 마찰 없이 공존하는 동시에 귀신 이야기를 하면서 스스로 가장 귀신 같은 존재가 되는 방식이다.

더 나아가 연화가 로사나 턱수염, 킴의 흔적을 좇으며 활용한 각종 인터넷 기록, SNS의 흔적 역시 우리가 만들어내는 수많은 유령적인 삶의 흔적들이다.

SNS라는 것이 발달하고 일반인들까지 모두 자기를 전시하는 세상이 오리라고 그 누가 예상했을까. 매체 이론에 밝은 사람들은 일찍이 예감했을지도 모른다. 자기 삶을 원하는 형태로 편집해서 공감각적 수단을 활용해 특정한 이미지를 만드는 것. 자신의 인간상을 자기가 추구하는 대로 보이도록 애쓰는 것. 자기 삶이라는 극장의 수행성.(226~227쪽)

SNS라는 극장과 거기서 상연되는 삶의 수행성은 자신도 모르는 사이에 스스로를 인터넷 세계 속에서 유령처럼 만드는 과정이다. 연화는 그들이 남긴 흔적을 좇아서 그들을 퇴치할 방법들을 고민하는 탐정이자 퇴마사처럼 보이기도 한다. 하지만 문제는 그리 단순하지 않은 법이다. 연화가 킴에게 의심암귀(疑心暗鬼)를 심어주고 턱수염을 충동질하기 위해 활용한 방법들은 자신도 SNS 내부의 유령이 되는 것이다. 자신의 존재를 지우고 다른 누군가가 익명적이고 악의를 가진 목소리로 다른 누군가에게 씌는 것뿐이다. 분명 턱수염과 킴을 물리치는 싸움에서도 그것만으로도 충분하다. 하지만 앞서 언급했듯이 이 소설에서 대결은 한쪽이 아니라 양쪽으로 진행되며, 로사를 물리치는 퇴마술은 그처럼 단순하지 않은 것이다. 이 싸움은 재이에게 달려 있으며, 더 나아가 재이를 유령에게서 구하는 일이란 연화가 유령이 되어서는 해결되지 않는 영역의 문제기 때문이다.

가르침을 준다는 것 : 물려받음에 대한 질문

다시 한번 왜 연화가 지속적으로 교육적 공간을 통해서 자기 존재를 구축하거나 지켜왔는지를 살펴야 한다. 정화여학교와 영우학당 그리고 현재 소속된 "인문대 국문과 부설 고전번역원 협력기관 승정원일기번역연구소"(176쪽)에 이르기까지 연화는 결국 정규기관이든 비정규기관이든지 간에 교육적 공간에서 삶의 대부분을 살아왔다. 사실 상 양육자로서 실패한 엄마와 달리 영우학당의 선생님은 연화에게 새로운 삶의 방향을 제시해주었으며, 이 이야기에서도 재이와의 관계가 끝났다고 생각하는 연화를 위로해주고 다시 가르침을 준다. 그렇다. 이 소설은 결국 가르침(teaching)에 대한 이야기기도 하다. 그것이 단순히 귀신에 씌는 것과는 다른 방식으로 우리를 살아가게 하는 힘이다.

연화의 시선에 재이는 로사의 말에 빙의되는 것처럼 보인다. 하지만 문제는 단순히 그 빙의의 주체를 로사에서 자신으로 바꾸는 방식으로 해결되지 않는다. 그것은 재이의 삶에 더 나은 결말이 아니다. 따라서 진정한 해결 방식은 타인에게 씌는 것이 아니라 무엇인가를 물려주는 과정에 있다. 이 과정이 거의 불가능해 보이기까지 하는 '가르침'의 순간이기도 하다. 여기서 가르침이란 강단에 서서 단순히 앎을 전달하는 교육적 행위가 아니다. 가르침이란 삶의 태도나 물려받는 것이며, 동시에 그러한 물려받음이 가능한지를 되묻는 날 선 자각으로 이루어져 있다. 따라서 가르침의 순간은 물려받음 자체가 아니라 물려받는 것과 물려받는 행위에 대한 사유의 순간이다.

근본적으로 빙의되는 것, 귀신에 씌는 것은 무자각적으로 무언가를 물려받는 것이다. 더 나아가 아무런 의심도 없이 누군가의 삶이나 무형의 가치를 물려받을 수 있다고 착각하는 것이기도 하다. 로사 역시 자신의 이야기에서 국립국악고등학교의 마귀할멈이 무용을 물려주고자 안달이었다는 사실을 말하며, 킴 역시 자신의 SNS 비밀 계정에 비슷한 표현을 쓴다. "업계를 그토록 증오하면서도 그는 자기 일을 '물려받았다'고 표현했다. 그가 사흘돌이로 비아냥대는 그 선생들, 선배들로부터. 양반집 얼자 정신과 비슷하다고 해야 하나, 내 눈에는 그렇게 보였다"(232쪽) 심지어 연화의 엄마 역시 억지로 자신의 개명 전 이름을 딸에게 물려주었다. "개명하기 전 자기 이름을 딸에게 물려주는 여자. 나는 살면서 그런 사람을 본 적 없다. 엄마는 어쩔 수 없이 버려야 했던 자기 이름을 나에게 주었다."(65쪽) 그렇게 대물림되는 불합리하고 부조리한 것들이 귀신에 씌고 빙의되어 희생되는 개개인의 삶에 대한 애도를 대신한다. 이때 물려받는다는 개념에는 진정한 의미에서의 단절, 물려받을 수 없는 것, 근본적인 죽음에 대한 이해가 망각되어 있다. 우리 모두는 이러한 대물림의 계보 속에서 빙의되는 저주를 받은 존재기도 하다.

따라서 멈춰 서서 이 물려받음에 대하여 되돌아보는 사유가 필요하다. 연화에게 영우학당은 바로 그 사유의 공간이 되었다. 아이러니하게도 영우학당의 선생님이 연화에게 요구한 것 역시 일종의 계보를 이어가는 것이다.

"반드시 너는 내 후배가 되어야 한다. 너는 우리 일을 물려받아야 한다."(247쪽) 하지만 동시에 자신이 물려주는 일에 포함되어 있는 근본적인 두려움과 공포에 대해서도 함께 전달한다. "가르치는 일은 무서운 일이야. 위험한 일이기도 하고. 나도 내 스승에게 물려받은 일이고 또한 누군가에게 마땅히 물려줘야 하는 일이라고 생각하며 견디고 있단다."(165쪽) 따라서 가르침은 애도의 연속이다. 앞선 누군가로부터 물려받은 것들에 대하여 책임을 느끼면서도, 그것을 물려줄 수 있을지에 대한 불안은 물론이고 물려받을 수 없는 것들에 대한 자각까지 요구한다.

아마도 진정한 가르침이란 이성의 논리나 지식이 아니라 이러한 지적 불확실성, 빙의 혹은 귀신 들림과 관련되어 있다. 우리가 실체 없는 목소리와 유령 같은 제도에 꼭두각시 인형처럼 살아가는 것을 마치 정답이 있는 삶이나 진짜 지식이라고 생각하는 것과 달리, 진짜 가르침이란 그러한 귀신 들림에 포함되어 있는 나 자신의 죽음, 더 나아가 자기 죽음에 대한 애도를 되살리는 질문들이다. 근본적으로 불확실함에 대한 불안으로 몸서리치게 만드는 언어적 효과 없이 정서적 전달이란 불가능하다. 널 사랑해와 같은 불안한 약속 없이 사랑의 전달이 불가능하듯이 말이다. 가르침이란 바로 그러한 불확실함을 내포한 다양한 질문 속에서만 발생하는 사유의 순간들이다. 자신이 물려받는 것에 대한 이해와 의심 속에서 말이다.

반대로 턱수염의 북토크와 로사의 유튜브 공간은 모두 자신이 무엇을 말하는지도 모르면서 무언가에 씐 채로 다시 유령 같은 말을 반복하여 남들에게 물려주는 곳들이다. 물려받는 것에 대한 무비판적 관성이 작동하고 있다. 제도화된 상속과 대속이야말로 이러한 귀신 들림의 계보에 우리 자신을 내주는 논리기도 하다. SNS의 리트윗같이 유령처럼 우리를 지배하는 무자각한 연속성이며, 파괴적인 연대의 힘이기도 하다. 에디와 킴이 같은 고등학교와 대학교 동문이라는 사실은 좋은 비교를 이룬다. 그들 또한 분명 이성적이고 논리적인 가르침을 공유한다. 남성적인 세계의 업계 논리를 엘리트적으로 학습하는 것 말이다.

대물림으로 비롯되는 부모 자식 간의 정서적 교환처럼, 물려줌이라는 행위 속에서는 오히려 물려주는 대상에 대한 소유의 주장이 숨어 있다. 부를 상속하기 위해서는 자식이 상속자로서의 확실한 자격을 갖추었는지를 증명해야 하듯 말이다. 그러나 가르침이란 상대방에게 앎을 전달하기 위해 상대를 길들이는 것이 아니라 오히려 그러한 소유욕을 멈추는 순간이기도 하다. "모두 다 네 것이 아니다."(255쪽)라는 영우학당 선생님의 말처럼, 다시 이러한 가르침을 통해서 연화는 자신이 멈춰 서야 하는 곳을 안다. 로사로부터 재이를 구해내는 것이 반드시 재이를 소유하거나 재이에게 더 올바른 삶을 물려주는 것이 아니라는 사실을 받아들이는 것이다. 엄마가 자신을 소유하려 했던 것에 대하여 혐오감을 느끼듯, 반대로 연화 역시 재이를 소유할 수 없다. 가르침이란 그렇게 일방적으로 물려줄 수 있는 것이 아니다. 우리가 무엇을 서로에게 물려주고 물려받을 수 있는가, 그리고 그것은 물려주기에 합당한 것인가, 이 과정에서 상실되고 사라지는 것들을 어떻게 애도할 것인가, 이러한 질문들 속에서만 가르침은 성립한다.

이제 연화에게 재이에 대한 소유욕이나 자기 증명의 욕망이 사라졌을 때, 비로소 연화와 재이 사이에는 대화를 포함하는 더 넓은 관계의 중간 지대가 생겨난다. 무언가에 씌는 것이 아니라 씜에 대하여 쓸 수 있는 과정으로 나아가는 것. 단순히 말을 건네고 주고받는 대화가 아니라 이전에는 할 수 없었던 말을 다시 발견하여 상대에 대한 이해를 확장하는 것. 결말에서 재이는 먼저 연화를 찾아와 그간의 사정을 설명한다. 이제 재이는 무언가를 물려주거나 그에 대한 보상을 바랄 수 있는 대상이 아니라 동등한 주체의 목소리를 건넨다. "이제 그만 잊어버려. 어렸을 때 일들은. 사진도 다 찢어버리고. 그리고 언니, 이제 양말 좀 신고 다녀……. 남 걱정 그만하고."(267~268쪽) 걱정과 염려의 대상이었던 재이가 비로소 자신의 걱정과 염려를 연화에게 되돌려주며, 무자각한 물려받음 속에서 제대로 애도되지 못한 과거가 애도된다. 연화가 재이에게 씐 것을 물리치려 노력했다면, 재이 역시 연화에게 씐 것을 물리치는 것이다.

결말의 장면에서 가르침이란 물려줌과 물려받음이라는 주체와 객체의 관계를 넘어서 쌍방의 공동 창작에 가까운 것이 된다. "이제 머릿속에 재이가 산에 있는 풍경은 전 남편과 그의 부정한 상대에게 김밥을 싸다 주는 모습이 아닌, 나에게 면박을 주는 모습으로 기억될 것이다."(268쪽) 근본적으로 동등한 동반자 사이에 발생하는 가르침의 순간이다. 오늘날 폐허가 되어가는 교육 환경, 유령들이 배회하는 인터넷 세계, 저마다의 방식으로 귀신 들림을 선택하는 폐쇄적인 예술 업계에 이르기까지, 『호수와 암실』은 실로 우리 스스로가 자기를 잃고 귀신에 씌길 선택하는 세계와 공포에 의해 점령되어가는 일상적인 풍경들을 돌파한다. 그리고 우리의 삶과 일상이 해결하기 어려운 저주와 빙의로 가득 찬 오컬트 세계가 되어버렸음을 한탄하기보다 그 너머에 더 나은 풍경을 기억하길 요구한다. 이 이야기는 분명 오늘날 문학의 형태로 우리에게 질문하고, 우리 스스로를 되찾도록 요구하는 가르침의 한 형태로 읽힌다.

작가의 말

이 작품을 쓰는 초반에는 그런 생각을 했다. 나를 무조건 믿고 지지한다는 다섯 명의 독자만 있다면, 더도 말고 덜도 말고 딱 다섯 명의 독자만 있다면 좋겠다, 그러면 힘내서 더 많이 쓸 수 있을 텐데. 그러나 작품을 퇴고하는 지금은 다른 생각을 한다. 단 한 명의 독자에게라도 '의심의 여지'를 주는 작가여야 한다고. 소설을 쓰는 1년간 나에게 어떤 변화가 일어난 걸까.

조심스럽게 생각해본다. 이 소설이 나를 한 번 더 변하게 한 것이다. 연화가 얼마나 신뢰할 수 없는 화자인지 독자들이 알았으면 좋겠다. 나는 그 부분이 이 이야기의 승패를 좌우할 수도 있다고 생각한다. 신뢰할 수 없는 화자는 연화이기도 하지만 작가인 나 자신이기도 하다.

이 차갑고 덤덤한 마음을 잊지 않아야 한다.

2025년 4월
박민정

호수와 암실

초판 1쇄 발행 2025년 5월 2일

저자 박민정

펴낸이 허정도
본부장 이승은 **총괄** 박동옥 **편집장** 박윤희
책임편집 김정은
마케팅 신대섭 배태욱 김수연 김하은 이영조 **제작** 조화연
2차저작권 관리 류영호 안희주 문주영

펴낸곳 주식회사 교보문고
등록 제406-2008-000090호(2008년 12월 5일)
주소 경기도 파주시 문발로 249
전화 대표전화 1544-1900 **주문** 02)3156-3665 **팩스** 0502)987-5725

ISBN 979-11-7061-248-3 (03810)
책값은 표지에 있습니다.